追加DLC
No.3
「天道花憐」
Karen Tendo
ウエディング
コスチュームパック
ゲーマーズ!
GAMERS
DLC3

「ケータは自分と……
どう、仲良くなりたいですか……？」
星ノ守千秋
Chiaki Hoshinomori
もしも彼女になったら、まったり一日中家でゲームをするぼっち系ヒロイン

「私——天道花憐は、やはり何事も
トップに立たなければ気が済みません！
私がゲーム部部長!!

オンリーワンより、ナンバーワンです！」

ゲーマーズ！ DLC3

葵せきな

ファンタジア文庫

2944

口絵・本文イラスト　仙人掌

ゲーマーズ！

GAMERS

DLC3

START

ゲーマーズ！

GAMERS

DLC 3

STAGE 8

「と、ところで！　貴方達カップルはその……ど、どうなんですか？　し、進捗の方は」

※このお話は、天道さん涙目な雨野景太とこじらせゲーマーヒロインたちのIFルートです。

【雨野《あまの》景太《けいた》とチアキルート】

僕、モブキャラぼっち高校生・雨野景太が、自分の殻《から》を破るべく臨《のぞ》んだ、人生の一大イベント——《天道《てんどう》さんへの友達申請《しんせい》》。

当初はごく個人的なケジメだったこのイベント。しかし周囲の思惑《おもわく》や勘違《かんちが》いを大いに巻き込んだ結果、あれよあれよと誰《だれ》もが考えもしない方向へ事態が転がり始め。

そうして気がつけば、僕、雨野景太はなんやかんやで——

——天敵・星《ほし》ノ守《もりち》千秋《あき》と交際を始めるに至っていた。

＊

「チアキ、今日はもう帰れる？」

「あ、はいです」

いつものように二年A組の彼女の席まで迎《むか》えに行くと、チアキは鞄《かばん》を持ちつつ椅子《いす》から立ち上がり、僕に笑《え》顔《がお》を向けてきた。

――彼女と「交際」を始めて、もう二ヶ月。夏休み明けの八月某日《ぼうじつ》。

現在の僕と彼女の関係性を一言で表すならば、それは――

「えっとえっと……ケータ。今日はその……う、うちで、遊んでいきますか？」

「え？　あ、うん。……えと……それは……その……楽しみ、かな……」

「そ、そうですか」

「う、うん……」

――偽装恋人《ぎそうこいびと》以上、ガチ恋人未満。それが僕らの現状だった。

『…………』

人のまばらな二年A組教室内で二人、ほんのり火照《ほて》った顔を俯《うつむ》かせる。

相変わらずの「慣れない」状況《じょうきょう》を受け、僕は自身を納得《なっとく》させるため、もう何度目になるかわからない回想を素早《すばや》く巡《めぐ》らせる。

交際開始当初、僕らの関係性は最悪だった。当然だ。だって僕は天道さんへの友達申請が失敗した上になぜか一時的に距離《きょり》を取られる始末だったし。チアキはチアキで、上原君《うえはら》に僕らの状況をゲラゲラ笑われながら「祝福」されたせいで、事実上完全にフられるカタチとなってしまったわけで。

つまりこの交際スタートは、お互《たが》いにデメリットしかもたらさなかったのだ。

当然僕らはすぐに解消しようとしたのだけれど……そこはまあ、相変わらず僕ら。色々な偶然《ぐうぜん》が邪魔《じゃま》をして、中々「交際解消」が出来なかったどころか、場合によっては「交際順調」を演じなきゃいけない場面まで出てくる始末。

当然、僕とチアキは全く面白《おもしろ》くない。いや、面白くないハズ、だった。

そもそも僕とチアキは……基本的には気の合う者同士だ。一緒《いっしょ》の行動時間が増えれば増えるほど、平和な世間話的交流も増え、「友達」と呼べる段階にまではすぐに打ち解けてしまった。

また、交際一ヶ月を過ぎたあたりで、だめ押しのように……半ば事故的に僕らのネットを通した運命的繋《つな》がり（ソシャゲ友達だったり、彼女が《のべ》さんだったり）が発覚したことで、親密度は更《さら》に上昇《じょうしょう》。

結果的に現在、当初は事故から始まった「恋人」関係が、互いに満更《まんざら》でもない感じになってきてしまっていた。

しかしだからこそ、近頃《ちかごろ》の僕らの間には、天敵や友達時代にはなかった、妙《みょう》な照れや緊《きん》張《ちょう》が発生するようにも、なってきたわけで。

だから、この状況下でチアキの家にお呼ばれというのは……その……。

「（ほ、星ノ守家でゲームして遊ぶ事なんて、これまでもあったのに。何を僕は……）」

彼女を意識してしまっている自分。そんな僕を彼女が逆に意識してしまっている様子。

それらが組み合わさって、僕らはどうにも変な感じに——

「こ、こほん！」

『！』

——と、突然《とつぜん》二人の間に誰かの咳払《せきばら》いが割り入ってきた。

二人で驚《おどろ》いて様子を窺《うかが》うと……そこには、表情こそ笑顔ながらなにやらご機嫌斜《きげんなな》めらしき金髪《きんぱつ》美少女——天道花憐《かれん》さんがいらっしゃった。

動揺《どうよう》する僕らに、彼女はニコォと不気味な笑顔を継続《けいぞく》しながら声をかけてくる。

「あ、雨野君、それに星ノ守さん？　な、何を話していたのかは聞き取れませんでしたが……そ、その、『そういう空気』は、二人きりの時だけに出して頂けますか？」

天道さんのその言葉に、僕らは二人、キョトンと首を傾《かし》げる。

『そういう空気？』

「く……相変わらずこの鈍感《どんかん》カップルは……！」

なぜかイラッとした様子で拳《こぶし》を握《にぎ》り込む我が校のアイドル。……彼女ともなんだかんだでアレから、割と親しい付き合いを継続させて貰《もら》っているのだけれど。ただ時折こう、僕らに苛立《いらだ》ちめいたものをぶつけてくるのが、謎だ。僕らが二人して、ゲームの腕《うで》なんかが鈍《どん》くさいからだろうか？

天道さんは息をゆっくり吐《は》いて拳を収めると、改めて話を切り出してきた。

「きょ、今日もお二人は、揃《そろ》ってご帰宅かしら？」

天道さんの問いに、僕が代表して応じる。

「あ、はい。ゲーム同好会も無いですし。そういう天道さんは、ゲーム部ですよね？」

「ええ、そうね。ただまぁ……その……」

そこで彼女はなぜか毛先をくるくる指先でいじりながら、もじもじと切り出してくる。

「あ、貴方達《あなた》がどうしてもと仰《おつしや》るのでしたら、一緒に帰るのもやぶさかでは……」

その提案に、僕とチアキはキョトンと顔を見合わせた後……二人、笑顔で、声を合わせて、彼女に返してあげた。

『いいえ、結構です！　どうぞどうぞ、部活へ！』

「うぐっ！」

僕らの最大限に気を遣《つか》った言葉に、なぜかダメージを受けた様子で胸を押さえる天道さん。……どうしたのだろう？　そりゃ僕もチアキも天道さんとは遊びたいけれど、無理を言ってゲーム部を欠席させるのは彼女に悪いわけで。

僕とチアキはニコニコと天道さんをゲーム部に送り出すべく手を振《ふ》るも、しかし天道さんはなぜか未《いま》だに僕らの元から去らず、会話を継続させてきた。

「と、ところで！　貴方達カップルはその……ど、どうなんですか？　し、進捗《しんちょく》の方は」

再びの不可解な問いに、また首を傾げる僕ら。が、すぐに質問の意図を察した僕らは、今一度、笑顔で、揃って回答を返した。

『第五章終盤《しゅうばん》の稼《かせ》ぎポイントで楽しくレベル上げ中です！』

「誰がゲームの進捗状況を訊《き》きましたか！　そして相変わらずゲームの進行状況までかぶるのですねっ、貴方達はっ！」

『？　ゲームじゃないなら、なんの進捗を……？』

「え？　あ、いえ、ですから、その……アレですよ……アレ……」

なぜか頬《ほお》を赤らめて俯く天道さん。困惑《こんわく》する僕とチアキ。僕らは二人でしばし考えた後……同時にぽんと手を叩《たた》き、天道さんに確認《かくにん》を取る。

『もしかして、人間関係的な話ですか？』

「！　そ、そう！　それよ！　貴方達にしては珍《めずら》しくちゃんと察し――」

『今日もクラスメイト達の視線は概《おおむ》ね冷ややかでした！』

「そうじゃない！　そうじゃないけど……ちょっとだけ頭を撫《な》でさせて下さいね」

と、なぜか二人、順番に、可哀想《かわいそう》な子供をあやすような手つきで丁寧《ていねい》に頭を撫でられてしまった。……嬉《うれ》しいけど、なんだろう、これ。僕もチアキも、なぜか涙《なみだ》が出そうです。

ひとしきり頭を撫で終えたところで、天道さんが改めて切り出してくる。

「こほん。私が本当に訊きたかったことはですね。貴方達二人の……その、恋人としての進捗なんですけど……」

ようやく判明した天道さんの本当の疑問。が……僕らはやはり、首を傾げる。

『え、なぜですか？』

「うぐっ」

またもダメージを受ける天道さん。……僕とチアキが付き合い出して以降、彼女が謎の被《ひ》ダメをする場面をよく見る気がするなぁ。原因がさっぱり分からないけど。

天道さんは何かを取り繕《つくろ》う様に早口でまくし立ててくる。

「お、同じゲーム同好会として、メンバー内の関係性は把握《はあく》しておきませんと！　ほ、ほら、たとえばお二人が既《すで》に破局しているのに、何も知らない私達で積極的に二人の時間を作ろうとかしてしまうのは、不毛でしょう！　ねぇ⁉」

『は、はぁ、な、なるほど……』

僕もチアキも、納得いくような、いかないようなだった。

天道さんが更に押してくる。

「で、お二人の進捗はどうなんですか⁉……まだまだ友達止まりですか？　破局秒読み段階ですか？　もしくは既に別れていたりとか⁉」

『なぜ概ねネガティブなんですか』

僕もチアキも、やはり未だにこの天道花憐という人が分からない。僕らを心配してくれる天使かと思えば、僕らの不幸を願う悪魔《あくま》のような顔をのぞかせる場面も多く……。

それでも、質問には答えなければならない。

僕とチアキは顔を見合わせると……二人一緒に、天道さんに返した。

『これといって進展とかはないですけど……』

「イエス！」

『イエス⁉』

なぜか軽くガッツポーズを決める天道さんに、ドン引く僕とチアキ。え、なんなの？

僕らカップルって、この人になんでそこまで嫌《きら》われてるの？　なにかしました？

と、僕らの様子に気づいた天道さんが、こほんと咳払いし……なぜか凄《すさ》まじく機嫌を回復した様子で、ニコニコと続けてきた。

「それを聞ければ私は満足です。……ええ、実に満足ですとも！　この天道花憐、これで今日も元気に安心して部活へと赴《おもむ》けるというものです！」

『は、はぁ……』

どうしよう。僕、天道さんという人がいよいよ分からないよ。

彼女は鼻歌交じりでカバンを肩《かた》にかけ直して声をかけてくる。

「私は部活に行きますが。お二人も、早く帰られては？」

『は、はぁ』

まあ……よく分からないけど、彼女が部活に行くというなら、僕らもここにとどまり続ける理由はない。というわけで、僕とチアキも天道さんと一緒に教室を出た。

そうして三人で廊下《ろうか》を歩き、ゲーム部の部室がある旧校舎へ続く道との分岐《ぶんき》点まで来たところで、僕らは改めて別れの挨拶《あいさつ》を交《か》わし、そのまま別々の方向へと――

「あ、ところで」

『？』

――向かう直前に、天道さんが何気なく僕らの背に訊《たず》ねかけてきた。

「お二人は、今日はゲームショップ等にでも寄られるのですか？　ほら、注目作こそありませんが、今日は木曜日でしょう？」

『ああ……』

確かに今日はゲームソフトの良く出る曜日だが、天道さんの言うとおり、僕もチアキもこれといって欲《ほ》しいソフトがあるわけじゃない。

僕らは二人天道さんを振り返ると、僕が代表して、これからの予定を答えた。

「いえ、ショップは寄りませんよ。家に直行ですね」

「ああ、そうですか。ええ、それはいいですね。学生たるもの、健全に帰宅――」

「はい、星ノ守家に直行して、二人で遊ぶ予定なんです！　それでは！」

僕らは天道さんに一礼すると、彼女に背を向けて玄関《げんかん》へと歩き出す。

と、背後からは天道さんの独り言めいたものが聞こえてきた。

「そうですかそうですか。それは大変結構なことで――」

が、途中《とちゅう》でピタリと止まる天道さんの言葉。そして直後、ドサリとカバンか何かが地面に落ちる音が。

『？』

僕とチアキは気になって今一度振り返りかけるも……その時丁度前方からやってきた若《じゃっ》

干苦手《かん》な体育教師に「廊下はちゃんと前見て歩けよぉー！」と声をかけられてしまったため、僕らは二人、逃《に》げるように玄関へと急いでしまった。

靴《くつ》を履《は》き替《か》えながら、チアキが訊ねてくる。

「あのあの、大丈夫《だいじょうぶ》だったでしょうかね、天道さん」

「うん、まあ、大丈夫だと思うよ。ほら天道さんって、よく物落とすでしょ？」

「あ、確かに確かに。特にケータと交際始めて以降、よく見る気がします。この前も……ケータの顔についてたゴミ取ってる時に、天道さんが何か落としていた気がします」

「そうそう。なんだろうね、アレ。不思議だよね」

「不思議ですよねぇ」

そうして僕らは二人、天道さんの不思議に思いを馳《は》せながらも、ようやく校舎を出たのだった。

＊

「あれ？　あまのっち達じゃん」

「お、ホントだ、雨野と星ノ守じゃねーか」

チアキと二人、校舎前のバス停で星ノ守家方面へと向かうバスを待っていると、偶然《ぐうぜん》通りかかった同好会仲間のリア充《じゅう》カップルに声をかけられてしまった。

未だに「誰《だれ》かにカップル扱《あつか》いされること」に慣れない僕とチアキが若干照れながら会釈《えしゃく》すると、アグリさんが早速《さっそく》ニヤニヤしながら僕の首に左腕《ひだりうで》を回しつつ、右拳で鳩尾《みぞおち》をぐりぐりやってくる。

「あれあれ？　二人で一緒《いっしょ》に星ノ守家方面のバス待ってるってことは……くふふっ。ややぁ、あまのっちも、隅《すみ》に置けないですなぁ！　このこの！」

「ちょ、なんですかそのデリカシーのないオッサン的絡《から》み方は！　やめて下さいよ！」

「そんなこと言ってぇ、ほら、ドキドキワクワクが隠《かく》せてないぞぉ、あまのっちぃ」

「ちょ、胸をさわさわして心拍《しんぱく》測るのやめて下さい！　こ、こそばゆいですって！」

「これから二人でなにする気か、白状なさいな、このこの！」

「ひゃっ！　あは、あははは！　ちょ、脇腹《わきばら》はダメですって、アグリさん！」

早速いつも通りのスキンシップでじゃれ合う、僕とアグリさん。チアキと不本意な交際を始めてからというもの、アグリさんには前にも増して色々相談しており、結果として今や僕とアグリさんの関係は家族そのものだ。そのもの、なのだけれど……。

『……はっ！』

『………………』

気づけば、今日も今日とて、上原君とチアキから極寒《ごっかん》の眼差《まなざ》しを向けられていた。……僕とアグリさんは慌《あわ》てて体を離《はな》すと、二人、こほんと咳払《せきばら》いして……言い訳する。

『こ、この程度の事はほら、日常茶飯事《さはんじ》だから……』

『だから気になるんだよ！（ですよ！）』

それぞれのパートナーから涙目で指摘《してき》を受ける僕ら。……ま、まあそりゃ、僕らだって上原君とチアキがスキンシップしてたらモヤるだろうけどさ。とはいえ……。

アグリさんが、ケラケラ笑いながら僕を馬鹿《ばか》にするように指さす。

「こんな小動物を男性として見てたら、ヤバいじゃん、アグリ！」

「あのあの、自分、それと交際しているのですけど今……」

チアキが小さく呟《つぶや》く中、僕も負けじと、アグリさんを指さしつつ小馬鹿《こばか》にした目つきで告げる。

「ハッ、こんなギャルをはき違《ちが》えた理不尽《りふじん》タダメシ喰らいを女性として見る男性がいたら、ペドフィリアやネクロフィリア等に類する、新たな性的嗜好《しこう》カテゴリを増設しなきゃいけないレベルですよ！　アグリフィリアみたいな！」

「お、俺って、そんなにマイノリティなのかよ……」

なぜか肩を落とす上原君。結果として……チアキと上原君、二人とも、著《いちじる》しくテンションが下がってしまっていた。

『えーと……』

僕とアグリさんは「下手なフォローは逆効果っぽい」と判断すると、今度は話題を切り替えて誤魔化《ごまか》すことにする。

「そ、そう言えば、アグリさん達は、街にでも寄るんですか？」

「う、うん、そうなんだー！　うちは、仲良く、ゲーセンデートだよ！」

「わ、わぁ、ラブラブですねぇ。うらやましいなぁ」

「な、なんのなんの、あまのっち達こそぉ」

そこまで話して、チラッと上原君とチアキの様子を窺《うかが》う僕ら。すると……二人はほんのりと、照れた表情を見せてくれていた。

これはいける。

確信を得た僕らは、この方向性で更《さら》に続けることにする。

「い、いいですねぇ、ゲーセンデート！」

「い、いやいや、家で遊ぶのだって、なかなか……」

「ですね！　僕とアグリさんの二人だと、なんか、遊んだりとか全然しませんもんね！」

「だ、だね！　二人でダラダラするだけだもんね！」

「はい！　もう、なんていうか、何も特別なことしたくないですもんね、僕ら二人！」

「うん！　あまのっちとなら、亜玖璃《あぐり》、どこでも楽しくじゃれ合って……」

と、亜玖璃さんがそこまで言ったところで……僕らはハッとする。

『…………あぁ、そう……』

なぜかチアキと上原君の空気が先程《さきほど》より一段と重い！　なにこれ！　どうして⁉　僕とアグリさんの何が、二人をこうまで落ち込ませちゃうの⁉

なんにせよ、どうも、今日は「何をしても駄目《だめ》な日」のようだ。

僕とアグリさんはアイコンタクトを交わすと……被害《ひがい》を最小限に留《とど》めるべく、最後の手段に打って出ることにした。その名は……。

「じゃ、じゃあねっ、あまのっち！　よい放課後を！」

「は、はい！　アグリさんも、お達者でぇ！」

秘技《ひぎ》、撤退《てったい》！　ダメージは回復しない上に経験値もお金も手に入らないが、代わりにこれ以上の被害も出ない、究極の選択肢《せんたくし》！

カレシをぐいぐい引っ張って去って行くアグリさん、それを全力で手を振《ふ》って見送る僕。

そうして、リア充カップルがすっかり見えなくなったところで。

僕はうちのカノジョさんの様子を窺うべく、恐《おそ》る恐る振り返ろうと――した矢先、くいっと制服の袖口《そでぐち》を背後から引かれた。

「……チアキ？」

見ると、彼女は……少し俯《うつむ》き加減《かげん》でぷくっと頰《ほお》を膨《ふく》らませながら、僕の袖《そで》をちょこんと摘《つ》まんでいる。

「……自分だって……」

「へ？」

チアキがぼそりと、拗《す》ねたままの態度で、独り言のように呟く。

「自分だって……ケータといるだけで、その……とても楽しいです、から……」

「っ」

その、あまりにいじらしい言葉に。

僕は……胸が信じられないくらい「きゅう」とさせられつつも、なんとか、最低限の言葉だけは返したのだった。

「……えと……僕も……………です」

「……ですか」

「……です」

……………。

そこからバスが来るまで、僕らは、会話どころか互《たが》いの顔さえ見れなかったのだった。

＊

星ノ守家の居間へと通され、部屋の隅に鞄《かばん》を置かせて貰《もら》ったところで、僕はふと違和《いわ》感をおぼえて「あれ？」と声を上げた。

自室に戻《もど》ろうとしていたチアキが不思議そうに振り返ってくる。

「どうしました、ケータ？」

「え？　あ、いや、人の気配が全然ないからさ。コノハさんや、ご両親は……」

「あ、今日はいませんですよ。二人きりです」

「へ？」

「じゃ、自分、部屋着に着替《きが》えてきますので」

僕の動揺《どうよう》にも気づかず、サラリと告げて自室に向かっていくチアキ。僕は……しばしぼんやりと立ち尽《つ》くした後、俄《にわか》に心拍が上がったのを感じて胸へと手を当てる。

「(な、なにを緊張《きんちょう》しているんだ僕は。ただゲームを遊ぶだけのことに、二人きりも何も関係ないだろう？　ご両親がいたところで、結局遊ぶ時は二人なわけだし……)」

そう頭では考えられるものの、鼓動《こどう》は一向にペースを緩《ゆる》めてくれない。僕はそんな自分がなんだか、酷《ひど》く――嫌《いや》だった。その場に立ち尽くしたまま、思わず嘆息《たんそく》してしまう。

「（ゲームを前にしてなお異性への不純な気持ちが湧《わ》くとか、ゲーマーの風上にもおけないよなぁ。こういうのって、僕が一番嫌《きら》いなことじゃないか）」

テレビで「合コンで盛り上がるアプリ特集！」とか「男女の距離《きょり》が縮まるボードゲーム特集！」とか始まると露骨《ろこつ》に「ケッ」となるタイプだ、僕は。要は心が狭《せま》い。

しかしそんな狭量《きょうりょう》かつ偏屈《へんくつ》オタクゲーマーだからこそ、少なくとも自分だけはゲームを遊ぶ際に妙《みょう》な「邪念《じゃねん》」は絶対持ち込みたくないと思っているわけで……。

と、気づけば廊下《ろうか》からチアキの足音が響《ひび》いてきた。

「お待たせしましたです、ケータ」

そう言って彼女が居間のドアを押し開かんとしたところで、僕は素早《すばや》く自らの頬をパンッと叩《たた》くと、しゃんと意識を仕切り直す。

「（しっかりしろ、僕！　変な気持ちを捨てるんだ！　だって、チアキ側はあんなにも何も意識してないんだから！　だったら僕も邪念を捨てるのが筋というもの――）」

そう考えた、矢先のことだった。

〈ずてぇーん！〉

「……へ？」

チアキが……我がカノジョさんが、慣れ親しんでるにも程があるハズの自宅で、盛大《せいだい》にすっころんだのは。

『…………』

何が起きたのか分からず、時が止まる。

部屋着と言うには、若干《じゃっかん》気合いを感じるスカート姿で——尻餅《しりもち》をついている我がカノジョ。僕との角度の関係でシャツの胸元《むなもと》からは下着の端《はし》がチラリと覗《のぞ》く。

僕は慌てて視線を逸《そ》らしつつ、顔が赤くなるのを感じながらも、なんとかチアキに声をかけた。

「だ、だだ、大丈夫《だいじょうぶ》、チアキ？」

「え？　あ、はは、はい、大丈夫、です、です……はい……」

そう言いながらも、なかなか立ち上がらない彼女。

……………。

……どうやら「二人きり」の状況《じょうきょう》にテンパっていたのは、僕だけでは、なかったらしい。

『…………』

様々な照れが混じり合い、しばし身動きが取れない僕ら。が……流石《さすが》にチアキが尻餅ついたままなのも見過ごせない。

僕は彼女の胸元を見ないように視線を逸らしながら、「ほ、ほら」と手を差し伸《の》べた。

「あ、ありがとう、ございます……」

感謝を述べながら、僕の手をそっと摑《つか》むチアキ。……そのすべすべとした指先の感触《かんしょく》に、自分でも信じられない程に胸が高鳴る。

もはや、自分の中の割合的に、チアキに対するドキドキが邪念なのか、ゲームを遊びたい気持ちが邪念なのか分からなくなってきた。

僕の手を借りて、チアキは速《すみ》やかに立ち上がる。

流石にこの世界はラブコメじゃないので、勢い余って倒《たお》れ込むみたいなベタなイベントは当然なかった。なかったのだが……。

『………』

何もないが故《ゆえ》に、かえって手持ちぶさたで気まずかった。居間で、微妙《びみょう》な距離感で、互いに視線を逸らしながら立ちすくむオタク男女。……なんて空気だ。

「ご、ごほん！」

耐《た》えきれなくなった僕は、わざとらしいのは百も承知で大きく咳払《せきばら》いをする。

と、チアキもまたそれを合図として、動き始めてくれた。

「さ、さてケータ、あの、その……あ、遊びましょうか！」

「う、うん。じ、時間もあまりないしね」

「で、ですね！」

そう言ってキビキビと動き始める二人。チアキは冷蔵庫からお茶を出し、僕はゲームの準備を整える。……が、その間も僕らは、一度も目を合わせなかった。……真っ赤な顔を見られるのが、どうしようもなく恥《は》ずかしかったから。

各種準備を終えた後、二人、コントローラーを持ってテレビ前のソファに……少し距離を離《はな》して、並んで座る。

今日遊ぼうとしているのは、二人協力型の見下ろし型アクションRPGだった。詳《くわ》しい方には「ハクスラ」と表現した方が分かりやすいかもしれない。

舞台《ぶたい》はゾンビウィルスの蔓延《まんえん》した世界。そこでプレイヤーはゾンビから逃《に》げたり時に戦ったりしつつ、フィールドを探索《たんさく》。持ち帰った戦利品で装備を調《ととの》えたり、施設《しせつ》を拡張したり、能力を強化して、また探索に赴《おもむ》く。オフラインでの二人プレイに対応していて、基本分割画面形式なので一緒《いっしょ》に冒険《ぼうけん》も出来れば、手分けも出来る。

……まあぶっちゃけ、「よくある」ゲームだ。尖《とが》った特徴《とくちょう》の一つもない。事実、ゲーム雑誌のレビューでは「7、7、7」みたいななんとも言えない点数をつけられていたし、ネットの評価に至っては、良いとか悪いとか以前に感想の絶対数が少なかった。

ただ、それでも僕とチアキは……このゲームが嫌いじゃなかった。

……………。

いや、素直《すなお》に白状しよう。

僕らは、このゲームを「二人で」遊ぶ時間が、大好きだった。

「あ、やった！　ようやくオーク材手に入れたよチアキ！」

「ナイスですケータ！　ではではっ、拠点《きょてん》で合流しましょう！」

ゲーム開始から三十分。当初の緊張はどこへやら、僕らは今日も今日とて、すっかりゲームにのめりこむ。

僕らは互いの冒険から帰還《きかん》し、拠点でキャラを合流させると、これまでに集めた素材を利用して、二人、バリケードのアップグレード作業に乗り出した。

チアキのキャラが倉庫からせっせと「材料」を運び、それを受け取った僕のキャラがハンマーをふるってバリケードを強化していく。正直、絵面《えづら》的には全く面白《おもしろ》みのない作業なのだけれど、僕とチアキはこれまた、全然嫌いじゃない作業だった。

チアキが隣《となり》で運搬《うんぱん》作業を継続《けいぞく》しながら、ふふっと笑う。

「自分、ゲームにおけるこういう地味な地盤《じばん》固め、好きです」

「分っかる！　派手な強化もそれはそれで爽快《そうかい》感あるけど、チマチマとじんわり戦力強化なり状況改善がなされていく模様を見守るのも、妙に気持ちいいんだよね！」

「ですです！　いやぁ……なので自分今、至福の運搬作業ですよ。スティック倒すだけですけど」

「僕も至福の改修作業だよ。〇ボタンを定期的に押しているだけだけど」

そのまま二人、単純作業を続けながらうっとりと画面を眺《なが》める。

……とはいえ、この単純作業終了《しゅうりょう》にはまだ五分以上はかかりそうである。

僕らはコントローラーを操作しながら、雑談に興じ始めた。

「しかし僕らって、なんか妙に好きだよね、この手の協力プレイゲーム」

「ですね。逆に逆に、自分達二人きりだと、あまり対戦はしないかもですね」

「あ、確かに。弟や同好会メンバーとは対戦で遊ぶこともあるし、だから別に対戦が嫌いなわけじゃないハズなんだけど……」

「ですです。これは、自分とケータが二人きりの時だけの特例な気がしますね」

そう言われて、ふとチアキの方を向くと、期せずして視線がバッティングしてしまう。

僕らはすぐにゲーム画面へと視線を戻すと、改修作業と会話を続けた。

「え、えと。そ、そうだ、これがたとえば天道さんと二人の状況なら、対戦モノばかり繰《く》り返している気が――」

「…………」

「――って、えと……チアキさんや？」

ふと気づくと、チアキが素材運搬作業の手を止め、なにやら不機嫌《ふきげん》そうにふくれっ面をなさっていた。

意味が分からず僕が首を傾《かし》げていると、チアキは画面の方を見たままぼそりと呟《つぶや》いてくる。

「……ケータがもし天道さんと交際していたら、なんて仮定の話は……自分、聞きたくないです」

「へ？」

言われている意味が分からず、一瞬《いっしゅん》戸惑《とまど》う僕。が、すぐに事情を察すると、僕は慌《あわ》ててフォローを入れた。

「い、いや、今のは別にそういう意図は全くなかったのだけれど……。あくまでゲームスタイルの全く違《ちが》う人物として天道さんを挙げただけで……」

僕の言葉に、チアキは「え？」と驚《おどろ》いた後……ぷしゅうっと顔を真っ赤にして俯《うつむ》く。

「す、すいませんです……」

「い、いや……」

僕もまた、そこでようやく彼女から向けられた先程の感情が……その、いわゆる「嫉《しっ》妬《と》」なのだと気づき、頰《ほお》を染めて俯く。

『…………』

二人とも、ゲームをする手が完全に止まってしまっていた。

……だめだ……胸のあたりが、熱く、そしてこそばゆくて仕方ない。

流石にこの気持ちは、もうゲームの単純作業じゃ紛《まぎ》れそうもなかった。

僕は一つ熱いため息を吐く。

「(……邪念、か……。……こんなのゲームに……いや、チアキに、失礼だよな)」

僕はソファ前のローテーブルにコントローラーを置くと、チアキの方に上半身を向き直した。

「っ！　えとえと……」

チアキは少し慌てた様子で僕に倣《なら》ってコントローラーを置くと、一つこほんと咳払いし、緊張《きんちょう》の面持《おもも》ちながら話を聞く体勢をとった。

そうして二人、見つめ合ったまま数秒の沈黙《ちんもく》を経て。

僕は……思い切って、切り出した。

「そ、その……チアキ。僕は……僕は、チアキと……」

「は、はい、です」

僕に何をされると思っているのか、なにやら覚悟《かくご》を決めた様子で目をつぶるチアキ。

僕は、そんな彼女の肩《かた》に手をのせると。

ぷるぷると震《ふる》えながら何かを待つ彼女に……勇気を振《ふ》り絞《しぼ》って、告げた。


「僕はチアキとっ、仲良くなりたいとっ、思っています！」

「…………。…………………は、はい？」

何か拍子抜《ひょうしぬ》けした様子で目を開くチアキ。それに反して僕は、緊張で体をカチコチにしながら、続けた。

「そ、そのう……なんかこう最近、僕らの間に妙《みょう》な緊張が発生しちゃうのは、その、チアキに僕のスタンスをちゃんと伝えてなかったからだと、思うんだ！」

「は、はぁ……す、スタンス、ですか？」

「そう、スタンス！　ほら、なんかなし崩《くず》し的に交際始まっちゃったけど、元々は天敵だし、今はいい友達的関係だしで……ふ、複雑じゃないか、僕ら」

「そ、そうですね」

確かに、と納得《なっとく》するチアキ。僕は彼女の肩に手を置いたまま、続けた。

「だ、だからさ。この際少なくとも……僕の気持ちはチアキに、伝えておこうと思って」

「ケータの気持ち……。……えと、つまり、それが……」

彼女の確認を受け、僕は今一度……今度は笑顔《えがお》で、先程の言葉を繰り返す。

「今の僕、雨野景太は……星ノ守千秋と、仲良くなりたいって、思ってるよ」

「…………」

「それだけ、ちゃんと伝えておきたくて。もし僕が自分の気持ちを明かさないことで、チアキに要《い》らぬ緊張を強《し》いちゃっていたなら……それは、申し訳ないなって」

「ケータ……」

そこでチアキはようやく、僕にニコリと微笑《ほほえ》み返してくれた。

そうして彼女は自らの肩に置かれた僕の手にそっと頬を寄せると、幸福そうに呟く。

「自分も……自分も、ケータとは仲良くなりたいと、思っていますよ」

「チアキ……」

不思議ともう、僕らの間に緊張はなかった。互《たが》いに互いを同じように想《おも》っている。たったそれだけのことが、こんなにも心を満たしてくれるだなんて、想像だにしなかった。

『……』

流れるように二人の距離《きょり》が縮まっていく中、チアキが、どこか妖《あや》しく問いかけてくる。

「ケータ？……ケータは自分と……どう、仲良くなりたいですか……？」

「チアキ……」

「……自分は……自分は……」

彼女の口から熱い吐息《といき》が漏《も》れる。僕らはそのまま倒《たお》れ込むように――

「ただいまぁぁぁぁぁぁぁあああああああああああ！」

――素早くテーブル上のコントローラーを手にすると、異様な前のめり体勢でゲームを再開させた。

直後、バァンッと強めに廊下《ろうか》から居間へと続くドアが押し開かれる。……振り返るまでもなく、それがチアキの妹――星ノ守心春《このは》ちゃんであることが理解出来た。

ちなみに僕と彼女の関係性はと言えば——

「あらあらあら。最近よく我が家でお見かけ致《いた》しますこと……このゴキブリ」

「あ、はは……ど、どうも」

——最悪である。とにかく出逢《であ》い方が良くなく、結果として「姉を誑《たぶら》かそうとしている最低のキモオタ」と思われているのが現状である。また色々あって彼女の隠《かく》れた趣味《しゅみ》——エロゲ趣味まで僕が知っちゃったものだから、その敵対心たるや……。

「まったく……こんなヤツのどこが……」

呆《あき》れたように息を吐《は》くコノハさん。彼女はそのまま僕らをしばし観察した後、「ふんっ」と鼻を鳴らして自室へと戻《もど》っていった。

ほっと胸をなで下ろす僕ら。緊張から解放されたチアキが呟く。

「相変わらず、コノハのケータ嫌《ぎら》いは筋金入りですね」

「ぐ……。で、出逢い方がちょっと悪かっただけだよ。きっといつか……」

「どうですかねぇ。いい出逢い方をした世界線があったとしても、うちの完璧超人《かんぺきちょうじん》な妹がケータに心を許す想像が出来ませんけど」

「そ、そうだね……」

エロゲの趣味があるとはいえ、基本的にとても真面目《まじめ》な方だ、コノハさんは。砕《くだ》けた会話が出来てる僕らなんか、想像もつかない。

大きく嘆息《たんそく》しながら、二人、ゲームを進める。と、ようやくバリケードのアップグレードが完了《かんりょう》した。

『………………』

完成したバリケードを、二人、しばし無言で眺める。

……正直、グラフィックの変化も数値の上昇《じょうしょう》も地味だ。グラフィック面では構成木材の色合いが変化しただけだし、数値的には一割程度性能がアップしただけ。

けれど、それでも。

それでも僕らは……バリケードが完成したことに、とても満足していた。

僕らは顔を見合わせ、くすりと笑い合う。

「ほんの少しずつでも、前に進めたなら……それだけで充分《じゅうぶん》楽しいよね」

「ですね。少なくとも自分達にはそれぐらいが、丁度いいのかもしれません」

僕らは二人、それだけ話すと。

「……じゃ、また次の地味な成長目指して頑張《がんば》りますか！」

「はいです！」

――この二人だけで遊ぶゲームを、僕らなりのペースで、進め始めたのだった。

【雨野《あまの》景太《けいた》とアグリルート】

僕、モブキャラぼっち高校生・雨野景太が、自分の殻《から》を破るべく臨《のぞ》んだ、人生の一大イベント──《天道《てんどう》さんへの友達申請《しんせい》》。

当初はごく個人的なケジメだったこのイベント。しかし周囲の思惑《おもわく》や勘違《かんちが》いを大いに巻き込んだ結果、あれよあれよと誰《だれ》もが考えもしない方向へ事態が転がり始め。

そうして気がつけば、僕、雨野景太はなんやかんやで──

──アグリさんと交際を始めるに至っていた。

＊

八月某日《ぼうじつ》、午前十時十五分。

某百貨店内の五階メンズフロアへ向かうべく乗り込んだエスカレーターにて、二段前のギャル風女子高生が、くるりと僕を振り向いて笑顔を見せてきた。

「というわけで始まりました！　亜玖璃プレゼンツ！　あまのっちキモオタ脱出《だっしゅつ》計画第三

回『あまのっち、服を買う』のコーナー！　わーわー！」

「ぶーぶー」

　今日も今日とて楽しそうなアグリさんに対し、今日も今日とてゲームの時間を奪《うば》われたことへの抗議《こうぎ》を込《こ》めてブーイングする僕。

　が、アグリさんは相変わらず僕のリアクション等無視して、一人続ける。

「初回のスペシャル『あまのっち、髪《かみ》を切る』が大好評だったこのコーナー！」

「何が大好評なもんですか！　危《あや》うくモヒカンにされかけたことは今でも忘れていませんからね！」

「あれはウケたね！　ゲーム同好会メンバーも、あとであまのっちの慌《あわ》てふためく動画を見せたらゲラゲラ笑ってたし」

「もう僕ゲーム同好会出ない！」

　エスカレーターを乗り継《つ》ぎながら、頰《ほお》を膨《ふく》らませる僕。

　と、アグリさんは珍《めずら》しく、若干気まずそうに視線を外しながら続けてきた。

「まあ……第二回の『あまのっち、合コンに出る』の回は忘れるとして……」

「いやむしろそれは忘れないで！　無関係な大学生の中に放《ほう》り込まれた上、皆《みな》さんいい人達だっただけにむしろ場を変な空気にし、放送事故みたいな沈黙《ちんもく》が何度も訪《おとず》れたあの地獄《じごく》みたいな光景を忘れないで！　最後にはゼミの教授を名乗る香水《こうすい》のキツいオバさんに持ち帰られかけたことも、忘れないで！」

　未《いま》だに思い出すだけで変な脂汗《あぶらあせ》の滲《にじ》み出る思い出だ。僕の人生におけるトラウマシーンランキングワースト3に入る、地獄みたいな一日。

　流石《さすが》のアグリさんも沈痛《ちんつう》な面《おも》持ちで続けてくる。

「……あれは本当に痛ましい事故だったよね……。誰よりも早くあまのっちのSOSに気づいた祐《たすく》が駆《か》けつけてくれなかったら、今頃《いまごろ》どうなってたことか……」

「ホントですよ！　企画発起人《きかくほっきにん》の亜玖璃さんは家で寝《ね》てたらしいですけどねぇ！」

「うん。だってつまんないんだもん、あまのっちのメッセージアプリ通じた実況《じっきょう》」

「最低ですね貴女《あなた》！　っていうかつまんないなら、なんで第三回やるんですか！」

「だって次は面白くなるかもしれないじゃん？」

「そ、それはそうかもしれませんけど……」

「服の試着中にあまのっちの体が急成長、服がぴっちぴちに、みたいな？」

「なんでそんな不思議な期待されているんですか僕！」

「なんでだろ。あまのっちの声聞いてたらつい……」

　ようやく四階から五階に向かうエスカレーターへと乗り継ぐ。

僕は嘆息しながらアグリさんに訊《たず》ねた。

「アグリさんは、僕をなんだと思ってるんですか……」

そんな僕の問いに。

アグリさんは僕を愛《いと》おしげに見つめると……満を持して、告げてきた。


「オモ——愛する彼氏」


「たった二文字で全部が台無しだよ！　後半の台詞《せりふ》で全然取り返せてないよ！」

「と、とにかく、あまのっち着せ替《か》え遊び——じゃなくて『あまのっち、服を買う』のコーナー、いざ開始だぁ！」

「あ、ちょ、アグリさん⁉」

何かを誤魔化《ごまか》す様にエスカレーターを駆け上るアグリさん。僕はやれやれと嘆息しながら彼女の背を追う。

……今日もまた、タフな一日になりそうだ。

＊

僕とアグリさんが交際を始めて、二ヶ月が経過した。

だが、その実情はと言えば——

「あーあ、本当は祐と来たかったなぁ、買い物」

「言いますかそれ。仮にも現在貴女の『愛する彼氏』たる僕にそれ、言いますか」

「あ、いたんだ、あまのっち」

「いましたよ！　っていうかなんでいないと思ったの⁉」

「や、あまのっちって、いてもいなくても、アグリの行動にはなんら影響《えいきょう》ないんだもん」

「じゃあ帰っていいですかっ、僕！」

「それはダメだよ。着せ替える素体がなくなるじゃん」

「素体！」

僕はがっくりと肩《かた》を落として彼女の後に続く。

——今ので分かったと思うけど、僕とアグリさんの関係は、結局こんな感じだ。

相談相手時代と何一つ変わっていない。一応「交際している」という認識《にんしき》は二人ともあるのだけれど、それでも全然気持ちがブレない。アグリさんは一貫《いっかん》して上原《うえはら》君ＬＯＶＥだし、僕は相変わらず天道さんと親しくなれるよう努力中だ。

あまりに不自然な状況。ある意味交際相手に対して二人とも不誠実なのだけれど、不思議と、僕とアグリさんの間に罪悪感めいたものは皆無《かいむ》だった。

「（たとえ違う世界で違う出逢《であ》い方や違う変遷《へんせん》を辿《たど》っても、僕とアグリさんって、こういう関係な気がする……）」

いわばそれは「魂《たましい》の家族」みたいなものだろうか。二人とも、互《たが》いを大事には思っているのだけれど、恋愛《れんあい》モードにだけはどうしても至らない。

じゃあ仲が悪いのかと言えばそうではなくて――

「あ、あまのっちあまのっち、あのショップ覗《のぞ》いてみようよ！」

――アグリさんがぐいっと僕の腕《うで》に自分の腕を絡《から》ませて引っ張る。正直傍《はた》から見たら完全に彼氏彼女の距離《きょり》感であり、スキンシップだ。僕も普通《ふつう》にそう思う。

こうして実際「相談相手」時代より更《さら》に遠慮《えんりょ》がなくなった部分も、あるにはある。

しかしそれでもなお僕は女性の接近にドギマギするでもなく、行き先の商品群を眺《なが》めて顔を顰《しか》めた。

「げ、なんですかあの店。髑髏《どくろ》だらけじゃないですか。パンクすぎでしょう」

「だからこそだよあまのっち！　いい塩梅《あんばい》に……キミに似合わないと思うんだよね！」

「僕での遊び方がゲスすぎませんかねぇ！」

「でも、前々回にモヒカン改造を受け入れなかったあまのっちも悪いと思うの」

「そりゃあの時モヒカンにしてたら髑髏の服も似合ったでしょうけど！」

「というわけで、試着にゴー！　買う気ないけどさ」

「やーめーてー。買う気のない試着とか、ひきオタには辛《つら》すぎるんですよぉおおお」

ずりずりとアグリさんに引き擦《ず》られて入店していく僕。一見微笑《ほほえ》ましいカップルを、ニコニコと迎《むか》え入れてくれる、装飾《そうしょく》のジャラジャラした男性店員さん。……うぅ。

「らっしゃーせぇー。店内ごゆっくりご覧下さーい」

「どもでーす」

ニコニコしながら手慣れた様子でずいずい店の奥に進むアグリさん。……僕なんか、一人で服見る際の第一条件は「店員さんに気取《けど》られなさそうな店」なのに。最早《もはや》万引きを狙《ねら》う人間の心持ちで臨むのに。この人ときたら……。

「すいませーん、店員さーん。インパクトあるインナー無いですか？」

「ああ、そうっスねぇ……店頭に出てるものだと、このあたりとかどうッスか？」

「おお、最初からビリビリに破けてるとは……やるね。攻《せ》めてるね！」

「ちなみにこの穴からは両乳首《ちくび》ともモロ見えです」

「うん、その意気やよし。三着貰《もら》おうか」

「貰わないで！」

なんかいきなり流れるようにドギツイ商談がまとまりかけていた。アグリさんがなぜか僕を「空気読めないヤツ」的視線で見つめてくる。

「いやあまのっち、そういうの今いいから……。ゲーム部に入らないオレかっけぇ的な、逆張りキャラとかさ……」

「いや今回逆張りとかじゃないでしょう⁉　これ至極《しごく》真っ当なツッコミですよねぇ⁉」

僕が全力でツッコンでいると、横からスッと店員さんが会話に参加してきた。

「いやおにーさん似合うと思うッスよぉ。明らかにいい乳首してそうだし」

「店員さん⁉」

「いいじゃんいいじゃんあまのっち。ここでいっちょ解禁しちゃおうよ……乳首」

「誰《だれ》のために⁉　店員さんには悪いですけど、僕、そういうのは好みじゃないんで！」

乳首出しTシャツを断固拒絶《きょぜつ》する僕。と、店員さんは残念そうに一時引き下がる。

「そうでしたか。あー……でも、すんません。今うち、下をモロ出しするタイプのダメージジーンズは切らしちゃってて……」

「いやそっち派でもないですから僕！　っていうかなんですかその犯罪助長商品！」

「あまのっち！　商品に文句つけるとか、失礼でしょ！　マナー大事！」

「えぇえ⁉　今これ、僕が怒《おこ》られる場面なの⁉　確かに口の利《き》き方知らないオタクだけど……だけど！　これは、だって……！」

「なんかすいませんねぇ、うちの彼氏が」

「いえいえ、ポロリ文化はいつの時代も一定の反発があるものですから」

いや、え、なにこの会話。僕だけが子供で、この二人が大人みたいなこの空気、なに？

僕、なんか間違《まちが》ってるの？　世の中のファッションって、今、こんなことになってんの？

ホントに？　だとしたら……その……ごめんなさい。

「じゃ、他《ほか》もちょっと見てくるんでー」

「またよろしくお願いしますねー」

僕の腕を再び引いて、アグリさんが軽快に店を出る。……凄《すご》い。僕だったら、あれほど会話した店員さん相手にして、シャツの一枚も買わず店を出ることなんてそうそう出来ないのに……！　これが……これがコミュ力強者の世界か！

紳士《しんし》服フロアをぐるりと周りながら、アグリさんが呟《つぶや》く。

「あーあ、祐だったらもっと似合ったろうになぁ、あのTシャツ」

「あの服の似合う似合わないの基準が僕にはもう分からないです。あと、なにかにつけて『祐だったら』と言うのやめて貰えません？」

「お、なにかね、あまのっち君、いっちょ前に嫉妬《しっと》かね――」

小悪魔《こあくま》風の笑顔《えがお》で僕の脇腹《わきばら》をつっくアグリさんを、僕は死んだ魚のような目で見下ろしながら呟いてやる。

「あーあ、これが天道さんだったらなぁ……」

「うーわ、なにこれ超《ちよう》ムカつく！　嫉妬とかじゃないけど、純粋《じゆんすい》に腹立つね！」

「でしょう？　というわけで、真の想《おも》い人との比較《ひかく》禁止で」

「了解《りようかい》。ま、そもそも全《すべ》てにおいて比較するまでもないしね、祐とあまのっちって」

「ええ。そもそもアグリさんなんかと比較する行為《こうい》自体、天道さんに失礼ですし」

そのままバチバチと視線で火花を散らす僕ら。……前言撤回《てつかい》。僕ら、やっぱり仲悪いっちゃ、仲悪いです。僕の人生でここまで「普通に喧嘩《けんか》」する人、彼女以外にいないし。チアキとは半ばネタみたいな敵対関係だからなぁ……。

さて、紳士服フロアを一周してみるも、結局最初の店以外アグリさんの目を特別引く店はなかった。僕らはエスカレーターに乗り、ワンフロア上に移る。男性モノ女性モノどちらも扱《あつか》う大型店のフロアだ。そこに着いた途端《とたん》、アグリさんが僕の腕からタタッと離《はな》れていく。……微妙《びみよう》に腕が寂《さび》しく感じたのは、単純に物理的な問題だろう。うん。

「じゃ、亜玖璃女性モノ見てくるから。あまのっちテキトーに自分の服見ててー」

「え、いや、ちょ、今日はアグリさんが『僕の服を見繕《みつくろ》う』っていう趣旨《しゅし》じゃ……」

「じゃねー！」

僕の抗議《こうぎ》も聞かず去って行ってしまうアグリさん。……正直僕自身は現状「服を買いたい」気分でもなかったため、一人で男性モノ見る気もあまりないのだけど……。

「……仕方ない、自分で見繕うか」

僕は嘆息《たんそく》交じりに呟くと、テキトーに店内を物色し始めた。

が、当然ながら僕が手に取る服は、アグリさんのセンスとは真逆も真逆。無難の極《きわ》みみたいな服ばかりだ。無地のTシャツとか、攻めていない程度の英字が入ったものとか。間違ってもキャラモノや彩《いろど》り豊かな服ではないが、僕はそれでいいのだ。そもそも中身が地味なのだから。

「（まあどうせ、僕が服を見繕っても結局合流したら『うーわ、あまのっちぽーい』とか『はいそれ戻《もど》してきて。それよりこっちを……』とかなるのが目に見えているけれどさ）」

ホント、今や嫌《いや》な意味でまで家族的というか……。特に殆《ほとん》ど偽《ぎ》装《そう》状態とはいえ恋人《こいびと》関係に発展してからの遠慮の無さたるや異常だ。ほんの数ヶ月前まで口をきいたことさえなかったなんて、嘘《うそ》みたいで。

と、そこまで考えたところで、僕はふと思いついて呟く。

「……あー……もし僕に姉がいたら、あんな感じなのかもなぁ……」

うん、僕が今アグリさんに感じている想いはこれが一番近い気がする。姉。そう、姉。

だから僕はやはりアグリさんとはなんでもないわけで、上原君を裏切ってもなければ、天道さんへの想いに嘘があるわけでも――

――と、そう一人うんうん頷《うなず》いていた矢先だった。

「いえいえ、お客様ほどスリムなシルエットですと、どちらの柄《がら》でも本当に見栄《みば》えがしてよろしいと思いますよ、ええ！」

「そ、そう、ですか？」

ふと前方を見やると、アグリさんが鏡の前で体にキャミソールを当て、やたらとイケメンで長身な男性店員さんと話していた。

どことなく上原君に似ている様子の店員さん。そのせいか、アグリさんにしては若干《じゃっかん》口調がおとなしめの様子。

「………」

知り合いが誰かと話していたら当然会話に入ってなどいけない僕である。僕はそのまま自分の服を見る作業に——本来なら戻るべく場面だったのだが、しかし、なぜか、どうしてもそれが出来ず、こっそりと棚《たな》の陰《かげ》から二人の様子を覗いた。

……別に、アグリさんが買い物しているだけなら、こんなことする理由もない。ないんだけど……その……今問題なのは……。

「ちなみに同系統ですと、こちらのオフショルダータイプもオススメです。お客様ほど綺《き》麗《れい》な肩のラインですと、それはもうお似合いになるかと」

言いながら、アグリさんの体に服を合わせるため——と見せかけて大した意味も無く彼女の二の腕に振《ふ》れる男性店員さん。

「え、あ、はい……そうですね」

それにぴくりと少し反応し、若干ぎくしゃくするアグリさん。

…………………。

……………。

と。

「ねぇ、キミ」

僕の肩《かた》に突然《とつぜん》手が置かれる。途端にやましいことを咎《とが》められたような気分になり、慌《あわ》てて振り返る僕。と、そこには……実に懐《なつ》かしい、とある見知った女性の顔があった。

彼女は相変わらず人なつっこい笑顔でにぱぁっと微笑むと続けてくる。

「あ、やっぱりケイタ君だぁ！　やーん、凄い久しぶりぃ！　元気してた？」

「あ、あぁ、もしかしてユミちゃ——佐久間《さくま》さん？」

僕がまだぼっちじゃなかった頃《ころ》——小学校時代の級友との再会に思わず当時と同じく名前で呼びかけてしまう僕。が、流石にこの歳《とし》になってその呼び方もないだろうと慌てて名字に切《か》り替える。

しかし彼女——佐久間由美《ゆみ》は小学校の時から変わらない、ボーイッシュな外見まんまの気性《きしょう》なようで、僕の肩をバンバン叩《たた》きつつ続けてきた。

「なに慌ててんのさ！　ウケるんだけど！　ユミちゃんでいいよ、ケイタ君！」

「え、あ、う、うん……」

力なくへらへらと笑う僕。

いや、僕は別に彼女が嫌《きら》いとかじゃ全然ない。嫌いじゃないけど……一方で、別に特別親しかったわけでも、ないわけで。

で、そういう微妙な距離《きょり》の知人に対して、僕は彼女みたいな砕《くだ》けた態度で接することが出来ない。結果どうしても敬語だったり他人行儀《たにんぎょうぎ》だったりしちゃうのだけれど……。

「やー、ケイタ君って、全然変わんないね。一目で分かったよ」

「あ、そ、そう、ですか？」

「うん！　っていうか顔とか全然変わらなさすぎて、今や女の子みたいじゃん。肌《はだ》白いし、腕《うで》も細いしさー」

そう言いながら、普通《ふつう》に僕の手首を握《にぎ》ってくる佐久間さん。……思い出した。小学校時代も、こんな感じだったなこの子。スキンシップに気兼《きが》ねがないというか。けれど僕側に「気兼ね」はあるわけで。そういう意味で昔も、若干苦手だったんだよなぁ……。

と、そこまで思い出したところで、「あれ？」と疑問に思う。

「(同じスキンシップでも、アグリさん相手なら、警戒心《けいかいしん》とか働かないのになぁ、僕)」

佐久間さんとアグリさんのしていることは基本的に同じなハズなのだけれど……と思わず考え込んでしまう僕を見て、彼女はくすくすと笑う。

「いやホントにケイタ君って、ケイタ君のまんまだよねぇ。そのウサギっぽさ、懐かしいなぁ」

「う、ウサギ？」

「うん。小学校の頃、クラスの女子皆《みな》言ってたよ」

「えっと……そ、草食男子的意味……ですか？」

「あ、ううん。見た目は可愛いのに、近寄ると逃《に》げるし、誰にも懐かないし、かといって

『一匹狼《いっぴきおおかみ》』と言うには凄く弱そうで、放《ほう》っておくだけで簡単に死んじゃいそうだから」

「…………」

聞きたくなかったことを聞いてしまった。ぼ、僕、小学生の頃ぐらいまでは、まだちゃんと男子してたと自覚してたんだけど……そうかぁ……当時から女子達にはガッツリ本質見抜《みぬ》かれてたのかぁ。まじかぁ。女子、怖《こわ》いなぁ……すげぇなぁ……女子。

僕が遠い目をしていると、佐久間さんが突然僕の頭へと手を伸《の》ばしてきた。

突然のことに動くことも出来ない僕の頭を撫《な》でながら、彼女はケラケラと笑う。

「いやぁ、なっついわぁ。えーと、あれ、三年生ぐらいの時だったっけなぁ？　当時女子の間で一瞬《いっしゅん》だけ流行《はや》ったんだよねぇ」

「え、な、何が？」

「誰《だれ》がケイタ君を最初に撫でられるかゲーム」

僕の知らないところで酷《ひど》いゲームがプレイされていた。これ絶対女子人気が高かったとか好意的解釈《かいしゃく》しちゃ馬鹿《ばか》見るヤツだ。本当は半ばイジメに近いアレだ。……良かった、当時の僕が知らないままで！　今の僕でも普通に泣きそうな情報だからね、これ！

「ま、結局ケイタ君があまりにも誰にも懐かないから、みんなすぐ飽《あ》きたけどね」

「…………そ、そうですか……」

どうやら僕という小学生は大層クソゲーだったらしい。……なにこれ傷つく。

言いながらも僕の頭をなで「へへぇ、七年越《ご》しの勝利ぃ」と笑う佐久間さん。……僕の知らないところで行われていたゲームが今、ようやく終わったらしい。ヨカッタネ。

佐久間さんは僕の頭から手を放すと、僕の後方に誰かを見つけ様子で、台風のように去って行く。

「あ、じゃあ、うちの彼氏来たから行くね私！　バイバイ、ケイタ君！」

「……さようなら、佐久間さん」

笑顔で手を振り返しつつも、あえて若干心の距離をとった言葉で返す僕。しかしそれにまるで気づかない様子で、楽しそうに彼氏の元に向かう佐久間さん。

……やっぱり彼女はちょっと苦手だ。気質が近いハズのアグリさんとは……それでもやっぱり何かが、決定的に、違《ちが》う気がする。……でも一体何が……。

「……って、あ、そうだ、アグリさんだ」

ふと、そういえばアグリさんと男性店員さんの微妙なやりとりを見ていた最中だったなと思いだし、振り返る僕。

と、その瞬間——

「………」

——なにやら無性に不機嫌《ふきげん》そうな、むすーっとしたギャルと目が合ってしまった。誰かと思えば、僕の彼女さん（仮）だ。あまりに珍《めずら》しい顔をなさっていて、一瞬分からなかった。

見れば彼女の傍《そば》にはもう男性店員さんの姿もない。僕はなぜかホッとしつつ、彼女の方へと歩み寄る。が……合流したはいいものの、なぜか、僕は彼女を正面から見られなかった。軽く目を伏《ふ》せつつ声をかける。

「えっと……イケメン店員さんに薦《すす》められていた服、買わなくていいんですか？」

すると、アグリさんもまた僕から微妙に視線を逸《そ》らして応じてきた。

「……別に亜玖璃の好みじゃないし、あんなの」

それは服、それとも店員さん、どっちの話だったのだろうか。

そんな疑問を挟《はさ》む暇《ひま》もなく、彼女は淡々《たんたん》と続けてきた。

「それよりあまのっちこそ、いいのかな、さっきの凄《すご》く親しげな女子と遊ばなくて」

「親しげな女子？　ああ……いや全然そういうんじゃないんで、彼女は」

「頭撫でられておいて、親しくないとか……全然説得力ないんだけど」

「いやアレは七年越しのクソゲーがクリアされただけで……」

「なにそれ意味わかんないし」

「？　っていうか、なに怒《おこ》ってるんですか、アグリさん」

「別に怒ってないよ。怒ってるわけないじゃん。怒る理由がないじゃん」

「ですよね。……あの、ところでアグリさん、さっきの服は本当に買わなくて――」

「いいよ！　なにさ、しつこいなぁ、あまのっち！」

「だ、だって、さっきはなんか、イケメン店員さん相手に満更《まんざら》でもないような顔を――」

「関係ないでしょ、そんなこと、あまのっちには！」

「それは……そうですけど」

「…………」

「…………」

僕らは二人、思わず俯《うつむ》く。……なんだこの空気。アグリさんとはよく喧嘩《けんか》するけれど
……こんなにもチクチクした気分は初めてだった。……なんだろう、これ。

……駄目《だめ》だ。これは、なんか、良くない。

「……すいません、アグリさん。僕、なんか、変なこと言って」

僕は自分から謝罪を切り出す。と、アグリさんもまた、珍しく僕に謝罪してきた。

「ううん……ごめんね、あまのっち。アグリも、なんか今、ちょっと変だったかも」

「いえ……。……えっと、その、じゃあ、他《ほか》行きましょうか」

「あ……うん」

僕らはそう仕切り直すと、他のフロアに移動を開始する。

が……。

『…………』

それ以降は、どんな服を見ようと……なぜだかどうしても、当初のような馬鹿馬鹿《ばかばか》しいノリには、戻《もど》りきれなかったのだった。

＊

「じゃあ、一時間後にレストランフロアで」

アグリさんとそう約束して一時解散してから、三十分。

一階ロビーの中心に鎮座《ちんざ》する大時計を取り囲むように設置された円形ベンチに、僕はやれやれと腰《こし》を下ろした。

「……あー、あと三十分もあるのか……」

僕は三階まで吹《ふ》き抜《ぬ》けになった上部空間をぼんやり眺《なが》めながら、大きく息を吐《は》く。

空気の仕切り直しや、相手に気兼ねしない買い物のため、それぞれに単独行動のための自由時間を設けたところまでは良かったものの……よくよく考えてみたら僕は、百貨店で一時間貰《もら》ったって何も活用出来ないひきこもりオタクだった。

それでも三十分は、服や雑貨を見て潰《つぶ》せていたのだけれど……流石にいよいよ、これが限界気味だった。かといって、他の店に行く気力もなく……。

僕は徐《おもむろ》にスマホを取り出すと、ひとつ欠伸《あくび》をしながらベンチで暇つぶしを始める。

「（こういう時、ソシャゲ……っていうかスマホって、助かるよなぁ）」

しかもどうやら丁度〈MONO〉さんもログインされているようだ。僕は彼（彼女？）とコンタクトを取ると、期間限定クエストに二人で挑《いど》んだ。

本当ならそこそこ面倒《めんどう》な耐性《たいせい》持ちボスを、息の合ったプレイでサクサクと討伐《とうばつ》していく僕と〈MONO〉さん。一戦三分程度のクエスト三回ほど回したところで、僕は思わず熱い息を吐いた。

「相変わらず理想的な相方だなぁ、〈MONO〉さんは。一体どんな人なんだろう……」

世の中、これだけ感性がピッタリの人はそういない気がする。

と、ふと、オタク妄想《もうそう》全開なのは百も承知で「この人がもし同年代の女の子だったら、どんな子なんだろう」と半ばネタ混じりに空想してみる。

「……そう、理想は天道さんみたいな……。…………ないなぁ……」

空想ぐらい自由にしたらいいと思うのだけれど、どうにも天道さんとは僕の中でキャラが嚙《か》み合わなすぎた。

でもじゃあ、そういう「理想」を抜きにしてガチで〈MONO〉さんの容姿を想像していくと……なぜか不思議と、知り合いの某海藻類《ぼうかいそう》に近くなっていく。

「……いやいやいや」

それはそれで〈MONO〉さんに失礼すぎるだろうと、僕はかぶりを振《ふ》る。

が、その二人を省いてしまうと、途端《とたん》に僕の中で〈MONO〉さんのイメージが行き詰《づ》まってしまった。自分の中の「同年代女子」の引き出しの少なさに愕然《がくぜん》とする。

ぽちぽちと四回目のクエストを回しながらも、黙々《もくもく》と考える僕。

と、そこで僕はふと、〈MONO〉さんを考える時にアグリさんという選択肢《せんたくし》が一切《いっさい》出てきていないことに気がついた。

「まぁ、全然違うからなぁ、アグリさんは……」

天道さんみたいに「理想の女性」ってキャラでもなければ、〈MONO〉さんみたいに「最高に気の合う相棒」なんてガラでもない。

なのに現在、運命の悪戯《いたずら》でアグリさんは、僕の、カノジョさんなわけで。

……だから本来なら、僕は今、この日常に不満を抱《いだ》いて然《しか》るべきなのだろう。実際こうして、休日に半ば無理矢理買い物に付き合わされた上、一人スマホいじってたりするわけだし。アグリさんは、僕の理想や目標でもなければ、類友でもないのだ。それこそ、さっき佐久間さんに抱いたような、微妙《びみょう》に苦々しい想《おも》いを抱くべき相手であって。

………………。

……でも……論理的には、そのはず、なのに。……なのに僕は今……案外――

「…………」

――と、なぜか一瞬スマホの画面をタップする指が止まってしまう。致命《ちめい》的ミスには繋《つな》がらなかったものの、おかげでクエスト攻略《こうりゃく》に余計な時間を費《つい》やしてしまった。

と、直後に〈MONO〉さんからメッセージが届く。

〈今日はありがと。またね〉

……一見彼女側の事情で切り上げたように見えるけど、きっと、さっきのミスで僕の集中切れを察してくれたのだろう。

僕は一つ息を吐くと、時間を確認《かくにん》し、少し早いけど最上階のレストランフロアに向かうことにしたのだった。

亜玖璃

「あれ？　アグリンじゃん！　なんか久しぶりー」

「あ、ミカミカ」

あまのっちと別れて女性モノを見ていた最中、偶然《ぐうぜん》ミカミカ——祐が親しくつるんでいるクラスメイトの土門美嘉《どもんみか》とバッタリ出くわした。

亜玖璃は現在手に取っていた地味目のブラウスを少し慌《あわ》ててラックに戻すと、久しぶりに会う友達に笑顔《えがお》を向ける。

「わー、なんか久しぶりだね、ミカミカ！　元気？　買い物？」

キャッキャとはしゃぐ亜玖璃に、ミカミカもノリよくはしゃぎながら応じてくる。

「元気元気！　やー、なんかマジで久しぶりじゃん、アグリン！」

「ね！　最近祐と一緒《いっしょ》に帰ることが殆《ほとん》どなくなっちゃったから——」

「……あー……」

話題がそっちに及《およ》んだところで、二人、若干《じゃっかん》気まずくなって会話が止まってしまう。

……そうなのだ。当然のことながら、事故とはいえあまのっちと交際を開始してからというもの……祐とはあまり登下校を共に出来ていない。結果として、祐とつるんでいるF組の友達とも、自然と距離《きょり》が開いてしまったわけで。

「あ、えと、どうせ話すならちょっとそこ座ろうか、アグリン」

ミカミカが若干気を遣《つか》った様子で、エスカレーター脇《わき》に備え付けられていたベンチに亜玖璃を誘導《ゆうどう》する。

亜玖璃も「だね」と応じると、買い物を一時中断してミカミカと並んで座った。

学校の椅子《いす》とは違う、どこか冷たい木の硬《かた》い触感《しょっかん》。なぜだろう、亜玖璃はほんのりと、緊張《きんちょう》をおぼえる。本来あまり休日には会わない友人と一緒だからかな。

「（あまのっち相手だと、いつでもどこでも、なーんも思わないのになぁ……）」

下手したら亜玖璃、今や銭湯の女湯で彼に出くわしてもツッコまない気がする。それほど、今の亜玖璃にとってあまのっちは「当たり前」の存在であり。だから……。

「しっかしさぁ、まさかアグリンが雨野にいくとはねぇ」

「あ、うん……」

「っつうか正直マジで、何が良かったのさ、アレの？」

「えっと……」

……こうして彼の話題を振られると、未《いま》だに、どうしていいか分からない。亜玖璃にとってそれは「酸素のことどう思う？」って訊《たず》ねられるのと同じなのだ。「いや、どう思うも何もさぁ」となってしまう。

と、そんな風に亜玖璃が困り顔を返してしまったからだろうか。ミカミカは友人として何か思うところがあったようで、顔を顰《しか》めて一段階感情のギアを上げて続けてきた。

「あのさ、アグリン。もし今が不本意な状況《じょうきょう》なんだったら、頼《たよ》ってくれていいからね？」

「え？　あ、あー……なんだろ、亜玖璃、その、今の状況は、なんというか……」

ガチで不本意です。よく訊ねてくれたね、ミカミカ！　超《ちょう》不本意だよ！　うん！

だって亜玖璃は祐が今でも大好きなんだもん！　そこにブレなんて一切ない。だから、今この状況はとても不本意だ。不本意……なんだ。だから……。

「………アグリン？」

「……う、うん……その……今亜玖璃は……えっと」

……あれ、なんだろう、これ。不本意だよ。凄く、凄く、不本意だよ。それは本音だ。

なのに……そのハズなのに。

それを、口にするのが、たまらなく嫌《いや》だった。

それを口にしようとする度《たび》に、亜玖璃の中のあまのっちが、邪魔《じゃま》をしてくる。

たとえ祐のことが大好きでも。……それでも……あまのっちのことを「不本意」とかって口に出して友達に言い切るのも、また、すごく嫌だった。……なんだろう、これ。

仕方なく亜玖璃は、曖昧《あいまい》に笑ってミカミカに返す。

「そ、そんなことよりさ。教室での祐は、最近どう？」

「上原？　ああ、意外といつも通りかなぁ。アグリンを雨野に取られたの、半ばネタみたいにいじられてるし。露骨《ろこつ》に沈《しず》んでたりはしないよ」

「そ、そっか。なら良かった……」

ホッと胸をなで下ろす。祐は、いつも楽しそうに笑ってくれているのが一番だ。亜玖璃のことなんかで胸を痛めてほしくない。……いやホントはちょっとぐらい痛めて欲しいけど……その、それ以上に、彼が幸せなのが一番なわけで。

と、安心して亜玖璃が笑顔を見せると、ミカミカが少し前のめりに続けてきた。

「ほら、やっぱりまだ上原のことが好きなんじゃん、アグリン！」

「え、や、それは――」

「やー、おかしいと思ったんだよね！　だって『ない』じゃん！」

「え……ない？」

「うん！　雨野を選ぶ理由……っていうか、雨野が上原に勝ってるところがさ！」

「………」

思わず押し黙《だま》ってしまう亜玖璃。が、ミカミカは亜玖璃の微妙な変化には気づかず、更《さら》に続けてきた。

「普通《ふつう》に考えて、上原から雨野に乗り換《か》えるなんて、『ない』じゃん？　だからおかしいなって話してたんだよ、私達」

「おかしい……」

「おかしいよ！　だって上原から雨野って、フェラーリから軽トラに乗り換えるようなもんじゃん？　どう考えたって普通じゃないでしょ。あ、でもこれでハッキリしたね！　あのゲームオタク野郎《やろう》、アグリンが優《やさ》しいのをいいことに――」

「そ、そんなことない！」

店の中だということも忘れ、思わず大きく叫《さけ》んでしまう。通行人が一瞬《いっしゅん》ぎょっとこちらを見て、そそくさと離《はな》れていく。……ミカミカもまた、隣《となり》で固まってしまっていた。

……………な、なにやってんだろう、亜玖璃。

亜玖璃は慌てて手を振り、表情を取り繕《つくろ》う。

「や、えと、その……あ、そう！　彼に脅《おど》されてるとかじゃ、ないんだよ。その……あまのっち――雨野君は雨野君側で、不可抗力的《ふかこうりょく》に、こうなっちゃってるからさ、うん」

「そ、そうなんだ。その……ごめんね。なんか、調子に乗って言い過ぎたかも」

「あ、ううん、全然全然。実際キモオタ童貞《どうてい》クソ野郎だしね、あまのっち」

「いや私は全然そこまでは言ってないんだけど……」

ミカミカが若干引いていた。……うぅ、久々に会った友達相手に、なにしてんのさぁ、亜玖璃ぃ。

『…………』

二人の間に横たわる沈黙《ちんもく》。……気まずい。……本当に気まずい。

と、ミカミカがなにやらもごもごと口を動かし始める。

「……あのさ、アグリン？　もしかしてアグリン、雨野のこと……」

が、亜玖璃側は気まずさでそれどころじゃない。視線を逸《そ》らし、次のことを考えてばかりで、全然彼女の言葉が耳に入らなかった。

「なんかさっきも……全然これまでの趣味《しゅみ》じゃない服とか手にとってたし……」

と、なにやらよく分からない指摘《してき》を受けたところで、亜玖璃のスマホが震《ふる》えた。確認してみると、あまのっちとの待ち合わせ五分前の通知アラームだ。……助かった。

ミカミカは何か一人でまだぶつぶつ言っていたけど、亜玖璃はそれをぶった切るように立ち上がった。

「ごめんミカミカ！　亜玖璃ちょっと待ち合わせしてて、もう行かないとだから！」

「え、あ、そうなの？　じゃ、じゃあね、アグリン」

「う、うん！　会えて嬉《うれ》しかった！　じゃあね！」

亜玖璃はそう笑顔で言い残し、急ぎ足でミカミカの前を離れてエスカレーターを駆《か》け上がる。

そうしてワンフロア上がり、彼女の姿が見えなくなったところで……。

「……はぁ」

思わず大きく息を吐《は》き、胸を押さえた。そうしてそのまま、俯《うつむ》き加減《かげん》に独りごちる。

「…………そんなことない、か……」

亜玖璃が吐いたその言葉は……本当に、ミカミカに説明したまんま……彼女の言葉の後半、あまのっちに対する不当な疑惑《ぎわく》に対する反発だったのかな。それとも……。

亜玖璃は自分でも分からない答えにモヤモヤしながらも、そのまま一路、レストランフロアを目指すことにした。

雨野景太

『あ』

レストランフロアで再会した僕らカップルは、なぜか、少し距離を離して足を止めてしまった。

『………』

元々約束していた再会だというのに、なぜか互《たが》いに、会いたくなかった知り合いとバッタリ出くわしてしまったみたいな空気が漂《ただよ》う。

……とはいえ、このまま無言でいても仕方ない。僕は自分から亜玖璃さんに歩み寄ると、少し上擦《うわず》った声で切り出した。

「えっと、な、何食べましょうか、お昼ご飯」

「え？ あ、うん、お昼、ね。あ、あんまり高くないのが、いいよね」

「ですよね」

「………」

「………」

なんだこの空気。これじゃまるで、僕が亜玖璃さんに最初に話しかけた時みたいじゃないか。……互いを、知っているような、知らないような、そんな距離感。

僕は困ったように後頭部を掻《か》くと、「あ、あれ」と少し先のフロアマップを指さした。

「レストラン一覧見て決めましょうよ、亜玖璃さん」

「…………」

「……？　亜玖璃さーん……」

「あ、うん、そうだね。じゃ、それ食べよう。…………」

「……亜玖璃さん？」

駄目《だめ》だ、全然こっちの話を聞いていない。何か考え事をなさっているのか、その場に立ち尽《つ》くしてぼんやりしていらっしゃる。

が、そこは他の人も通る通路の中央。流石に邪魔になりそうだと判断した僕は、仕方なく、こちらから彼女の手を摑《つか》んで引き、フロアマップの方へと歩き出した。

「……っ！」

「？」

いつもと……彼女側からぐいぐい引っ張り回される時と違《ちが》い、なぜか、亜玖璃さんの手が強《こわ》ばっているのを感じる。

不思議に思って振《ふ》り返ると、彼女の顔は……。

「……え、あう……」

……なぜか、照れたように、真っ赤で。で、そんな「らしくない」表情を見せられたら、僕側だって……。

「う……」

今更《いまさら》ながらに「女の子と手を繋《つな》いでいる」という事実を再認識させられ、どうしようもなく照れくさくなってくるわけで。

結果……。

『………』

僕らは二人、黙々《もくもく》とフロアマップまで歩き。そこで——

『っ』

——何か「禁忌《きんき》」を避《さ》けるかの如《ごと》く、慌《あわ》てて手を離し、一歩距離《きょり》を取り合った。

……なんだろうか、これは。これまでは、手を繋ごうが腕《うで》を組もうが、なんとも思っていなかったのに。アグリさんだなぁとしか、思わなかったはずなのに。

これじゃまるで……まるで、恋人《こいびと》みたいじゃ——

『あ、恋人か』

——と、隣で亜玖璃さんも全く同じ思考を辿《たど》っていたのか、同時に馬鹿《ばか》らしい呟《つぶや》きを漏《も》らす僕ら。

そうして、僕らは互いに目を合わせると……思わず、噴《ふ》き出してしまった。

「なにしてるんでしょうね、僕ら」

「ホントにね。もう……。あー……なんか急にお腹《なか》減ってきたよ、亜玖璃」

「僕もです！」

ようやくいつもの空気に戻《もど》り、距離を一歩詰《つ》めて、レストラン一覧を確認する僕ら。

「あ、僕、和食か麺類《めんるい》がいいです！」

「なるほど。わかった。じゃああまのっちの希望を考慮《こうりょ》して――オムレツ専門店で！」

「完全に自分の希望だけで決めましたよねぇ、今！」

「じゃ、オムレツにレッツゴー！」

「いやいやいやいや」

僕の拒絶《きょぜつ》にも構わず、くるりとフロアマップに背を向けるアグリさん。

と、彼女は――

「……えへへ」

――いつものように、いつものテンションで……だけど今回は少しだけはにかみながら、僕の手を引いてきた。

「まったく……しょうがないですね」

それに対して、僕もまた、いつものように呆《あき》れの言葉を口にしながらも……顔には優しい笑《え》みを浮《う》かべて返す。

……きっと、僕ら二人は、まだまだ恋人とは言えない。

互いの想《おも》い人への気持ちにだって、一切《いっさい》、陰《かげ》りも偽《いつわ》りもない。

けれど。

「ようし、あまのっちの奢《おご》りで昼食食べた後は、他の店も物色しに行くよー！」

「はいはい、了解《りょうかい》しま――いやなにサラッと昼食僕の奢りにしてるんですか！」

「やーやー、甲斐性《かいしょう》のある彼氏さんで、亜玖璃は幸せ者だなぁ」

「こんな時だけ彼女面《づら》して！」

もしかしたら、十年後も、二十年後も、五十年後だって――こうして二人で、楽しく過ごしているのかもしれない。

そんな未来も案外悪くないかと、少しだけ思え始めた、ある日の出来事だった。

【雨野《あまの》景太《けいた》とコノハルート】

僕、モブキャラぼっち高校生・雨野景太が、自分の殻《から》を破るべく臨《のぞ》んだ、人生の一大イベント――《天道《てんどう》さんへの友達申請《しんせい》》。

当初はごく個人的なケジメだったこのイベント。しかし周囲の思惑《おもわく》や勘違《かんちが》いを大いに巻き込んだ結果、あれよあれよと誰《だれ》もが考えもしない方向へ事態が転がり始め。

そうして気がつけば、僕、雨野景太はなんやかんやで、その時点では未《ま》だ面識の一切なかった女性――

――チアキの妹、星ノ守心春《ほしのもりこのは》さんと交際を始めるに至っていた。

＊

温かな陽光の降り注ぐ公園の中を、ソメイヨシノの花びらが舞《ま》う。

「…………」

僕の隣《となり》を歩くカノジョは、憂《うれ》いを帯びた横顔で綺麗《きれい》な手をさし出した。すると、まるでそれに呼応するかのように、一片《いっぺん》の花弁が彼女の掌《てのひら》へとそっと舞い降《お》りる。

そのあまりに幻想《げんそう》的で可憐《かれん》な光景に見とれ、思わず熱いため息を吐《つ》いてしまう僕。

……なんて、美しい光景なのだろう。

そんな中、彼女……星ノ守心春さんは、掌の上の花びらが再び風に舞い上がるのを切なげに見送った後……ぽつりと、呟いてきた。


「──最近あたし……アへ顔ダブルピースにギャグ味を感じすぎて辛《つら》いんです」


「知らないよ」

一時でも彼女に見とれた自分をぶん殴《なぐ》りたかった。僕はワンショルダーバッグの紐《ひも》をギュウッと握《にぎ》り込むと、周囲に今の会話が聞かれてないかを確認《かくにん》しながら、早足で歩く。

が、コノハさんもまた「僕のリアクション」はすっかり見透《みす》かしていた様子で、動じることなく歩調を速めて僕の隣をキープしながら続けてきた。

「いや本来『エロい』ものだったじゃないですか、アへ顔ダブルピースって。なのに……なんでしょうね。世間的に擦られすぎたせいで、あれ見ると、もうちょっと笑っちゃうというか、エロい気分と対極の方にいっちゃう自分がいましてね……」

「家族連れで賑《にぎ》わう桜満開の公園で、よくその話題を続けられるねキミは！」

「センパイこそ、よく『満開』だなんて猛烈《もうれつ》に卑猥《ひわい》な単語を公共の場で使えますね」

「そりゃ普通《ふつう》の言葉だからねぇ!? とにかく、場違いな話題は控《ひか》えてよ、ここでは！」

「分かりました。じゃあ、綺麗な桜の話は控えることにします」

「いやそれはしようよ！」

「え、つまり『綺麗な桜──色の乳首《ちくび》』の話も解禁ということですか!? わぁ……」

「いやそれは解禁してないですねぇ！ そしてなんでよりにもよってこの場面で、今日イチの可愛《かわい》い顔を披露《ひろう》したかなぁ、キミは！」

「ふふぅ、可愛かったでしょう、今のあたし。自信あったんです。エロゲだったら一枚絵付きで、回想入り間違いなしのいいシーンだったでしょう?」

「最低のテキストさえなければもっと良かったんだけどねぇ！」

「イベントシーン名は『アヘ顔ダブルピース』でお願いします」

「題名が日常とは思えなさすぎるよ！ 僕の思い出をどうしたいんだっ、キミは！」

「ギトギトにしたいですね」

「ギトギトに!?」

なんか分からないけれど、恐怖《きょうふ》を覚える表現だった。ギトギトの思い出。

僕が大きく肩《かた》を落として嘆息《たんそく》していると、流石《さすが》に反省したらしきコノハさんがチロリと舌を出して謝罪してくる。

「すいません、センパイ。今日はセンパイ主導のもと、『普通のデート』をする日、でしたよね」

僕はそれに「そうだよ」と仏頂面《ぶっちょうづら》で返しながら続ける。

「いつもの、キミ主導の……『エロゲ二人プレイ』とか『星ノ守姉妹《しまい》とツイスターゲームに挑戦《ちょうせん》』みたいな、僕やキミのお姉さんがただただ気まずいだけの拷問《ごうもん》イベントじゃなくて、今日は『普通にデート』の日なわけ。分かるよね？」

「はい、分かりますよ。……頭では」

「頭以外のどこの了解が必要なのかなぁ、この話！」

「え、そんなの、下――」

「ごめん、言わなくていいわ」

僕は額に手をやって俯《うつむ》きつつ、「とにかく」と続ける。

「今日こそは、ちゃんと、健全なデートをするんです。分かりましたか、コノハさん？」

「分かりました。健全に、野外で、汗《あせ》を掻《か》いて、触《ふ》れあったりしま――」

「じゃ僕、先あがりまーす」

「すいませんでしたセンパイ！　謝ります！　謝りますから、そんなドライなバイトの上がり方で帰らないで下さい！　それはカノジョとして、すっごい傷つきます！」

「……まったく……」

僕は彼女をやれやれと振《ふ》り返ると、本気の涙目《なみだめ》——と見せかけてやっぱりよく見る嘘泣《うそ》き上目遣《うわめづか》いモードのコノハさんを見つめ、はぁと息を吐《は》く。

そして……。

「………二人きりの時なら、エロゲの話題、多少してもいいです」

「！　わぁい！　だからセンパイ大好き！」

「っ!?」

彼女は突如《とつじょ》僕の腕にぎゅうっと組み付くと、狙《ねら》ってんのかそうじゃないのか、胸を押し当ててくる。……正直、これが彼女のいつもの「常套手段《じょうとうしゅだん》」なのは分かっているのだけれど……だからと言って「照れ」を全部抑《おさ》えられるほど、僕は男として出来ておらず。

せめて真っ赤な顔だけは見せまいと、僕はコノハさんから視線を逸《そ》らすと、少し強引《ごういん》な足取りで歩き始める。

「い、いいから、ほら、いきますよ、コノハさん」

「はぁーい、セ・ン・パ・イ♪」

「……うぅ……」

——結局はいつものように、最終的な主導権を彼女に握られたままのデートが開始されたのであった。

＊

僕とコノハさんの交際が始まってから、もうじき一年が経《た》とうとしていた。

当初は互《たが》いにこの「ミスにも程《ほど》がある交際状況《じょうきょう》」を如何《いか》に終わらせるかに苦心していたハズなのに、気づけば僕らは、すっかり気の置けない仲にまで発展してしまっていた。

というのも、やはり互いに「エロゲーの話ができる希少な仲間」だということが発覚したのが大きい。

ただのゲームじゃなく、エロゲー趣味《しゅみ》の共有というのは、若干《じゃっかん》の後ろ暗さも手伝って、二人の距離《きょり》を一気に近づけたのだ。……恋愛《れんあい》というよりは、同志として。

結果、僕らは二人で楽しく話し、遊ぶ時間が増えた。が、そうなると「僕らが交際しているという誤解を解く」という行為《こうい》の難易度が急上昇《きゅうじょうしょう》する。だって僕ら、しょっちゅう二人でこそこそどこかに行くんだもの。人に言えない話までするんだもの。……誤解の解きようがないというか……これが裁判だったら状況証拠《しょうこ》だけで陪審員《ばいしんいん》達から有罪判決を貰《もら》う勢いである。僕達側としても、反論の余地がない。非常に苦しい状況。

が、そんなある時、僕とコノハさんは、二人同時に、ふと気がついた。

『あれ？　そもそも、なんで誤解解かなきゃいけないんだっけ？』

と。——奇《く》しくも、クリスマスの日のことであった。

以降、僕とコノハさんは開き直って「正式に交際」を始めることにした。なぜなら、そうしておけば、二人で仲良くしていてもなんら問題ないから。僕らも、楽しいから。

嘘から出た真《まこと》とはまさにこのことだ。勿論《もちろん》、説明が面倒《めんどう》なのでこの辺の経緯《けいい》は周囲には話していないし、それで問題も起こっていない。……あ、たまに天道さんが僕とコノハさんを涙目で見つめてきたり、コノハさんが天道さんを妙《みょう》に煽《あお》るという謎《なぞ》の修羅場《しゅらば》が発生はするけれど……それは僕らが交際している事実とはなんら関係ないだろう。うん。二人の相性《あいしょう》が悪いだけじゃないかな。

なにはともあれ、僕とコノハさんは現在、正式に交際しているわけで。

うん……そう、交際、しているのだけれど……。

「しっかし春はホント、サカりますよねぇ、センパイ」

「天気の話みたいな気軽さで振らないでくれるかな、そのゲストーク」

綺麗な桜並木の道を、げんなりと肩を落として歩く僕に対し、隣のエロゲマニアはケラケラと楽しそうに笑っていた。

……どうも僕ら、エロゲ趣味という入り口から入ったカップルなせいか、通常会話にまでやたらと下ネタが多い。いや、僕ら、というよりは正直コノハさん側が、なのだけれど。

彼女……基本的に誰にも趣味を打ち明けておらず、なおかつ普段《ふだん》は「生徒会長」なんていう真面目《まじめ》な役職を背負っているせいか、彼氏たる僕と二人きりになった瞬間《しゅんかん》、その欲望の解放度合いがえげつない。たまに姉も巻き込むほどにえげつない。

で、彼女側がこんなだと、僕側は、いくら健全な男子高校生とはいえ……いや、健全で女性に夢見がちな男子高校生だからこそ――むしろ引くわけで。

「セーンパーイ。今日こそはあたしの勝負下着、披露させてくれませんかねぇ？　そろそろこの勝負下着、不戦敗続き過ぎて穿《は》き古されてきたんですよ。しょーじき、こういうのって縁起《えんぎ》悪くないですか？」

「知らないよ。不戦敗の原因は、下着じゃなくて、着用者にあるんじゃない？」

「なるほど。つまり……そろそろ着用者が、強引《ごういん》に、力尽《ちからず》くで行けと」

「うん、そうされたら僕は、この防犯ブザーを鳴らすだけだけどね」

彼女の方を見ないまま、淡々《たんたん》と、カバンの金具に引っかけたキーホルダー型のブザーを構える僕。それに対し、コノハさんは実に心外そうに抗議《こうぎ》してきた。

「ちょ、なんでそんなもの常備しているんですかセンパイ！」

「自分の胸に手を当てて考えてみなよ……」

「胸に、ですか？……………。……あ、んっ」

「いや揉《も》めとは言ってないけど⁉　白昼の公園でなにしてんのキミ⁉」

慌《あわ》てて彼女の方を見やると、コノハさんは特に胸に手をやることもなく、それどころか僕の様子を見て、ニヤニヤと小悪魔《こあくま》的な笑《え》みを浮《う》かべていた。

「なにって……胸を揉んだ『てい』で、センパイをからかっただけですけど？」

「っ！」

僕は怒《いか》りと羞恥《しゅうち》で顔を真っ赤にして、ずんずんと前を歩き始める。と、すぐに猫撫《ねこな》で声をあげて僕を追ってくるコノハさん。

「やーん、センパイったら、相変わらず可愛いんだからぁ！」

「っさいなぁ」

……僕は別に、コノハさんが嫌《きら》いなわけじゃない。いや、むしろぶっちゃけ大好きだし、凄《すご》く可愛いと思っているし、その……恋人《こいびと》らしいことを、したいとも思っている。

だけど……。

「あ、ところでセンパイ、あたしとお姉ちゃんはちゃーんと『桜色』ですよ？」

「っ!? げほっ、げほっ！ ちょ……その話解禁してないよねぇ!?」

「解禁もなにも。いやこれ、あたしとお姉ちゃんが、最近新しく買った『携帯《けいたい》ゲーム機のカラー』の話ですけど」

「！」

「あらぁ、センパイ、あたしとお姉ちゃんの何が『桜色』だと思ったんですかぁ？」

「……あぁ、もう！」

──これで、どう「恋人として、いい雰囲気《ふんいき》」になれと言うのか！

そんなわけで、僕は今日も今日とて、顔を真っ赤にして、耳を塞《ふさ》ぎ、小悪魔の誘惑《ゆうわく》から逃《に》げるように足早に歩くのだった。

……神様。僕──普通のデートが、したいです。

桜の綺麗《きれい》な公園の散策——とは名ばかりの下ネタ珍《ちん》道中を一段落した僕らは、次に映画館へと赴《おもむ》いた。……互いに一人では絶対に見に行かないであろう、ラブロマンス映画を見るために。

＊

最後方列真ん中の席に陣取《じんど》った僕らは、まばらな客入りをぼんやり眺《なが》めつつ、雑談を交《か》わす。

「センパイ。なんかこれ……健全なデートっぽくないですか?」

「健全なデートをするために組んだ予定だからねぇ」

ちなみに今日の僕のデートプランは「散歩」「映画鑑賞《かんしょう》」「食事」——以上だ。普通《ふつう》でつまらないと思われるかもしれないが、僕らはこんな「普通でつまらない」デートさえ、未《いま》だにできていないのだから仕方ない。

しかしコノハさん的には大層不満らしく、ぷっくりと頰《ほお》を膨《ふく》らませて抗議してくる。

「でもセンパイ。これエロゲーだったら、ツークリックぐらいで終わる、本当にどうでもいい場面ですよ。『早く夜のシークエンス見せろやクソが!』って思うところですよ」

「いや『夜のシークエンス』とかないから、今日」

「ええ⁉　あたし、家族には事前にお泊《と》まりの言い訳として『今日の夜は友達の家で——まぐわってきます！』ってフォローした上で出てきたのに⁉」

「いやそれ後半全然フォローできてないよねぇ⁉　ご両親どんな顔されてたの⁉」

「え、やだなぁ、センパイったら。家族って言ってても……当然、お姉ちゃんにだけですよぉ、こんな宣言するの」

「なぁんだ、だったら一安心——ってならないからね⁉　むしろ余計リアクションが気になるよ！　ち、チアキ、どんな顔してたわけ？」

「裂《さ》けるチーズを裂かないままで三本は貪《むさぼ》り食べそうな顔してましたね」

「意味は分からないけれどなんか伝わってくるわ！　なんで要《い》らない波風立てるんだよ、キミは！　ああ、休み明けに、また絶対チアキに学校でグチグチ言われるよ……」

僕が一人そう嘆《なげ》いて頭を抱《かか》える中、ふと、コノハさんは僕の方から顔を逸らして、ぽつりと呟《つぶや》いた。

「……学校で、ですか……」

「え。……あ……」

その、実に彼女らしくない、切なげなトーンに対し。僕は慌ててフォローの言葉をかけようとするも——その刹那《せつな》、劇場の照明が落とされ、他映画の予告が始まってしまい、言葉をかけるタイミングを逃《のが》す。

と、しかし優《やさ》しく賢《かしこ》いコノハさんはすぐに……映画が始まってしまう前にこの変な空気を解消せんと、いつもの自分を取り繕《つくろ》おうとする。

「センパイ、折角後方席なんですから、右手でアタシのからだ弄《いじ》り回してくれて――」

が、彼女がそこまで言ったところで、僕もすぐに、アクションを起こした。

「じゃ、遠慮《えんりょ》なく」

「え」

驚《おどろ》くコノハさん。僕は構わず右手を動かすと……肘掛《ひじか》けの上で、彼女の左手を、ガッシリと摑《つか》んだ。

途端《とたん》に――隣《となり》から漏《も》れ出す、著《いちじる》しい動揺《どうよう》の声。

「え、あ、いや、あの、えと、センパイ、これは、ちょっと、あの、その――」

「劇場では静かにね、コノハさん」

「は……はい……」

と、暗闇《くらやみ》でもハッキリ分かるほどに顔を赤らめながら、顔を俯《うつむ》かせるコノハさん。

僕はそんな彼女を見て、思わず苦笑《くしょう》してしまう。

「(まったく。凄いことばかり言う割には、いざとなると、か弱いんだもんなぁ)」

………………。

──今の僕は、彼女の、そういうところこそが、好きでたまらないんだけど。

…………………………まぁ。

…………。

「(…………いけない、つい男らしく強引に手を握《にぎ》っちゃったけど、僕も、やっぱり相当恥《は》ずかしいや、これ。……でも放すタイミングもないし……どうしよう……)」

結局ぼくらは、上映時間の一時間半、ずっと手を繋《つな》ぎっぱなしだった。

…………。

まあ二人とも、映画の内容なんて、これっぽちも頭に入りませんでしたよね、ええ。

＊

映画館を出ると、時刻はまだ午後三時過ぎだった。元々今日は二人で早めの夕飯をとって解散する予定なのだが、それにしたって食事にはまだ早い。

どう時間を潰《つぶ》したものか思案していると、コノハさんがパンッと手を叩《たた》いて、まるで大層な名案を思いついたかの如《ごと》く切り出してきた。

「じゃあ、二人でエロゲ見に行きましょうよ、センパイ！」

「『普通のデート』という概念《がいねん》から大きく外れすぎじゃないですかねぇ、そのプラン！」

僕が強めにツッコミを入れるも、コノハさんは全く折れることなく続けてくる。

「そうですか？　日記には『二人で共通の趣味《しゅみ》を堪能《たんのう》した』って書けばいいんですよ」

「確かにえぐみは完全に抜《ぬ》ける表現だけども！　二人でエロゲを物色するという現実自体は何一つ変わらな――」

「お忘れかもしれませんがセンパイ……今日は注目作の発売ラッシュ日ですよ」

「ほら行くよコノハさん！　早く来ないと、置いてくよ！」

「……あたし、センパイのそういうとこ……たまらなく好きです！」

妙《みょう》な部分でカノジョさんからの好感度を得てしまったが、なにはともあれ、僕らは早歩きでゲームショップを目指した。

そうして、映画館を出て五分。ショップに着いた僕らは、軽く息を切らしながらも一目散に、暖簾《のれん》で仕切られた奥のエロゲーコーナーへと――

「あれあれ、ケータとコノハじゃないですか」

――向かう途中《とちゅう》で、突如《とつじょ》知り合いの海藻《かいそう》類に呼び止められた。

『っ！』

僕とコノハさんはエロゲーコーナー前で急ブレーキをかけると、ロボットの如きカクカクとした動作で海藻類こと——星ノ守千秋《ちあき》の方に体をギュインと向け、二人同時に敬礼しながら宣誓《せんせい》した！

『僕（あたし）達、やましいことはなにもありません！』

「開口一番なんですか⁉」

チアキが驚いたように目を丸くする。

『…………』

敬礼姿勢のままだくだくと冷《ひ》や汗《あせ》を掻《か》く僕達。チアキはそんな僕らを見て「はぁ」と一つため息を吐くと、これまで見ていたらしき中古ゲームソフトのパッケージを棚《たな》に戻《もど》してから僕らへと近付いてきた。

「……二人は今日、デートじゃなかったのですか？」

『はい……デート中です……けど……』

「……だったらなぜ、こんな……自分みたいな独り身ぼっちオタクの安住する聖域に足を踏《ふ》み入れているのですか」

『う、そ、それは……』

チアキの放つ自分も含《ふく》めた各方面へのトゲしかない台詞《せりふ》に追い詰《つ》められる僕ら。……もう、こうなったら仕方ない。

僕は自分が泥《どろ》を被《かぶ》る覚悟《かくご》を決めて、チアキの目を見返した。

「えっと、僕が、無理矢理コノハさんを自分の趣味に付き合わせた感じ……かな」

その言葉にコノハさんが隣でハッとする中、チアキは露骨《ろこつ》なため息からのジト目で僕を見つめてきた。

「やれやれ、やっぱりですか。……ケータ。うちのコノハは貴方《あなた》と違《ちが》って『ゲーム』とか『オタク趣味』には欠片《かけら》も興味のない、極《きわ》めて健全で真面目《まじめ》で優秀《ゆうしゅう》な美少女生徒会長だと、いったい何度説明したら分かってくれるのですか?」

『うぐ……』

詰まる僕とコノハさん。続けるチアキ。

「そもそも、前から再三警告しておりますように、ケータにコノハは勿体《もったい》ないのですよ！美少女とナードが付き合うなんてお話は、軟弱《なんじゃく》な創作の中だけで充分《じゅうぶん》なのです！」

「ま、またそんなこと言って、お姉ちゃんは、もう……」

コノハさんが多少不満そうに頬を膨らませて宥《なだ》めてくれるも、しかし、そこにいつものキレはない。なぜなら……この話題を深く追求していくと、結局は僕とコノハさんが「どこで意気投合して付き合っているのか」という話になり、毎度そこで僕らエロゲユーザーカップルは詰むからだ。

それが分かりきっているため、コノハさんはイマイチ深く僕とのなれ初《そ》めを語れず、そうなると今度はチアキの「妹はケータに騙《だま》されているんじゃないか疑惑《ぎわく》」が更《さら》に深まるという——圧倒的《あっとう》負のスパイラルに陥《おちい》ったまま、今日に至っているわけで。

仕方ないので、これまたいつもの如く、この問題に対しては僕が矢面《やおもて》に立つ。

「チアキはいつもそんなこと言うけどさ。じゃあ、僕が誰《だれ》と付き合っていたら納得《なっとく》するんだよ、キミは。たとえば身近な……アグリさんとか、天道さんだったらいいわけ？」

「ハッ、ケータ、身の程《ほど》をちゃんと弁《わきま》えた方がいいですよ？」

小馬鹿《こばか》にした表情で笑うワカメ。……あ、相変わらず腹立つなぁ、こいつ！　我がカノジョの血を分けた姉ながら、未だに全然仲良くなれる自信ないわ！

僕が拳《こぶし》を構えてぐぬぬと唸《うな》っていると、チアキは更に続けてきた。

「ケータにお似合いの異性なんて……そうですね。自分の知る女性の中だと、精々《せいぜい》……」

「はいはい、どうせミジンコのメスとか言うんで——」

僕がそうテキトーに流しかけた、その時だった。

チアキが……全く意識しない様子で、ぽんと、爆弾《ばくだん》発言を放ってきたのは。

「精々、自分、星ノ守千秋ぐらいじゃないでしょうか。ケータとお似合いなの」

「え？」

「え？」

二人、目をぱちくりとしながら見つめ合う。…………そうして、三秒後。

「…………っ！」

チアキは顔を真っ赤に染めたかと思うと、呂律《ろれつ》の回らない口で言い訳してきた。

「い、いえいえいえいえいえいえ！　い、今のは違うのです！　あのあのっ、そのそのっ、ケータと『釣《つ》り合う』程度のしょーもない存在という意味での、自分と言っただけで！」

「え、あ、うん、そ、それはそれでどうかと思うけど……」

「で、ですから、えとえと、自分っ、別にケータが好きとかじゃないんですからね！」

「…………。……えーと……」

……どうしよう。流石《さすが》の僕でも看過しきれない程《ほど》に、ツンデレキャラ感出して来てるんですけど、この天敵さん。

僕は頬《ほお》を掻き、助けを求めるように隣のコノハさんを見やる。と、彼女は……。

キリとする。

その、あまりに「らしくない」……今にも消えてしまいそうな程に儚《はかな》い表情に、僕はド
キリとする。

が、そんなこちらの様子に気づいたコノハさんは、映画館の時と同様にすぐに雰囲気《ふんいき》を
取り繕うと、いつものテンションで僕らを茶化してきた。

「ははぁ、前から怪《あや》しい怪しいとは思ってましたけど、そうですか。やはりうちの姉は、
センパイ狙《ねら》いのツンデレだったと、そういうわけですかぁ」

「な、な、な、何を言っているのですかコノハ！　そんなわけ、ないです！」

動揺するチアキの顎《あご》に、コノハさんがそっと指を伸《の》ばして妖《あや》しく微笑《ほほえ》む。

「いいんですよ、お姉ちゃん。あたしは……三人で仲良くしたって」

刹那《せつな》、頭から湯気を噴《ふ》き出すチアキ。

彼女はコノハさんから思い切り距離《きょり》をとると、何かを窘《たしな》めるようにこちらへ人差し指を
突《つ》きつけてきた。

「っ！　そ、そういう冗談《じょうだん》は、良くないですよコノハ！」

「えー、冗談のつもりはないいんだけどなぁ」

「余計ダメですよ！　一人の男に姉妹《しまい》でなんて……！　まったく、ほら見たことかですよ、ケータ」

「え、何が？」

突然《とつぜん》話題を振《ふ》られてキョトンとする僕に、チアキは腕《うで》を組んでムスッとしながら指摘《してき》してくる。

「いやいや、これ絶対、彼氏たるケータの影響《えいきょう》のせいでしょう！　コノハがこんな……まるでエロゲープレイヤーみたいな発想する子になっちゃうなんて！」

『うぐ……！』

またも僕とコノハさんにダメージ。いや……おたくの妹さん、最初からこのクオリティですけど……と言いたいけど、言えない。

仕方ないので、僕はとにかく話題を逸《そ》らしにかかった。

「と、ところでチアキは今日、なんのゲームを買いにきたのさ？」

「……なんか話の逸らし方が露骨ですけど、まあいいです。ゲーム話なら仕方ないです」

仕方ないんだ。相変わらずの、誰かによく似たゲーマー感性すぎて、なんだか僕まで少し嬉《うれ》しくなってしまう。

チアキはほくほく笑顔《えがお》で先程まで見ていた棚に戻ると、そこから一本中古ソフトを取り出して、僕達の元へと持ってきた。

「そのその、これ、なんですけど……」

「あ、これって……」

チアキが持ってきたのは、なるほど、萌《も》えを極端《きょくたん》に嫌《きら》うチアキが普段《ふだん》なら手に取らないであろう、現代を舞台《ぶたい》にした伝奇《でんき》RPG——

「《夢幻奇談《むげんきだん》アイギス》じゃないか。僕も大好きなんだ、これ」

「あ、やっぱりケータはプレイ済みのゲームでしたか。そのその、自分はパッケージやイラストで回避《かいひ》していたんですけど……最近、ネットでとある知り合いに勧《すす》められまして」

チアキのその言葉に、僕はハッとする。

「え、凄《すご》い奇遇《きぐう》だね。僕も最近そのソフト、ネットでとある知り合いに勧めたばかりなんだよ！」

「ええ、そうなんですか？　それはまた、凄い偶然《ぐうぜん》もあったもんですねぇ」

「ほんとだねぇ」

ほへーと感嘆《かんたん》の息を漏《も》らす僕ら二人。そうしてそのまま僕らは、当然の如《ごと》くその「知り合い」に関しての具体的な話へと——

「ごほんごほん！」

――移行をしようとしたところで、突如背後からコノハさんが大きな咳払《せきばら》いをしつつ会話に割り入ってきた。

彼女は……なぜか額に大粒《おおつぶ》の汗を滲《にじ》ませながら、焦《あせ》ったように切り出してくる。

「い、いいんじゃないかな、その『知り合い』の話は！　掘《ほ》り下げなくて！　うん！」

「？　コノハさん？　どうしたんですか、突然」

「い、いえ別に？　なんでもないですよ、ええ。……別に、センパイと交際を始めてから、あたしだけ気づいちゃった驚《おどろ》くべき事実なんて、全然、あるはずも、ないですし」

「はぁ。なんの話か分からないけど、とにかくチアキ、その『知り合い』って……」

「いやいや！　センパイもお姉ちゃんも！　もういいでしょ、それは！　うん！　その『知り合い』については、これでおしまい！　はい、ゲームの話しよう、ゲームの話！」

『ええ？』

なんかコノハさんがやたらと鬼気迫《ききせま》る表情で僕らの会話を邪魔《じやま》してくるので、僕とチアキの戸惑《とまど》いったらハンパじゃない。……なんなんだろう、これ。

でもまあ、僕らだって、カノジョ（妹）がそこまでイヤがるのを押し切ってまでしたい話題でも、ないわけで。

僕らは多少不可解なものを感じつつも、話を次に進めることにした。

チアキが続けてくる。

「えっとえっと、でもでも、やはり人気あるせいかあんまり中古でも値下がりしていないみたいなので、買おうかどうか少し迷ってまして……」

チアキのその迷いを受け、僕は──当然前のめりに猛《もう》プッシュする！

「絶対買うべきだよ！　うん、チアキにも意外と向いていると思うな、このソフト！　一見萌え系《けい》に見えるかもだけど、その実ストーリーやシステムがもの凄く完成度高い良ゲーだから、買って大丈夫《だいじょうぶ》だよ！　生憎《あいにく》ボクのはダウンロード版だから、貸したりできないんだけどさ。絶対、面白《おもしろ》いから！」

僕のオススメ熱量に当てられたのか、チアキの頰がほんのりと赤くなる。

彼女は視線を逸らすようにパッケージを見やると、小さく呟《つぶや》くように返してきた。

「え、えとえと……。……し、仕方ないですね。ケータがそこまで言うなら……その、買って、みます、これ」

「〜〜！」

ゲーマーにとって、自分のオススメが誰かに受け入れられた時程嬉しいことはそうない。

僕は思わずチアキの手を両手でぎゅっと握《にぎ》り込むと、ぶんぶんと振りながら笑顔で続けた。

「や、やったら感想教えてよ！　ね、ね!?」

「…………っ！　は、はい、です……」

なぜか更に顔を赤くして俯《うつむ》いてしまうチアキ。……まあ、天敵から薦《すす》められたソフトを買うとか、ちょっと屈辱《くつじょく》だよね。仕方ないか。

僕が手を放すと、チアキは少し慌《あわ》てた様子で僕らに背を向けてきた。

「で、でもでもっ、一番に感想を伝えるのはヤマさ――大事なネットの恩人さんです！

ケータは、その後ですからねっ！」

「え、あ、うん、それは全然いいけど。ところで、今言いかけたネットの恩人の名前、もう一回言って貰《もら》って――」

と、僕が訊《たず》ね直したところで、またも突然――背後からコノハさんが邪魔をするように、僕の手をぐいっと引いてきた。

「じゃ、じゃあ、お姉ちゃん、レジしてきて下さい！　あたし達も、そろそろ次に行かないとなんで！」

「？　いや次も何も、僕らまだここきたばかり――」

「次の予定が、詰《つ》まってるんです！　ねぇ、センパーイ？」

「…………は、はい」

なんかコノハさんが無言の圧力をかけてきた。怖《こわ》い。

僕がこくこくと頷《うなず》いて返す中、チアキが……僕らに向けて、小さく手を振ってきた。

「し、仕方ないですね。じゃあケータ、コノハ……その、さようなら」

「あ、うん。さようなら、チアキ……」

チアキの、どこか少し寂《さび》しそうな表情が気になり、若干後《うし》ろ髪《がみ》を引かれる僕。

しかし――

「はい、さようなら、お姉ちゃん！　じゃ、行きますよ、センパイ！」

「あ、う、うん……」

――どこか強《こわ》ばった顔をしたコノハさんに引っ張られるカタチで、僕らはそそくさとゲームショップを出てしまったのだった。

………。

どうやら、今僕が本当に心配すべきなのは、姉よりも、妹のほうらしい。

＊

ショップを出て約十分。僕らは結局暇潰《ひまつぶ》しも兼《か》ねて、近所のカラオケボックスへと腰《こし》を落ち着けていた。

二人並んでソファに座り、ドリンクバーのジュースで一息ついたところで、珍《めずら》しく「しゅん」とした様子のコノハさんが申し訳なさそうに切り出してくる。

「どうもすいませんでした、センパイ……強引《ごういん》なことして……」

「いや……まぁ……」

彼女が強引なのはいつものことなので、別にその点に関して僕は怒《おこ》っていたりしないのだけれど。流石《さすが》に、天敵とはいえチアキを少し蔑《ないがし》ろにするような別れ方にだけは、モヤモヤとしたものをおぼえていた。

曲も入れず、隣室《りんしつ》の客のJ－POPだけが微《かす》かに響《ひび》く静かな部屋の中、コノハさんは大きく嘆息《たんそく》しつつ続けてきた。

「お姉ちゃんにも、悪いことしちゃいましたよね、あたし……」

「あー……まー……それは確かにそうかもだけど……いや、なにも、そこまで深刻なトーンで考えなくても」

彼女があまりに「らしくない」のでフォローを入れてみるも、しかしそれでもコノハさんの表情は一向に晴れなかった。

しばしの沈黙《ちんもく》が二人の間を流れた後、コノハさんがぽつぽつと語り出す。

「あたし……本当は、センパイとお姉ちゃんに伝えなきゃいけないこと、あるんです」

そう言って、膝《ひざ》の上できゅっと拳《こぶし》を握り込むコノハさん。

「だけどあたしは……結局、どこまでいっても最後には『二番』になっちゃう……そんな星の下に生まれた人間だと思うから。だから……」

「…………」

「……だから……怖くて。……精々、小賢《こざか》しい策に走るぐらいしか、こんなあたしにはできなくて……。……でもそんなの……やっぱりセンパイに相応《ふさわ》しく、なくて……」

「…………」

彼女が何を話しているのか、今の僕にはまるで分からなかった。分からなかったけれど……それでも、コノハさんが今、必死で何かと戦っているのだけは、伝わってきて。

彼女は目をギュッと瞑《つぶ》ると、何かを無理矢理絞《しぼ》り出すように、語り出す。

「センパイッ！　あの……センパイとお姉ちゃんはっ――」

しかしそこで、僕は突如《とつじょ》、彼女の言葉をぶつ切りにするように言い放った。

「エロゲー、買えなかったよね」

「ほへ？」

突然彼女の言葉を遮《さえぎ》るように放った僕の台詞《せりふ》に、コノハさんが呆《ほう》けた顔をする。

僕はそれに苦笑いを返しながら、先を続けた。

「いや、僕らが今日ゲームショップに行った目的って、そもそも、新作エロゲー買いに、だったでしょ？」

「あ……あぁ……言われてみたら、確かに。すっかり忘れてましたね」

「うん、忘れてたよね。というか、今の今まで、忘れてたことにさえ、気づかなかった」

「はい」

「僕らの共通趣味《しゅみ》にして、繋《つな》がりの根源なのにね、エロゲー」

「ですね。…………。…………？」

コノハさんが「何の話だこれ」とでも言いたげに首を傾《かし》げる。

僕はそんな彼女に、改めて向き直ると。

今度は苦笑いじゃなく、心からの笑《え》みと共に、告げた。

「僕は、別に『趣味が合うから』ってだけで、キミと一緒《いっしょ》にいるわけじゃ――ないよ」

「っ！」

僕の言葉に、コノハさんは一瞬《いっしゅん》目を大きく見開いた後、動揺《どうよう》を隠《かく》すようにすぐに俯く。

その仕草がチアキそっくりで、僕は少し感心しながらも、説明を続けた。

「コノハさんが、何を思って、自分が『二番』だとかそういうことを言っているのか、僕には分からない。それに、確かに『釣《つ》り合う』という観点だけで見たら、もしかしたら、僕もコノハさんも、互《たが》いに、もっと相性《あいしょう》のいい相手がいるのかもしれない。実際、今も僕なんかじゃ全然ついていけてないもの、コノハさんのエロゲ話も、生徒会話も」

「…………」

「だけど」

僕はそこで彼女の肩《かた》に手を置くと、男らしく、ハッキリと、告げた。

「僕が今キミと交際しているのは、趣味や話の合う同志だからじゃない。——星ノ守心春さん、その人だから、だ」

「…………」

コノハさんの膝の上に置かれた手の甲《こう》に、ぽたりと水滴《すいてき》が一粒《ひとつぶ》落ちる。

……こういう部分、彼女はあまり見せたがる人じゃないだろう。

僕はその涙《なみだ》を見なかったことにするべく、彼女の肩から手を放そうと――

「………………」

――したところを、引き留めるようにそっと手を掴《つか》まれた。

そうしてコノハさんは、ゆっくりとその顔を……誰《だれ》にも見せない、瞳《ひとみ》を潤《うる》ませながらも頬《ほお》を染めた、あまりにも……あまりにも男殺したる上目遣《うわめづか》いを僕に向けてきた。

「センパイ……」

彼女の唇《くちびる》が艶《なま》めかしく動いて僕を呼ぶ。

密室に、心を通わせた最高に可愛《かわい》いカノジョと、二人きり。

…………僕の中の理性が、ガラガラと音を立てて崩《くず》れ去るのを感じた。

僕は彼女の肩に置いた手に力を込《こ》めると、ゆっくりとその体を引き寄せ、そして――

「…………勝負下着の出番キタコレ……」

「はいお疲《つか》れ様でしたぁ！」

ぐいっと彼女から身を離《はな》すと、そのままの勢いでテーブルを挟《はさ》んで対面の席まで撤退《てったい》した！

僕の行動に、コノハさんが激しい抗議《こうぎ》の声を上げてくる。

「なんでですかセンパイ！」

「それはこっちが聞きたいよ！　なんでこの場面で言うかな、そういうこと！」

「涙ついでに、極限まで素直《すなお》になった方が可愛いかなと思って！」

「判断ミスにも程《ほど》があるよ！　一気に台無しだよ、あれで！」

「なんですか！　いいじゃないですか、あれぐらい！　むしろあそこまでいっておいて据《す》え膳《ぜん》食わない方が問題でしょう！　このヘタレ！　コンシューマー版！」

「誰がコンシューマー版だ！　この……X－RATED版！」

「え、なんですかセンパイ、急に褒《ほ》めたりしてきて」

「褒め言葉に聞こえたんだ⁉」

愕然《がくぜん》とする僕を見て、ケラケラと笑うコノハさん。……まったく。

なんだかどっと疲れた僕は、思考を切り替《か》えるためにも選曲用のパッドをぽちぽちと操作し始める。と……

「センパイ」

「なんですかコノ――」

突然《とつぜん》声をかけられて顔を上げると、その刹那《せつな》、僕の唇の端《はし》に、何か柔《やわ》らかくて湿《しめ》ったものが触《ふ》れた。

「…………」

呆ける僕。気づけばコノハさんの顔がすぐ近くにあった。

……最高に可愛くて……僕の理性も再度吹《ふ》っ飛《と》ぶほどの……。

――だけど、こっちが心配になるほど真っ赤に染まった、彼女の顔が。

「っ～～！」

普段《ふだん》エロ発言ばかり繰《く》り返す人とは思えないそのリアクションに……僕もまた最高に気まずくなり、意味もなくタッチパッドを突《つ》きまくる。

と、コノハさんが、体をもじもじさせて呟《つぶや》いてきた。

「…………た、たまにありますよね。エロゲーのHシーンよりも全然照れくさいノリの、コンシューマーゲームのキスシーン……」

「うん……ギャルゲーあるあるだね……」

「ですよね……」

「うん……」

二人の間を、なんともこそばゆい空気が満たしてゆく。

………。

結局この日の僕らのデートは、僕が必要以上に心がけるまでもなく、そのまま、極《きわ》めて健全に終わっていったのだった。

――コノハさんの勝負下着が活躍《かつやく》する日は、どうやらもう少しだけ先になりそうだ。

【雨野《あまの》景太《けいた》とニーナルート】

僕、モブキャラぼっち高校生・雨野景太が、自分の殻《から》を破るべく臨《のぞ》んだ、人生の一大イベント――《天道《てんどう》さんへの友達申請《しんせい》》。

当初はごく個人的なケジメだったこのイベント。しかし周囲の思惑《おもわく》や勘違《かんちが》いを大いに巻き込んだ結果、あれよあれよと誰もが考えもしない方向へ事態が転がり始め。

そうして気がつけば、僕、雨野景太はなんやかんやで――

――ゲーム部の格闘《かくとう》ゲーマー、大磯新那《おおいそにいな》先輩《せんぱい》と交際を始めるに至っていた。

＊

ことが終わり、僕とニィは息を整えながらも熱っぽく見つめ合った。

「ケイ、相変わらず消極的……」

「うぐ……」

「あたしばかりが攻《せ》めて、そっちからは全然、突いてこないし……」

「すいません……」

「……まぁ、ケイは時折驚《おどろ》く程気持ち良いことしてくるから、いいんだけどさ……」

「ニィ……」

僕とカノジョの視線が妖《あや》しく絡《から》み合う。

…………

こんな場面が繰り広げられていたのは、当然、深夜のベッドの上——などではあるはずもなく。

ベタなお約束通り、普通《ふつう》に、冬のゲーム部部室における格ゲー対戦後風景だった。

つまり、いかに台詞だけ抜《ぬ》き出すといかがわしそうだろうが、全く問題はない。

……うん、問題はなかった、ハズなのだけれど……。

「おほんっ！　ちょぉぉっとお二人とも、よろしいかしらっ⁉」

突如《とつじょ》、対面の席に座っていたゲーム部部長——天道花憐《かれん》さんが、机に手を激しく叩《たた》きつけるように立ち上がり、鬼気迫《ききせま》る表情でこちらを睨《にら》み付けてきた。

三角《みすみ》君と加瀬《かせ》先輩が慣れた様子で無視を決め込む中、天道さんはいつものよく分からないハイボルテージで僕とニィを怒鳴《どな》りつける。

「前から何度も言っておりますようにっ、部活に恋愛《れんあい》の空気を持ち込むのはやめて頂けますでしょうか！　いちゃつき、禁止なんですよ、ここは！」

天道さんの……もう今年何度めか分からない指摘《してき》に、僕もまた、今年何度言ったか分からない言い訳で返す。

「いやいや、全然いちゃついてないですよ、僕ら」

「どこがですか！　アレを『いちゃつき』と言わずして、何を『いちゃつき』と呼ぶのです！　ねぇ、三角君！」

突然話を振《ふ》られた三角君が、一瞬《いっしゅん》だけ露骨《ろこつ》に面倒《めんどう》そうな表情を見せた後、すぐにいつもの中庸《ちゅうよう》な苦笑いで天道さんに返す。

「い、いや、どうですかね……。確かに大磯先輩と雨野君は仲よさそうでしたけど……でも、ボクや加瀬先輩としては、別にそこまで気になる程のことでは……」

「いいえ！　気になります！　事実、私は今プレイしていたシューティングゲームで、思いっきり被弾《ひだん》してしまいましたからね！　普段ならありえない凡《ぼん》ミスで！」

「……それは……天道さんが雨野君の動向をイチイチ気にしすぎなだけというか……」

「なんですって？」

「う……。…………。……雨野君と大磯先輩は、いちゃついてたかも、しれません」

あ、三角君が裏切った！　彼は天道さんから目を逸《そ》らしながら、目で僕に「ごめんね」

と謝罪してくる。……まぁ、天道さんの「圧」に屈《くっ》する気持ちは分かるけどさ……。

三角君の同意を得て勢いづいた天道さんは、再び視線を僕らに戻《もど》して糾弾《きゅうだん》してくる。

「ほら見たことですか！ うちの部員全員が、お二人のいちゃいちゃには辟易《へきえき》しているのです！」

「いや天道、オレは何も――」

「なんだ眼鏡」

「――ああ、うん、辟易しているな、うん」

天道さんに凄《すご》まれて引き下がるヘタレ眼鏡――じゃなくて加瀬先輩。この部に入部してから知ったことだけど、この人、案外「押し」に弱い。つまり根がとてもいい人だってことでもあるんだけれど……概《おおむ》ねヘタレているように見えるのが可哀想《かわいそう》なところだ。

天道さんは一度勢いを緩《ゆる》めると、少し冷静に……しかし攻めの姿勢自体は崩さずに淡々《たんたん》と続けてきた。

「百歩譲《ゆず》って、雨野君がニーナ先輩専属の対戦相手になってしまっている件は、認めましょう。……………たまには私と遊んでくれてもいいですが」

なにやら口を尖《とが》らせる天道さん。……いや僕と対戦したって、天道さんの得るものなんてないだろうに……。よく分からないが、僕はとりあえず説明を試みる。

「いや、そもそも僕、この秋に、カノジョたるニィのお手伝いをするためにこそ入部させられましたからね。そりゃどうしてもニィとばかり対戦することになるというか……」

「それは分かっています。分かっていますが……その際に私の出した条件を、雨野君、貴方《あな》《た》まさかお忘れじゃないでしょうね？」

「勿論《もちろん》。『部活は部活、交際は交際。そこはちゃんと分けて考える』ですよね」

実際それは出来ていると思うのだけれど。僕とニィ、今、対戦していただけだし……。

しかし天道さんは納得《なっとく》いかないらしく、今一度強く机を叩いた。

「分かっていてなぜっ、過ちを繰り返すのですか！」

「過ちって、僕とニィは別に……」

「そもそも、それもなんですかっ、それも！」

「それ？」

「『ニィ』とかっていう呼び方ですよ！　概ね誰《だれ》に対しても敬語という名の心の壁《かべ》は中々崩《くず》さない傾向《けいこう》にある貴方が、こともあろうに、部活の先輩相手に『ニィ』って……！　うらやま──じゃなくて、ちょっと風紀的によろしくないんじゃありませんかねぇ！」

「いや、でも、僕が他の呼び方すると、最近ニィ、露骨にむくれるんで……」

「なんですかその砂糖吐《は》きそうな激甘エピソードは！　やめて下さい！」

「いやこの話を深掘《ふかぼ》りしてきたのは天道さんじゃないですか……」

「ぐ……！　は、話を戻しましょう！　ニィ呼びはさておき、卑猥《ひわい》な会話の方は絶対やめて下さりませんかねぇ！　公衆の面前で、あんなみだらな会話をして……！」

「みだらって……」

言われて僕は先程のニィとの会話を思い返す。消極的だの、突いてこないだの、気持ち良いだの。

……いやまぁ……確かに会話だけ抜き出したら大分アレな感じに聞こえるかもしれないけれど、それは本当に「会話だけ抜き出したら」だ。この世界が小説媒体《ばいたい》で描《えが》かれていたりするならまだしも、僕とニィは現実としてゲームをしながらあの会話を交《か》わしていたわけだし、部員の皆《みな》もそれを承知していたハズであり。

だけど、天道さんは純情なのか想像力豊かなのか……真っ赤に頬《ほお》を染めて非難してきた。

「あんなの聞いたら……そ、『そういう二人』を、想像しちゃうじゃないですか！」

「い、いや、そんなこと言われましても……」

もう、なんと返したものやら。流石《さすが》に天道さんの空想にまでは責任は持てないよ、僕。

返す言葉が見当たらず、黙《だま》る僕。一人、ぶつぶつと呟く天道さん。

「……まったく……今回はド定番の勘違い案件だったからまだいいものの……」

と、ことここに至ったところで。

「あー……」

これまで沈黙《ちんもく》を保っていた僕のカノジョ——ニィが、相変わらずどこか気怠《けだる》い、無気力な調子で声を上げると——直後、ぬるりと、とんでも爆弾《ばくだん》発言を投下してきた。

「確かにあたしとケイ、それに近い会話はしたかもね。以前ベッドでも」

『え』

ゲーム部全員の声が重なり、部室の時間が止まる。そして……。

「?……あれ？　どしたの？　皆？」

ニィだけが一人キョトンと首を傾《かし》げる中。

『…………………………』

今度は天道さんだけじゃなく、僕ら全員、頬を真っ赤にして俯《うつむ》き……そのまましばらく、誰一人として、一言も喋《しゃべ》れなくなったのだった。

＊

実際問題、僕と彼女の関係性の発展速度は、自分達でも驚く程《ほど》に速かった。

なんというか「流れ」に乗ってしまった感がある、とでも言うのか。

まず勘違いから交際が始まってすぐ、当然ながら僕は勢い込んで「すぐに勘違いを正して関係性を解消しましょう！」と切り出したわけだけれど、その際ニィから、

「や、特に困らないし、あたしは別にこのままでいいけど。雨野景太は？」

とあっさり切り返されてしまい。そうなると勢いを削《そ》がれた僕も、

「い、いえ、まぁ確かに『困ること』っていうのは、当面別に……ないんですけど」

などと引いてしまう始末。で、そこから協議の結果、「僕らみたいな口下手が、今焦《あせ》って周囲の誤解を解こうとする方がむしろ危険。しばらくゆるっと構えておこう」という、なんとも僕ららしい、気の抜けた結論に至ったわけで。

そうしてしばしカタチだけの交際をなんとなく続けたのだけれど……その中で、僕とニィは一緒《いっしょ》にゲームを遊ぶ機会に何度か恵《めぐ》まれた。

で、この際僕はニィの素晴《すば》らしいプレイイングにすっかり魅《み》せられてしまい。ニィはニィで、なにやら僕のへっぽこさを「逆に周りにいないプレイイング。新鮮《しんせん》」と妙《みょう》に気に入ったらしく、結果、「勘違い交際」とか関係なく二人で遊ぶ機会が徐々《じょじょ》に増えたわけで。

で、最初は二人でゲームをしてばかりだったのが、その流れで登下校を共にするように

なり。更《さら》に更に、放課後の多くの時間を一緒に長く過ごす中で、時間の効率化のため、ちょくちょく食事も共に摂《と》るようになり……。

と、そうこうしている間に僕らは格ゲーだけじゃなく日常生活部分でも互《たが》いの間や呼吸が合い始め。ニィは僕の、僕はニィの「足りない」部分を何気なく補完する関係が始まり、二人でいるのが、いよいよ大層心地《ここち》良くなってきたわけで。

そうなったらもう、そこから先は驚《おどろ》く程に早かった。

互いの家を頻繁《ひんぱん》に行き来して遊ぶようになって、ぬるっと互いの家族に公認《こうにん》され、健全にお泊《と》まりなんかも普通にするようになり、いよいよもって夫婦《ふうふ》というか家族じみてきたのが――なんと交際を始めて三ヶ月、秋の時点での話という始末。

これには、元々ぼっちだった僕は勿論、ニィも大層驚いた。

なぜなら、そもそも僕らは互いに「自分は基本『一人』が心地良いタイプだ」と確信していたからだ。それが……ふと気がつけば、互いにすっかり、

「彼女（彼）とならば、出来るだけ、一緒にいたい」

等とまで思うようになっていて。……たった三ヶ月の、付き合いで、だ。

雨野景太という男子にとって、これはきっと、相当イレギュラーなことだと思う。

いや実際僕はニィと以外交際したことなんてないのだけれど。もし万が一他の人と交際

するようなことがあったとしても……絶対こうはいかないだろう。僕の性格的に。

それが何故か、ニィとだけは——すべてがトントン拍子《びょうし》に進んでいった。

いや、正直別に「燃え上がるような恋《こい》」だったわけでもない。交際の始まったその日から互いを熱烈《ねつれつ》に……なんてことはまるでなく。むしろ他の恋人達よりよっぽど緩やかな感情曲線であったとさえ言えて。

——けれど僕らは一度も、止まらなかったし、躓《つまず》かなかった。

まるで、出逢《であ》う信号が全《すべ》て青のドライブだった。公道を、法定速度遵守《じゅんしゅ》の上で走行していただけなのに、結果的には高速で渋滞《じゅうたい》に捕《つか》まるよりも遥かに早く目的地に着いてしまったような。……そんな不思議で、穏《おだ》やかで、温かく心地の良い旅。

それが、僕とニィの恋だった。

そうして、交際開始から実に半年。十二月半ば。

僕とニィは今や——ゲーム部の皆を赤面させてしまう程度には「進んだ」恋人関係にまでなっていたわけなのだけれど……。

「え、僕以外の男性と、しょっちゅう『やっている』ん……ですか？」

部活からの帰り道、街へと続く道の途中《とちゅう》で愕然《がくぜん》と立ち止まり、唇《くちびる》をわなわなと震《ふる》わせる僕。

ニィは少し先まで進んだ後、コートのポケットに手を突《つ》っ込《こ》んだまま、相変わらずどこか無感情な目つきでこちらを振り向いてきた。

「そう。最近だと、ケイ以外で、ここまで一杯《いっぱい》するの、珍《めずら》しい」

「そ、そんな……」

思わずその場で膝《ひざ》に手を突き、項垂《うなだ》れる僕。本当なら地面に伏《ふ》せりたい程にショックだったが、田畑の泥《どろ》が混じった雪の積もる田舎《いなか》の歩道で考えなしに手をつけるほど、僕は思いきりのいい人間でもなかった。

すっかり落ち込む僕の耳に、ニィの露骨《ろこつ》なため息が飛び込んでくる。

「……うざい、めんどい、そのテンション」

「な、なんですか！　カノジョの不義にカレシがショックを受けて、何が悪いと――」

「だから、ただの『格ゲー』の話じゃん、これ……」

やれやれと肩《かた》を竦《すく》めるニィ。僕は体を起き上がらせると、彼女に一歩詰《つ》め寄り全力で抗《こう》議《ぎ》した！

「だからこそ嫉妬《しっと》しているんじゃないですか！　カラダの話だったならまだしも！」

「うん、ケイ、ケイ。あたしに言われたかないだろうけど、その基準、おかしくない？」

「おかしくないです！　だって『格ゲー』ですよ!?　ニィが、うちのカノジョが、知らない男と何度も『格ゲー』を交わしているなんて話……どう受け止めればいいんですか！」

「何気ない雑談の一つとして受け止めようよ」

すっかり呆《あき》れた様子で僕を一瞥《いちべつ》した後、先を歩き始めるニィ。僕は慌《あわ》ててその隣《となり》に並ぶと、こほんと咳払《せきばら》いしてから切り出した。

「い、いや、まあ、今のは確かに過剰《かじょう》反応でしたけれど。でも、ニィが僕以外の特定の男性と、沢山《たくさん》対戦を交わしているというのは、やはりちょっと気になりますよ」

「うん、ケイ、気になるだろうなと、あたしも思って。だから話した、今」

淡々《たんたん》と語るニィ。ニィは基本的に僕——というか恋愛《れんあい》に対してドライで淡泊《たんぱく》な女性だけれど、それでいて意外と「ルール」「契約《けいやく》」にはキッチリしているところがある。

たとえば僕が天道さんと二人で「こっそり」遊びに行くのは絶対許さないけれど、事前に「遊びに行ってきます」と言えば一切《いっさい》なんの嫉妬的リアクションもなく「いってらー」と許可してくれるような、そんな女性というか。

そしてそのルールは当然自分自身にも適用されている。今回みたいに自分が僕以外の男性と一定以上の交流を持つ場合は、妙に律儀《りちぎ》に報告してきてくれるのだ。

だから、僕も別に本気でカノジョの浮気《うわき》を疑っていたりするわけじゃない。わけじゃないのだけれど……。

僕はニィの横顔を眺《なが》めながら、少し口を尖《とが》らせ、質問を続ける。

「……えっと、ネットとかじゃなくて、リアルで対戦している、という話ですよね？」

「うん、そう。あ、元々はネットで知り合った相手だけどね」

「そう、ですか……」

ネットで知り合った男性と、うちのカノジョが、僕の知らないところで何度も……。

「（……やばい、ボケ成分なしで本当にモヤモヤしている僕がいる！）」

自分が割と本気で嫉妬し始めていることに、自分で引く僕。いやいやいや……雨野景太のクセに、なに、ニィに過剰な独占欲《どくせんよく》とか抱《いだ》いちゃっているんだよ。冷静に、冷静に。

僕はニィの隣を歩きながら、話の先を促《うなが》す。

「えっと、それで、その人と、今日もこれから会って対戦するっていう話でしたっけ」

「そうそう。で、折角だから、ケイも一緒にどうかなって」

「どうって……」

本来の僕ならまず間違《まちが》いなく断る場面だ。なぜなら、たとえカノジョ持ちになったところで僕の本質は変わらず人見知りだからだ。人はそう変わらない。けれど……。

「勿論《もちろん》行くに決まっているじゃないですか！」

僕は力強くニィに切り返す。と、彼女は――

「ん」

――一瞬《いっしゅん》だけ、凄《すご》く嬉《うれ》しそうに僕に微笑《ほほえ》み返してきてくれた。彼女が僕にしか見せない表情の一つだ。……最高に可愛《かわい》い。それ以外の感情を失うぐらい可愛い。……儚《はかな》いけど。長くても一秒持たないけど。

今回もニィはすぐにフラットな真顔に戻《もど》ると、ざくざくと雪を踏《ふ》みしめて進みながら続けてきた。

「じゃ、ゲーセンで待ち合わせしているから、行こう。あっちも知り合い連れてくるかもとかって、言ってたし」

「う、そうなんですか……」

「あと、そうそう、言い忘れてたけど年上だから、相手。大学生」

「だ、大学生……」

人見知りの僕の胃に悪い情報がどんどん付加されていく。初対面の大学生二人と上手《うま》く交流出来る自信がまるでない。まるでないけど……ニィの「対戦相手」たる男の顔ぐらい拝んでやりたい。カレシとして。

僕はコートの上から、しくしくと痛む胃に軽く手をあてつつ、隣を歩く彼女へと最後の質問を投げかける。

「で、その人の名前って、なんて言うんですか？」

「ん？　ああ、言ってなかったね。あたしと最近よく対戦する男。彼の名は……」

ニィはそこで一拍《いっぱく》置くと……僕の目を正面から見据《みす》えて、答えてきた。

「キリヤ。……霧夜歩《きりやあゆむ》っていう、大学生の、男子だよ」

「はぁ、キリヤさん……ですか」

…………。

当然と言えば当然なのだけれど、生憎《あいにく》と、僕のまるで知らない名前だった。

＊

――その、一時間半後。

「別れましょう、ニィ」

「はいはい……」

バスの車内で真剣《しんけん》に切り出した僕の台詞《せりふ》を、右隣の窓側席に座るニィが携帯《けいたい》ゲーム機に目を落としたまま、かったるそうに受け流す。

霧夜さん達と別れてから、かれこれ十五分。その間……バス停まで歩く間は勿論、バスに乗り込んでいつものようにローカル通信対戦に興じ始めてなお、僕は気持ちを全く切り換《か》えられずに落ち込んでいた。

窓の外を流れていく雪夜の街をニィ越《ご》しに眺めながら、僕はぼやく。

「いや、だって、なんですか、アレ。あの霧夜歩とかいう──超絶《ちょうぜつ》イケメンは！」

「なにって、あたしの格ゲー仲間。互《たが》いに格ゲー上手いからってだけの繋《つな》がり」

淡々とそう答えてくるニィ。気づけば、僕のゲーム機との通信を切ってCPU対戦を始めていらっしゃった。相変わらず容赦《ようしゃ》のない彼女だが……構うものか。

外で降りしきる雪が勢いを増す中、僕は更《さら》に続ける。

「それが更に問題なんですよ！　どこに出しても恥《は》ずかしくない超絶爽《さわ》やかイケメンでいながら、ニィと渡《わた》り合える程の格ゲーの腕《うで》も持ち合わせてるとか！　おまけに、初対面の僕にまで優しいときたもんだ！　くそう！　なんて日だ！」

「……えと、ケイ？　あたしにはそれの何が問題なのかイマイチ……」

首を傾《かし》げるニィに、僕は……全力で力説する！

「完全に、僕の上位互換《ごかん》存在でしょう、あれ！」

「そんな台詞を自信満々に言うって……」

呆れて、再びゲーム機に視線を落とすニィ。しかし僕は更に続ける。

「だってそうでしょう！　ルックスも技術も性格も全て上！　しかもこのクソッタレなゲームバランスの現実世界には『出撃《しゅつげき》コスト』的概念《がいねん》もないから、もはや、アレが出てきた以上『雨野景太』なんて雑魚《ざこ》キャラを使う理由は皆無《かいむ》ですよ！」

「よくそんな虚《むな》しい台詞を連発できるね、ケイ」

「事実ですからね！　なにより、そんな完璧《かんぺき》存在が、あろうことかニィとまで気が合うと来たもんだ！　となれば、僕が至る合理的結論はただ一つ！」

「なに？」

「別れましょう、ニィ！」

「………………はぁ」

ニィは一旦《いったん》ゲーム機をスリープモードにすると、心底呆れた様子でため息を吐《つ》いた。

「………なんかそれ、どっかのニセハラを連想する思考回路な気がする……」

「え、なんですって？　ニセ……なんですか？」

「なんでもない。とにかく、あたしの中で最高の罵倒《ばとう》の言葉ってことだけ理解して」

「は、はぁ……」

……どうも彼女の不興を買っているらしいのは僕にだって分かるのだけれど、こっちだって本気だ。僕は続ける。

「だ、だって、理屈《りくつ》で考えて、ニィの幸せを思うならこれは当然の帰結でしょう。ゲーム的に考えたら、上位互換機体に乗り換えない理由がない」

「でもあたし、元々強キャラはあんま使わないタイプだしねぇ……」

「そ、そうかもしれませんけど！　でもこれはもう、好み云々《うんぬん》の問題じゃない事実というか！　ゲームソフトに喩《たと》えたら、アラやバグの多いバージョン1と、それらがキッチリ調整&修正された上にキャラやストーリーまで追加されたバージョン2の、どっちがいいかって話ですよ！　更新《こうしん》できる環境《かんきょう》があるなら絶対パッチ当てるべき、みたいな！」

「でもあたし、結構『あえて』前バージョンで遊ぶことも多いけど……」

「く、このこじらせ玄人《くろうと》が！　いちいち喩え話に反論して……！」

「いちいちゲームに喩えるケイが悪いんじゃ……」

ほとほと呆れた様子のニィ。仕方ないので僕が他の喩えを絞《しぼ》りだそうと苦心していると、ニィは携帯ゲームの端《はじ》っこをカツカツと爪《つめ》で叩《たた》いて切り出してきた。

「っていうか、なんなの？　ケイは、あたしが、嫌《きら》いなの？」

「そんなわけないじゃないですか！　大好きですよ！　愛してますよ！　心から！」

即座《そくざ》に全力で返す僕。と、彼女は突如《とつじょ》ふいっと僕から顔を逸《そ》らし、特に面白《おもしろ》くもないハズの窓の外の景色を眺め始めた。

「そう……」

「はい！」

「………………」

あれ、なんだろう。心なしか、隣席《りんせき》に座るニィの肩《かた》が、バスが揺《ゆ》れているわけでもないのに、そわそわと僕に触《ふ》れてきている気がするけれど……。

「？　ニィ？　どうしました？　なんか、動きがカクついてるような？」

「……通信ラグか何かでしょう。気にしないで」

「は、はぁ」

……格ゲーにのめりこむと、実生活にも通信ラグとか出るの？　まぁ……深い付き合いの僕だから気になる程度の些細《ささい》な動きだから、別にいいんだけど。

彼女はそのまましばらく沈黙《ちんもく》した後、小さく咳払《せきばら》いして、会話を再開させてきた。

「ケイがあたしを嫌いとかじゃないなら、別れる理由、ないでしょう」

「ありますよ。乗り換えです。もしくは機種変です」

「そんなスマホみたいに」

「バッテリーの持ちや処理速度が向上した新機種に、今ならゼロ円で変更《へんこう》可能です、という感じなんです。これはもう、変えるっきゃない」

「でも、データの引き継《つ》ぎはできないんでしょ？」

「いや、それは……」

僕が詰《つ》まっていると、ニィは窓の外の夜空を眺《なが》めながら続けてくる。

「だったらあたしは、このスマホでいいよ。……絶対手放したくない大事なもの、もう、たくさん、入っちゃってるから……」

「…………」

ふと気づけば、いつの間にか雪は小降りになり、代わりに窓の外には冬の澄《す》んだ星空が広がっていた。

僕はぽりぽりと頭を掻《か》いて……素直《すなお》に謝る。

「……すいません、変なこと言って、困らせて」

「うん、うざかった」

特に怒《おこ》った風でもなく淡々《たんたん》と切り返してくる彼女。

と、そうこうしている間にもバスはニィの家付近に差し掛《か》かった。僕らは降車ボタンを押し、身支度《みじたく》を整えてバスを降りる。

『…………』

雪道をぎゅっぎゅと踏みしめながら二人、住宅街へと続く道を往《ゆ》く。僕らの頭上には綺《き》麗《れい》な冬の夜空が広がっており、しばらく二人、黙《だま》ってそれを眺めつつ歩いた。

……約二分程《ほど》、そうしていたろうか。ニィが寒そうにマフラーを巻き直したところで、僕は改めて切り出した。

「ニィ。僕ね、正直ずっと……漠然《ばくぜん》と、不安だったんです」

「不安？　何が？」

「……僕とニィの、価値観の相違《そうい》が」

「…………」

ニィは何も答えてくれなかった。僕は足下《あしもと》に視線を落とす。今、ニィと僕は同じペースで並んで歩いているけれど……実際は、ニィの方が少し歩幅《ほはば》が大きい。だから僕はその帳《ちょう》尻《じり》を合わせるように、いつも少しだけ、一人の時よりは速めに歩いていて。

……別に無理をしているわけじゃ、ないのだけれど。

僕は続ける。

「勿論《もちろん》、僕もニィも、今は互いに『理解』出来ていて、とても心地《ここち》良いです。それは本当です。でもその一方で……ワガママかもしれないけれど、こうも、思っちゃうんです」

「なに？」

「――『理解』だけじゃなくて、『共感』もしてあげられたら、良かったのにって」

「………………」

僕の言葉を受け、なぜか遠くを眺めるニィ。僕は続ける。

「僕には……やっぱり、ニィののめり込んでいる世界の核心《かくしん》の部分までは、たどり着けないから。それが……ちょっとだけ、悔《くや》しくて」

「……なるほど。……確かにその点、キリヤは、あたしに共感してくれるかもね」

「そうなんです」

僕が今日こんなにも自信を失ったのは、何もキリヤさんが能力的に上位互換だったから、だけじゃない。

彼に対して僕が最も羨《うらや》ましく思えたのは……なにより、その感性なのだ。

ニィと、同じモノを見て、同じモノを感じ取れる、感性。

だから今日、二人で楽しそうに対戦しているのを見た時に、改めて、どうしようもなく、打ちのめされてしまった。

僕という人間が、ニィにとって決して『ベストパートナー』ではないという、事実に。

「…………」

こんな弱音を吐いてしまうことも含《ふく》め、自分が情けなくて俯《うつむ》く僕。

と、ニィは……そんな僕に特段気を遣《つか》った風でもなく、淡々と、切り出してきた。

「まぁ、格ゲーでいい勝負が出来ると、あたしは最高に楽しくて、幸せだよね」

「ですよね」

「だから『高めあえるパートナー』が出来たら、確かに、凄《すご》くいいのかもしれない」

「……はい」

当然の理屈を、無機質に淡々と語り続けるニィ。……一見残酷《ざんこく》なようだけれど、僕はニィのこういうところこそが好きだ。いつも言葉に嘘《うそ》がないし、だからこそ——

「でも今のあたしは、そんなものより、ケイが欲《ほ》しい」

「……え」

──だからこそ、その言葉は、いつだって、僕の心を撃《う》ち抜《ぬ》く。

ニィは足を止めてこちらに向き直ると、相変わらず感情の読めない……だけどいつも何かを必死で伝えようとしている美しい瞳《ひとみ》で、僕の目をジッと覗《のぞ》き込んできた。

「……もっと色々、具体的に説明すべき？」

ニィのその問いに、僕は……首を横に振《ふ》って応じる。

「いえ……大丈夫《だいじょうぶ》です。すいません、お手数おかけしました」

「うん」

こくりと頷《うなず》き、再び歩き始めようとするニィ。が、僕は……。

「ニィ」

「ん？」

……彼女の肩を摑《つか》んでそれを引き留めると、彼女の目を正面から見つめた。

「僕も、ニィがいたら、それでいいです。……いや」

そうじゃない。こんな温《ぬる》い言い方じゃダメだ。ニィの、カレシとして。

僕は改めてニィを真剣《しんけん》に見つめ直すと、堂々と、男らしく、言い直した。

「今の僕は、ニィだけが、欲しいです」

「………そう」

……珍《めずら》しく、ニィの頬《ほお》が仄《ほの》かに染まる。

粉雪の舞《ま》う静かな住宅街の中、足を止めて見つめ合う僕ら。

『……』

僕らはそのまま……気がつけば、吸い寄せられるように唇《くちびる》を合わせていた。激しくもなければ、互《たが》いに冷え切っていたせいで温かくもない、僕らしい無骨な口づけだったものの……それでも、僕とニィの胸の中はとても満たされていて。

顔を放し、互いを見つめ合ったまましばし沈黙する。

……そうして、先に口を開いたのは、ニィだった。

「ケイ……今日は、ウチに、泊《と》まってく？」

「え」

どこか熱っぽくそう提案してくるニィに、僕は思わず固まってしまう。い、いや、僕らは確かにその、まぁまぁ深い仲なんだけど、流石《さすが》にこういう場面でスマートに切り返せる程僕は出来ちゃいないというか、結局まだまだヘタレはヘタレというか……。

「い、いや、今日はいきなりですし、その、うちの家族になんて言われるか――」

ドギマギする僕に、ニィは「そう……」と残念そうに顔を伏《ふ》せると、なにやら自らのコートのポケットをごそごそとやり始める。

「？」

僕が首を傾《かし》げて見守っていると、彼女はそのままコートからスマホを――あろうことか、『僕の』スマホを取り出して、淡々と続けてきた。

「ならこの胸に燻《くすぶ》ったものは、ケイのソシャゲデータを消すことで解消するね」

「ちょっと待ちましょうか」

慌《あわ》てて止める僕。ニィは無邪気《むじゃき》に首を傾げて僕を見つめてくる。

「え、でも、ケイ、あたしだけが欲しいって、言わなかった？」

「い、言いましたね」

「ならあたしの気持ちの解消のために、ソシャゲデータ消されても、問題ないよね？」

「うぐ……。……い、いいでしょう！　どうぞ、アプリを削除《さくじょ》して下さい！」

腹を決めた風を装《よそお》って、堂々とニィに宣言する僕。……実際、ソシャゲはアプリを削除してもアカウント登録さえ生きていればデータの復元が可能なので何も問題が――

「うん。じゃあ、アプリを起動して、アカウント登録解除申請《しんせい》……と」

あかん。この格ゲーマニア、なぜかソシャゲのシステムをちゃんと知ってやがる。

僕は彼女の手首をガッと掴むと……額に脂汗《あぶらあせ》を滲《にじ》ませながら、提案した。

「わ、分かりました。分かりましたよ。後から家族にニヤニヤされるのは覚悟《かくご》の上で……今から連絡《れんらく》入れますから！　ニィの家に泊まるって、連絡入れますから！」

「そう？　ならこれ返すね。はい」

僕が折れた途端《とたん》、すんなりとスマホを返してくれるニィ。僕は心で泣きながら弟にメッセージを打つと、ニィと二人、改めて、彼女の家へと向けて歩き始めた。

…………。

……まぁ、その、文句は言いつつも、僕だって男だ。ニィの家に泊まるとなったら、その、それはそれで当然期待することも沢山《たくさん》――

「……よし、これで無事『オフ対戦要員』ゲット、と」

「ちょっと待ちましょうか」

「助かったよケイ。今日あたしのやりたい格ゲー、ネットワークメンテナンス入っちゃってたんだよね」

「…………」

「……ケイ……今夜は寝《ね》かさないよ」

「その台詞っ、もう少し前の段階で聞きたかったですねぇ！　ちくしょう！　そういうことなら、僕やっぱり今日は帰らせて貰——」

「え、ケイのスマホあたしが持ってるのに？」

「僕のスマホォォオオオオ!?　な、なんなんですかそのスリスキル！　ちょ……！」

と、普段《ふだん》の気怠《けだる》さからは考えられない速度で自宅方面に向けて走り出すニィ。僕は雪に足を取られながらもそれを必死で追いかける。そして……。

「…………ふふっ」

「…………。……ははっ」

走りながら無邪気な笑《え》みを漏《も》らすニィを見て、僕もまた、思わず笑ってしまった。

……僕はこれからも、きっと、彼女に「追いつい」たり、「併走《へいそう》する」ことは、とてもじゃないけど叶《かな》わないのだろう。けれど——

「ケイは相変わらず、運動能力も低いねぇ。そんなんじゃ、一生追いつけないよ？」

「……く！　か、構いません！　それでも、僕は追いかけるのみです！」

「……なんで？」

「決まってます！　僕のゲーム感と同じ！　『それが、楽しいから』です！」

「……そう」

――僕らはきっと、だからこそ、ずっと楽しく、二人一緒《いっしょ》にいられる。

なぜだかそんな風に確信出来た、ある、雪の日の放課後だった。

【ゲーマーズとラブラブ王子様ゲーム】

「あのあのっ！……実は自分、最近あの《ラブラブ半生ゲーム》の姉妹《しまい》作を入手してしまいまして……」

そうチアキがおずおずと切り出してきたのは、とある秋の日のゲーム同好会活動中のことだった。

『…………』

途端に、それまでの和気藹々《わきあいあい》としたムードが一転、示し合わせたかのように黙《もく》し、チアキから視線を逸《そ》らす僕らゲーム同好会の面々。

僕の彼女さんたる金髪《きんぱつ》美少女・天道花憐《てんどうかれん》さんと、友人のリア充《じゅう》イケメン・上原祐《うえはらたすく》君はただただイヤな記憶《きおく》から逃《に》げるように顔を伏せ。

僕、雨野景太《あまのけいた》と、上原君のカノジョたるギャル……アグリさんはと言えば、泥沼離婚《どろぬまりこん》後にバッタリ顔を合わせてしまった夫婦《ふうふ》の如《ごと》く、挑発《ちょうはつ》的なガンを飛ばしあう始末。

そんな僕らの剣呑《けんのん》な空気を受け、チアキが慌てて取り繕《つくろ》ってきた。

「い、いえいえっ、別に一席設けましょうという提案ではなく！　えとえと、ただ、その、報告と言いますか、雑談の延長と言いますか……」

その言葉に、上原君がぎこちない苦笑いで応じる。

「そ、そうか。まぁ、ならいいんだけどよ……」

「あ、でもでも、皆《みな》さんがもしやりたいと言うなら、自分は――」

『いえ結構です！』

途端に全力で声を揃《そろ》えて断るゲーム同好会。チアキは「ひぅ！」と怯《おび》え軽く涙目《なみだめ》になりながら、「ですよね……」としょんぼり引き下がった。

「まあ、そうですよね。……自分だって、あの日は色々ありましたし……」

と、チアキのその言葉に、僕は思わずキョトンと首を傾げる。

「へ？　僕らカップル二組はアレだったけど、チアキ的にも何かあったっけ、あの日」

「ふへ？　いやそれはケータが……」

僕の指摘《してき》を受け、チアキは何かを答えかけるも……そこで一瞬《いっしゅん》ハッとした様子を見せると、目をぐるぐる回して説明を中断してきた。

「い、いえいえ！　やっぱりなんでもないです！　はい！」

「いや、さっきは僕がどうこうって言いかけてたじゃん。気になるよ」

「相変わらず空気の読めない人ですね！　なんでもないです！」

「でも、もし僕が何かチアキを傷つけたりしたなら、それは謝っておき――」

「いえいえ！　じ、自分はあの日、ケータみたいなキモオタに我が家を汚染《おせん》されてイヤで仕方なかったという、ただそれだけですので！　はい！　気にしないで下さい！」

「ぐはっ！」

突然《とつぜん》なんの脈絡《みゃくらく》もなくガラスのハートを砕《くだ》かれる僕！　僕が胸を押さえていると、チアキは一瞬だけおろっと動揺《どうよう》を見せるも、すぐに「ふ、ふん！」といつもの天敵モードで対応してきた。

「あの後、自分もコノハも、ケータの座っていたところだけ厳重にコロコロをかけた上に、ぐっしょり湿《しめ》る程《ほど》の除菌《じょきん》スプレーをしましたからね！」

「ごはぁっ」

女子からの《生理的嫌悪《けんお》感》攻撃《こうげき》！　ぼっち男子へのこうかはばつぐんだ！

と、流石にそんな僕が憐《あわ》れになったのか、天道さんが救援《きゅうえん》に入ってくれた。

「あ、雨野君の話はそれぐらいにしておきまして。それで星ノ守《ほしのもり》さんは、その……例のアレの姉妹作的なボードゲームを、本当にやらなくていいのかしら？」

僕を救い、なおかつ毒舌海藻類《どくぜつかいそう》にまで情けをかける我がカノジョの相変わらずの天使ぶりにいたく感銘《かんめい》を受ける僕。

　これには流石のワカメも恐縮《きょうしゅく》した様子で「はい……」と肩《かた》を竦《すく》ませ、寂《さび》しそうに笑った。

「こういう遊びは、無理にするものじゃないですよ」

　その言葉に、横から上原君とアグリさんが笑顔で同意する。

「だな。別にやらなきゃいけない義理があるわけでもなし……」

「だね！　折角五人で集まるなら、皆が楽しいことをするのが一番だよ！」

　アグリさんの言葉に「ですね」と笑顔で頷《うなず》くチアキ。

　ゲーム同好会に穏《おだ》やかな空気が戻《もど》ってきた。

……そうして、話の切りもいいため、今日はこのまま解散かなという流れに……

……なったところで、チアキが、ぽつりと、小さく——

「あ、でもでも」

——しかしその場の全員が見とれる程の、本当に幸せそうな温かい笑顔で、呟《つぶや》いた。

「確かに色々ありましたけど、それでも、皆さんでボードゲームを遊べたあの日は、自分にとって、本当に幸せなひとときでしたよ。……えへへっ。また出来たらいいなぁ……」

『…………』

「…………あ、あれ？　皆さんどうしました？　か、帰らないんですか？」

『…………はぁ』

「？？　え、どうしたんですか、皆さん。そんな『仕方ないなぁ』みたいな顔で自分を見て……。ふぇ？　あのあの？」

…………と、いうわけで。

僕らゲーム同好会――あらため、お人好《ひとよ》しバカ集団は、今再びの混沌《こんとん》としたボードゲーム会へと臨《のぞ》むハメに陥《おちい》ったのだった。

＊

実際のプレイは、例の同好会から二日後、平日の放課後、カラオケボックスで行われることになった。……とこまでは、良かったのだけれど。

「あ、これ亜玖璃《あぐり》の入れたヤツ！　じゃ、歌いまーす！」

「んだよ、また亜玖璃の曲かよ！　くっそ、次こそ俺だかんな！」

『いやいやいや、ボードゲームは!?』

入店直後から連続で曲を入れては歌い始めたリア充カップルに対し、四曲目が始まったところで流石に堪忍袋《かんにんぶくろ》の緒《お》が切れたゲーマー組三名が一斉《いっせい》にツッコミを入れた。

が、そんな僕らの抗議《こうぎ》の声を、リア充カップルは「まあまあ」と笑って流すのみ。アグリさんは次の曲を熱唱し始め（また少し上手《うま》いから腹立つ）、上原君はタッチパッドを操作して熱心に曲リストを眺《なが》め始めてしまった。

室内にアグリさんの歌声が響《ひび》き渡《わた》る中、僕ら三人は身を寄せ合うようにして話し合う。

「あのあの……カラオケボックスって、絶対歌わなきゃいけないものなのですか？」

チアキの素朴《そぼく》な疑問に対し、天道さんが首を横に振《ふ》った。

「いえ、そんなことは。特に今回はボードゲーム目的で来ているわけですから……」

「まったくですね」

僕も天道さんの意見に同意しつつ――手元ではもう一台のタッチパッドを操作する。

「……これでよし、と。次、天道さんが歌ったら、すぐボードゲーム始めましょうね」

『いやいや、なに貴方（ケータ）まで勝手にリクエスト入れてるの!?』

途端《とたん》に、女子二人から猛烈《もうれつ》な抗議を受ける僕。僕はキョトンと首を傾《かし》げて応じる。

「いや、天道さんの歌声だけは、絶対聞きたいじゃないですか。人類なら」

「なにをサラッと人類の総意にしているのですか貴方は。……歌いませんよ、私」

恥《は》ずかしそうにぷいっと顔を背ける天道さんに、僕は「えー！」と猛烈に抗議する。

「なぜですかっ⁉　金元寿子《かねもとひさこ》さんのスケジュールを押さえられないからですかっ⁉」

「うん、その方のスケジュールと私になんの関係があるのか全く分からないけれど。とにかく、私が歌っている暇《ひま》があるなら、今日はボードゲームを……」

「海藻類の持ってきたボードゲームを遊ぶくだりなんて、天道さんの歌声を拝聴《はいちょう》するイベントに比べたらクソみたいなものじゃないですかっ！」

「そこそこ！　なにか聞き捨てならないこと言っていませんか⁉」

チアキから激しいツッコミが入る。が、僕はチアキを睨《にら》み返すと、更《さら》に反論を続けた。

「チアキだって聴《き》きたいでしょ！　天道さんによる名作ゲームミュージックメドレー！」

「メドレー⁉　ケータ、何曲入れるつもりですか！　百歩譲《ゆず》っても一曲ですよ！」

「ええ⁉　しょうがないなぁ……じゃあ……ゲームオープニングの名曲を厳選して……」

「はいはい、テ○ルズシリーズあたりの王道の楽曲一曲で満足してくださ――」

「『巫女《みこ》み○ナース』を入れておきますね」

『…………？　みこ……みこ？』

「…………」

こちらの軽いボケに対し、ツッコミを入れることもなく、不思議そうに首を傾げる女子二名。

「……ぐ」

その純真な眼差《まなざ》しを受け、途端に凄《すさ》まじくいたたまれなくなる僕。……なにこれ辛《つら》い。そ、そうだよね。知らないよね、現代を生きる普通《ふつう》のゲーム好き女子高校生に、ある意味伝説のエロゲー「巫○みこナース」の知識を求めちゃいけないよね。……うう。

「…………コノハさんに会いたいなぁ……」

『あ？』

思わず漏《も》れてしまった僕の嘆《なげ》きに、女性陣《じん》二名が大層イラッとしたご様子のリアクションを見せてきた。な、なぜか分からないけど、えらく不興を買ったようだ。仕方ない、ここは僕が折れよう。

「わ、分かったよ、二人とも。天道さんへの曲リクエストは諦《あきら》める。ちゃんと、ボードゲームしよう」

言いながら、手元のパッドを操作し強制的にアグリさんの曲を中断させる僕。当然ながらアグリさんと上原君が強く抗議してくるも、僕らゲーマー組三名がジロッと強く睨み付けると、二人は『融通《ゆうずう》の利《き》かないオタ怖《こわ》い……』等と愚痴《ぐち》を垂れつつ、ようやくマイクを手放してくれた。

そうして場が落ち着いたところで、しかし僕は、一つだけリクエストさせて貰《もら》う。

「あ、でも、折角だから女性陣三名で、軽く一節ずつだけ歌って貰っていいですか？」

『？　はい？』

わけが分からない、といった様子の三人。僕はしかし強引《ごういん》に三人それぞれへと台詞を指示して回った。そうして彼女達は僕に促《うなが》されるままに立ち上がり、前に出て並ぶと……。

天道さん、チアキ、アグリさんの順番で口を開く。

「やりたい」

「やらない」

「ままいーられない」

「……はいっ、頂きました！」

『いや何が⁉』

わけがわからない、といった様子の女性陣と上原君。……うん、僕も正直、自分が何をしたかったのかは分からない。分からないけれど、なぜだろう。この「実物見た」感は。胸を満たす妙《みょう》な充足感《じゅうそく》は。ふ、不思議だ……。

と、そこで上原君がこほんと咳払《せきばら》いをする。

「うしっ、雨野の奇妙《きみよう》な性癖《せいへき》が満たされたところで、本題行こうぜ、本題。星ノ守、これが、例のボードゲームで間違《まちが》いないんだな？」

そう言って、カラオケボックス中央のテーブルに置かれた、二つ折りになったボードの裏面を指先で突《つ》く上原君。

チアキが頷く。

「ですです。その名も……」

言いながら、チアキは折りたたまれていたボードをゆっくりと開いて行く。いよいよ露《あら》わになる、ボードの全容。その中央に書かれていたタイトルはと言えば――

《ラブラブ王子様ゲーム》

『はい解散！』

「ちょっとちょっと!?」

タイトルを確認《かくにん》した途端、荷物を持って立ち上がるカップル二組に、チアキが涙目《なみだめ》で取り縋《すが》る。

「なんなんですか皆《みな》さん!? 折角なんですから、楽しみましょうよ！」

『楽しむも何も、いやな予感しかしないんですけど⁉』

「そんな、タイトルだけで！　あのあの、自分、そういうの良くないと思います！」

『う……』

チアキのド正論に、言い返せない僕ら。しぶしぶ座り直すと、チアキはほっと胸をなで下ろしながら、カバンから取り出した説明書らしきものを読み上げ始めた。

「えーと、まず、このゲームのコンセプト部分読み上げますね。よろしいですか？」

『……はーい』

「ではでは。こほん。『このボードゲームは——《最近よくつるむリア充《じゅう》的男女混合グループが出来たはいいけど、イマイチ恋愛《れんあい》方面が盛り上がりきらない。これが十二話構成のアニメだったら最終的には日常回で終わらせなきゃいけないほどに、関係性への決定打がない。だからせめて、何か遊びを通してイチャつきたい。とはいえ《王様ゲーム》みたいな露骨《ろこつ》にがっついた感のあるゲームを提案出来るほど大人でもない》——そんな高校生五人組あたりが遊ぶのを想定した、ボードゲームです』」

『なんだこのピンポイントなボードゲーム！』

愕然《がくぜん》として思わず全員でチアキの持っていた説明書を覗《のぞ》き込む。……信じがたいことに、チアキの作り話などではなかった。本当にそう書いてあった。

『………』

全員が無言で汗《あせ》を掻《か》きながら自分の席に戻《もど》る中、チアキが「よ、よろしいですか？」と確認を取りつつ、続きを語り始めた。

「えっと、じゃあ、次はゲームのルール概要《がいよう》を。なになに……『この《ラブラブ王子様ゲーム》は、その名の示すとおり、通常の《王様ゲーム》をややライトにしたゲームです』」

「あら、前置きが不穏《ふおん》だった割には、思ったより平和そうなゲームですね」

チアキの説明に、天道さんが相槌《あいづち》を打つ。チアキもそれに「ですね」と応じ、更に説明を続けてきた。

「『まずプレイヤーはそれぞれ自分のコマを受け取ります。男性なら男性のコマを、女性なら女性のコマを、各自一つ選び、スタートマスに配置して下さい』」

チアキに促され、僕らは既《すで》にテーブルのボード脇《わき》に置かれていたコマ群へと目をやる。

コマのバリエーションは男子五体、女子五体の全十体もあり、それらは全《すべ》てが着色されたユニ《唯一》ークな外見をしていた。恐《おそ》らくガチャガチャの景品フィギュアか何かだろう。……まあ、それは別にいい。……いいの、だけれど……。

『………』

次の瞬間《しゅんかん》、僕らは一斉に「自分のコマ」へと手を伸《の》ばした。……そう、言葉そのままの、まさに「自分のコマ」に……だ。……つまり……。

『(……な、なんかやたらと自分そっくりのコマが、全員分あるんですけど……！)』

冷や汗をだくだく搔きながら、それぞれが手に取ったコマを睨《ね》め回す僕ら。

身長が低くて童顔の男性コマ、金髪《きんぱつ》の美少女コマ、クセッ毛ながらスタイル抜群《ばつぐん》の女性コマ、身長が高くチャラいイケメンのコマ、小柄《こがら》で脱色《だっしょく》した髪《かみ》色のギャル風コマと……。

『…………』

あまりに自分達に向けて誂《あつら》えられたようなコマ揃《そろ》えに言葉を失う僕ら。……ちなみに残り五体のコマの中には、コノハさん似のコマやら、僕の弟似のコマまで取り揃えられていた。……ぐ、偶然《ぐうぜん》……だよね？

僕らは不気味な符合《ふごう》に怯《おび》えながらも、自分のコマをそっとスタートマスに配置する。と、チアキがこほんと咳払いして、説明を再開させてきた。

「えとえと……『基本的な遊び方はすごろくです。サイコロを振って、出目の分だけ自分のコマを進めます』」

言われて、改めてボード全景を見渡《みわた》してみる僕ら。それは確かにシンプルなすごろくの盤面《ばんめん》だった。ただし、一つ一つのマスは妙に大きく、そして……。

僕はボードデザインから受けた疑問を口にする。

「半生ゲームと違《ちが》って、マスにはテキストが全然書かれてないね。代わりに、なんか背景イラストみたいなのが描《えが》いてあるけど……。夜景とか、プールとか」

「あ、ですです。このゲーム、マスにはあくまで背景イラストだけ描かれていて、イベント内容は、別途《べっと》のカードで指示されるみたいです」

「カードって……ああ、そこのボード脇に置いてあるカード群のことか。なんか十束ぐらいに分かれているけれど……」

「それはシチュエーションごとに分かれているのです。たとえばボード上の《海》のマスに止まったら、《海》と書かれたカードの山から一枚引きます」

チアキの説明を受け僕らが納得《なっとく》する中、アグリさんが「どれどれ、試《ため》しに一枚……」と、早速《さっそく》「海」のカードを捲《めく》ってみていた。

「えっと、『泳ぐ』って書いてあるけど……これどういうこと？　ほしのん」

「あ、それはですね、アグ姉」

「あ、アグ姉……」

先日から呼び合うようになったあだ名に、未だ多少慣れない様子を見せるアグリさん。が、チアキは構わず解説を続ける。

「当然ですが、本人が『泳ぐ』わけじゃなく、自分のフィギュアコマに、海のマスで泳いでいるようなポーズをとらせるんですよ」

「つまり、こういうこと？」

言いながら、自分のコマを海のマスに寝《ね》かせるアグリさん。なんとこのフィギュア、関節が細かく可動するらしく、実際にアグリさんが海で泳いでいるように見えた。凄《すご》い。

チアキが「ですです」と頷《うなず》き、ニコッと微笑《ほほえ》む。

「そしてこれこそが、このゲームの本来の《王様ゲーム》よりライトで遊びやすい所以《ゆえん》ですね」

「？　どういうこと？」

「つまりつまり、指示を行うのは自分達『本人』じゃなくて、あくまで『コマ』の方だということなのです。要はお人形遊び版王様ゲームですね」

チアキの説明に、その場の全員が「なるほどぉ」と感心する。

僕らの気持ちを、上原君が代表して言葉にしてくれた。

「確かにこれなら《王様ゲーム》にありがちな、空気悪くするやり過ぎセクハラ展開とかにならずに済むな。コマを使うことで、元のそれより仮想《ゲーム》に寄ってるっつうか……」

「ですです！　なので皆さん、全然気構えなくていいのですよ！　安心して下さい！」

チアキの確信を持った宣言を受け、室内が穏《おだ》やかな空気に満たされる。が——

「あ、でもでも、ひとつだけ——」

「よっしゃ、そういうことなら、とっとと始めようぜ！」

——チアキが続けて一瞬何か言いかけたものの、上原君の大きなゲームスタートを宣言によってかき消されてしまった。僕は少し気になったものの、見ればチアキ本人が「ま、いいか」というテンションなので、僕も変に掘《ほ》り下げないことにした。

かくして……。

「じゃあ、俺からサイコロ振《ふ》らせて貰うかな！　いっくぜー！」

上原君の威勢《いせい》のいい声と共に、いよいよこの《ラブラブ王子様ゲーム》が——

——いや、地獄《じごく》ボードゲーム会第二ラウンドの幕が、切って落とされたのだった。

＊

実際のところ、ゲームの序盤《じょばん》に関してだけは、皆の想像通り実に平和に推移した。

海のマスで泳ぎ、グラウンドマスで走り、レストランマスで食事を摂《と》るような格好をさせる。そんな、本当に「お人形さん遊び」としか言いようがない、ぶっちゃけ若干退屈《じゃっかんたいくつ》なゲーム模様であり。

しかしそんな流れに変化が起きたのは、三週目の中盤……緩《ゆる》みきった空気の中で僕が三回目のダイスロールに臨《のぞ》み、コマを進め、《通学路》マスに止まってイベントカードを引いたその瞬間だった。


《最も近いマスにいる人物と共に、腕《うで》を組んで下校する》

ここに来て、初めて他人のコマと絡《から》む指令が下ったのだ。

僕が少し動揺《どうよう》していると、チアキが補足の説明をしてきた。

「ああ、どの場所も最初の一枚のカードはチュートリアル的な動きのカードが来るようになっているのですよ、どうやら本番はこの辺からみたいですね」

「そ、そうなんだ。まあいいけど……えーと、それで、僕の一番近くというと……」

そう言って盤面を見渡す僕。と、直後なぜか少し恥《は》ずかしそうに、チアキが「じ、自分みたいです」と小さく手を挙げる。見れば確かに、僕の一マス後ろにチアキがいたようだ。

「じゃあ……」

僕はチアキのコマをつまみ、自分の《通学路》マスへと移動させてくると、僕のコマの隣《となり》に並べ、更《さら》には互《たが》いの関節を調整して、腕を組ませるように………。

『………』

……な、なんだろう、この作業中の皆からの視線が痛い。特に某《ぼう》金髪彼女方面から凄《すさ》まじい圧力を感じる。僕は慌《あわ》てカノジョさんの様子を確認するも、彼女は……意外にも、僕に向かってニコニコと微笑んでくれていた。……き、気のせい、かな？　そ、そうだよね。僕、自意識過剰《かじょう》なところあるから……。

僕は再び、僕のコマとチアキのコマの腕を絡ませる作業へと戻る。

「……これを……こうして……あ」

「ちょ、ちょっとケータ！　どうして自分のスカートの中に手を突《つ》っ込《こ》むのですか！」

「ご、ごめん、人形の腕絡ませるのが意外と難しくて……。おっと」

「ちょ、ケータ!?　ろ、路上で自分を押し倒《たお》すって、なに考えているんですかっ！」

「い、いや、違うんだ、これ、ホント難し――ハッ!?」

どこからか凄まじい殺気を感じ、慌てて視線をそちらに向ける。が、そこには……相も変わらずニッコニコと微笑むばかりの、我がカノジョさんがいらっしゃった。………。

……わ、笑ってるなぁ……それはもう……恐ろしい程《ほど》に、ニコニコだなぁ……。

………。……………なぜだろう、僕、額から滲《にじ》み出す汗が止まらないや。

僕は今一度コマを手に取ると、震《ふる》えに抗《あらが》いながらなんとか僕とチアキの腕を組ませる。

そうして、ようやくコマ配置が完成したところで……なぜかチアキが、妙《みょう》に頰《ほお》を赤らめて呟《つぶや》いてきた。

「な、なんかこれ、自分とケータが、本当に腕組んで歩いているみたいですね……」

「うぐ……」

言われて、ひきつる僕。……確かに、リアルな僕らそっくりなコマだけに、ガチで僕らが腕を組んで歩いているところを目撃《もくげき》している感が凄かった。これまでの、自分単体だけでの「泳ぐ」みたいなイベントなら「お人形遊び」の範疇《はんちゅう》で全然済んでいたのに……こうして他人のコマが絡み出すと、途端《とたん》にボード上から匂《にお》い立つような生々しさが……。

「おほん！」

『！』

天道さんの咳払《せきばら》いで、びくんと肩《かた》を揺《ゆ》らす僕とチアキ。見れば、天道さんは……先程と全く同じ笑顔を僕らの方に向けてきていた。

「次、私の番ですけど、そろそろよろしいかしらね、お二人とも」

『ど、どーぞ……』

「――ではっ」

言って、テーブルからダイスを拾い、ダイスロールに臨む天道さん。……心なしか、先程までのターンより妙に気合いが入っている気がする。そうして、結果はと言えば……。

「ま、また6……」

半生ゲームの時から引き続き、高数字連発でトップを独走し始める天道さん。

彼女は僕らより遥か先の《神社》マスにコマを動かし、その後イベントカードを引く。と、そこに記されていた指示内容は……。

《今回使用していないコマ全《すべ》てを使用し、自分のコマを神輿《みこし》の如《ごと》く担《かつ》がせる》

「……ええと……」

困惑《こんわく》顔をしながらも、僕と違って器用な手さばきでささっと指示通りの状況《じょうきょう》をくみ上げていく天道さん。その結果……。

「……な、なんか私、神様みたいになってますけど……」

まるで騎馬戦《きばせん》の将のように、固まった民衆の上に君臨する金髪美少女（トップ独走中）が完成されていた。完全に勝ち組の風格である。だというのに——

「…………」

——なぜか天道さんが、僕とチアキが二人で腕を組んで歩いているマスをじぃーっと羨《うらや》ましげに見つめていた。……そっと視線を逸《そ》らす僕とチアキ。

そうして、順番はチアキへと渡《わた》る。

彼女はダイスを握《にぎ》りながら、何かをフォローするように宣言した。

「こ、これでケータとの気持ち悪い絡みもおしまいです！　引き離《はな》しますよー！」

「な、なんだとぉ、海藻娘《かいそうむすめ》めぇー。く、くそぅ、引き離されてしまうー」

某金髪女性に気を遣《つか》いまくった茶番を交わす僕ら。上原君とアグリさんコンビがニヤニヤと性格悪そうな野次馬根性《こんじょう》丸出しのニヤケ顔をしている中、チアキはダイスロールに臨む。結果は二。

「…………えとえと……」

チアキはなぜか少し躊躇《ためら》いながらも僕のコマから自分のコマを引きはがすと、二歩進めて《ネットカフェ》マスへと入る。そしてそのまま《ネットカフェ》用の山札からイベントカードを一枚引いて公開。そこに記されていた指示は――

《自分と、最も近い人物コマを、ネットカフェの対面席に座らせて配置する》

「ほ。意外と普通《ふつう》の指示で良かったです。えとえと、じゃあ……」

「あ、ほしのん、折角だから付属のこの《小道具》も使った方がいいんじゃ？」

チアキがコマを配置しようとしたところで、アグリさんがテーブルの一角を指さす。そこには、お人形遊び用の家具ミニチュアがごちゃっと盛られていた。どうやら「座る」みたいな道具を必要とする状況を再現する際に、良かったら使えということらしい。

チアキは「ですね」と応じると、ミニチュア群の中からイス二脚《きゃく》と衝立《ついたて》を調達。ネットカフェマスの真ん中に衝立を立てると、それを挟《はさ》むようにしてイスを配置した。

「おお、小物使うといよいよ本物っぽいなこれ」

上原君が感心したように呟く。確かに、これは中々テンション上がる再現度だ。僕は元来この手のフィギュアだとかプラモデルだとかにあまり興味のない人間だったけれど、こうして実物で遊んでみると、ちっちゃな箱庭世界に想像の翼《つばさ》を広げる楽しみの一端《いったん》が理解出来た。これは確かにアガる。ドット絵のRPGにロマンを感じるのとも、少し似ているかもしれない。

僕らがその世界観の完成度にうっとりする中、チアキは更に作業を続ける。

「ではでは、片側に自分のコマを座らせて、もう片方には……」

そう呟き、もう一人分のフィギュアを探すチアキ。……ふむ、彼女のコマに一番近い人物コマ。ね。えっと、つまり……。

「……あ。……け、ケータ……でしたか……」

「う、うん……。そう、だね。……えと、どうぞ」

「あ、はい、です……」

「…………」

な、なんだろう。天道さん方面から再び謎《なぞ》の圧力を感じる。チアキもまたそうなのか、恐《おそ》る恐る僕のコマをつまむと、震える指先でそっと自分のコマの対面席へと座らせた。

そして完成した「男女が対面席でパソコンを使う風景」を全員で眺《なが》める僕ら。

と、アグリさんが実に不思議な感想を漏《も》らしてきた。

「なんかこれってさ、どことなく、『この二人が、お互いが近くにいることを知らずにネットで交流持っている』みたいなラブコメ的展開を想像しちゃう構図だねぇー」

「はっ、なんですかそれ」

相変わらず的外れなギャルの言葉に失笑《しっしょう》を漏らす僕。が、次の瞬間《しゅんかん》——

〈バンッ！〉

——なぜか上原君とチアキが、テーブルに激しく手をついて立ち上がっていた。

二人の突然《とつぜん》の激しいリアクションに、ギョッとして彼らを見つめる僕ら三人。

上原君とチアキはそんな僕らの様子に気づくと、何かを誤魔化《ごまか》すように咳払いしながら、しずしずと着席した。

そうして、上原君が激しく目を泳がせながら、よく分からない言い訳を口にしてくる。

「いや、今のは、あ、アレだよ、アレ。その……そう！　背景が近所のネカフェに超似《ちょうに》てるのに気づいちゃってさ！　な、なぁ！　星ノ守も、そうなんじゃね⁉」

　上原君のなんだか非常に白々しい説明に、首を激しく縦に振って同意を示すチアキ。

「で、ですです！　自分もよく行くネカフェに似てたので、反応しちゃったのです！」

『……へぇー』

　その言い訳に、しらーっと応じる僕ら三人。……正直抜群《ばつぐん》に怪《あや》しいものの、ここを掘《ほ》り下げ過ぎても誰《だれ》も得しない予感も、ひしひしと感じている。

……上原君とチアキが額に謎の汗《あせ》を滲ませる中、僕ら三人は軽く目を見合わせて、これ以上追及しないことを決めた。

「……じゃ、次亜玖璃ねー」

　アグリさんがダイスを手に取り、そのまますぐ雑に放《ほう》る。出目は四。

「えーと、あまのっち達のすぐ後ろの、《駅改札》マス到着《とうちゃく》っと」

　言いながらコマを動かし、そのまま《駅改札》のイベントカードに手を伸ばすアグリさん。彼女はまず自分だけでカードの文面をふむふむ読むと、突如《とつじょ》「わ、やった！」と歓喜《かんき》の声を上げた。皆《みな》が何事かと見守る中、アグリさんはテーブル中央にカードを公開しつつ、笑顔《えがお》で宣言する。

「すぐ後ろの人物コマを一人引き寄せるんだって、このカード！　つまり……」

「おお、マジでか。よっしゃ、亜玖璃のマスまで移動っと。サンキュな、亜玖璃」

上原君がアグリさんのコマがいる《駅改札》まで自分のコマを進め、無駄《むだ》に二人のコマを寄り添《そ》わせる。それを見て、嬉《うれ》しそうにはにかむアグリさん。

「えへへぇ、全然だよぉ、祐ぅ。っていうか、亜玖璃も一緒《いっしょ》にいられて嬉しいし……」

「亜玖璃……」

「祐……」

すっかり二人の世界に入り込み、見つめ合うリア充《じゅう》カップル。……そしてそれを、泥《どろ》のような目で見つめる僕ら生粋《きっすい》のゲーオタ三人衆。……爆発《ばくはつ》しないまでも、異様に鼻毛が伸びやすくなる呪《のろ》いにでもかかればいいのにな、この二人。

僕達が咳払いをすると、アグリさんが「あ、ごっめーん」とまるで謝意の感じられない謝罪の言葉を口にして、イベントカードの続きを読み始めた。

「えっと、それでアグリ達のコマの構図は……まず、二人を面と向かわせて、改札前で立たせて……」

「おっけ、任せとけ」

アグリさんが指示を読み、上原君が器用にコマを動かす。……心なしか、向かい合う二人のコマの距離《きょり》が妙に近い。それを見て、今一度照れ合うリア充カップル。

「……雨野君、星ノ守さん。私今、無性に、雑兵を蹴散《けち》らす無双《むそう》ゲーがやりたいわ」

『わっかりますわー』

一方、捻《ひね》くれゲーマー三人もまた「へへ」と違《ちが》う意味で共感し微笑《ほほえ》み合う。……お、おかしいな、この三人のうち二名もまた、交際しているハズなんだけどな。依然《いぜん》としてリア充が憎《にく》いのはなんなのだろう。喫煙者《きつえんしゃ》が喫煙所の空気を嫌《きら》うのと同じなのかな。

まあ僕らのことはさておき、アグリさんが残りのカードテキストを読み上げる。

「最後に、向かい合った二人を俯《うつむ》かせたら、完成だって！」

「了解《りょうかい》！　うっし、これで――」

そこまで言ったところで、上原君の言葉が止まる。アグリさんもまた、完成した構図を見て、リアクションに困っている様子だった。

それに気づいた僕ら三人も、改めて、出来上がった構図を確認《かくにん》してみる。と、そこに出来上がっていたのは……。

『(こ、これは……これはっ、あの……あの……！)』

そのあまりの「再現度」に戦慄《せんりつ》する僕ら。というのも、それは、だって――

『《駅改札前で、なにやら神妙《しんみょう》な空気を醸《かも》し出す無言カップル》の構図だぁぁあ！)』

街中で時折、地味に目撃するあの光景が、そこにあった。なにこのリアルさ。

『…………』

カラオケボックス内を、いたたまれない空気が満たす。

特に上原君とアグリさんたるや、先程まではしゃぎようが嘘《うそ》のように、表情が重かった。…………。……ご、ごめん、僕ら三人、さっきまでリア充爆発しろ系のテンションだったけど、やっぱり撤回《てっかい》させて貰《もら》います。僕らと一緒の時に爆発するのは、勘弁《かんべん》して下さい。こっちまで辛《つら》いんで。近くで爆発しないで、リア充。

「じゃ、じゃあ次、俺な」

と、突然上原君がテーブルからサイコロをひったくるように摑《つか》み取った。

その如何《いか》にも「この状況を早く終わらせたい」といった態度は、皮肉にも改札前のカレシそのものに見えて仕方ない。

上原君はそそくさとサイコロを振《ふ》ると、目が確定した途端《とたん》すぐに駅改札から自分のコマを持ち上げ、逃《に》げるように移動を開始する。

『（まるで電車の時間を言い訳にして、その場から逃げだす無責任カレシだ……）』

場の全員がそう思ったものの、誰もその感想を口にはしなかった。

「お、雨野達のすぐ後ろの《高級レストラン》マスか」

ゴージャスな内装と大きなシャンデリアが特徴《とくちょう》的なマスに止まる上原君。彼は次に山札からカードを引くと、そのままそれをテーブル中央に叩《たた》きつけるように公開した。

そこに記されていた指示テキストは――

《自分をソファ中央に座らせた後、自分より先にいる異性コマ全員を引き寄せ座らせる》

「先の……。……つまりアグリ以外を……俺と、同じ……ソファに……。…………」

途端、顔に汗をかき始め、作業の手が止まる上原君。が、アグリさんの「……早くしたら？」という地獄《じごく》から響《ひび》くような声質の催促《さいそく》を受け、上原君はガタガタ震《ふる》えながらも状況《じょうきょう》の組み立て作業を開始した。

まず小物群から黒い革張りのソファを取り出し、自分を中心に配置し、その後天道さんとチアキを回収する。

「…………」

……そうして、アグリさんの方をチラチラ気にしながら、女性二人を恐る恐る自分のコマの両脇《りょうわき》に座らせる上原君。が、ソファのバランスが悪いのかフィギュアの重心の問題なのか、脇の女性コマ二人がどうも上手《うま》く座ってくれない。上原君は皆からの冷たい視線に萎縮《いしゅく》しつつも、とにかく自分のターンを終わらせるべく必死でバランス調整をはかり始めた。

約一分にわたる必死の試行錯誤《さくご》の末、遂《つい》にキャラの安定に成功する上原君。

そうして、遂に完成したその構図は。

高級なシャンデリアやワインボトルといったものが置かれた背景の中、革張りのソファに大股《おおまた》開きで座り、両サイドの女性二人の肩《かた》に手をかける上原君という……。

えっと、つまりは──

『……うわー…………』

──駅改札でカノジョから逃げた後、キャバクラで豪遊《ごうゆう》するクズ野郎《やろう》の構図だった。

僕らは思わず、彼を白い目で見つめてしまう。

『……サイテー……』

「いやお前らそのリアクションおかしくね!?　なぁ!?　これゲームだよなぁ!?」

必死で言い訳を試みる上原君。……しかし、その様子がむしろ、僕らから見たらキャバクラ遊びをカノジョに見つかった男を彷彿《ほうふつ》とさせて仕方なかった。……上原君……。

「ぐ……!?　と、とにかく、俺のターンは終わったんだから、次、雨野早くやれ！　いや、早くやって下さい！　お願いします！」

早くこのキャバクラ構図を崩《くず》してほしいらしく、僕に涙目《なみだめ》でサイコロを押しつけてくる上原君。僕は若干《じゃっかん》引きながらも、まあ友達のためなので彼の要求通り自分のターンに臨《のぞ》むことにした。

ダイスを振り、コマを先に進めるべくネカフェマスの自分のコマに手を伸ばす。と——

「(……あ、そっか。チアキはさっき上原君に引き寄せられたから、もう、このネカフェにはいないのか……)」

自分の対面席がいつの間にか空席だったことに、今更《いまさら》ながらに気づく僕。………。

「？　雨野君？　どうされました？」

「え？　あ、いえ、なんでもないです、はい」

どうやら手が止まっていたらしく、天道さんに指摘《してき》され慌《あわ》てて自分のコマを取る。

「いち、に、さん……と」

そうしてダイス目分コマを進めると、そこは、偶然《ぐうぜん》にも今現在のリアルな僕らが居る場所と同じ、カラオケボックスのマスだった。

「あ、あ、これ、えと、そう、たしか……」

「？」

チアキがこちらを見てブツブツ呟《つぶや》きつつ、なにかを思い出すようにコメカミをトントンと叩いている。僕は作業を止め続きを少し待ってみるも、どうも彼女は言葉が上手く出てこないらしく、若干困り顔になってしまっていた。……ああ、これは、変に注目して焦《じ》らせても可哀想《かわいそう》なアレだな。口下手な僕にもありがちな状況だからよく分かる。

僕はとりあえずゲームを再開。イベントカードを引き、テーブル中央に公開した。

《自分から最も離《はな》れた異性コマを引き寄せ、膝枕《ひざまくら》して貰う》

「……また、ロクでもない……。まあいいけど」

僕は一瞬《いっしゅん》だけげんなりしたものの、すぐに気分を切り換《か》えた。というのも、最初のうちはその生々しさに面食らったものの、言っても人形は人形だ。チアキと僕が腕《うで》を組んで歩いたあたりはちょっとアレだったけれど、先程《さきほど》の上原君のキャバクラ構図あたりになると、僕らも半分ギャグのノリで彼を責めているようなとこあったし。

つまり、僕らはもう、このゲームへの耐性《たいせい》を充分《じゅうぶん》につけていた。もうどんなイベントが来たところで、所詮《しょせん》はお遊びと流せるだろう。見れば、今回は天道さんもカノジョとして、特にカリカリした様子ではなかった。……じゃ、若干寂《さび》しい気がしないでもないけど。

とにかくこうなればもうあとのゲームは消化試合みたいなもの。楽しいイベントだけ楽しみ、イヤなイベントはさっさとこなして流して終わらせるのみ。

というわけで、僕はカードに指示された通り、自分から一番遠い異性コマ……アグリさんのコマをカラオケボックスマスに持ってくると、まず彼女のコマを正座させ、その膝《ひざ》の上に僕のコマを横たわらせ――

「あ、ケータケータ、違います。今回は『実際に』膝枕をして貰わなきゃ、ダメですよ」

『――は？』

突然《とつぜん》のチアキの警告に、手からぽろりと僕のコマが落ち、アグリさんのコマの太ももへと顔を思いきり埋《う》める。

が、今の僕には、それを直している余裕《よゆう》もない。僕はチアキの目をジッと見つめると……ぎこちない苦笑《くしよう》と共に、訊《たず》ね返した。

「あ、あれ、僕なんか聞き間違えたかな、チアキ。今……『実際に』とか聞こえたような気がするんだけど、そんなわけは流石《さすが》に――」

「あ、ですです、確かにそう言いましたですよ、自分」

「――」

一瞬で認められてしまった。僕はダクダクと額に汗《あせ》をかきながら、更《さら》に逃げ道を探す。

「い、いやいや、おかしいでしょう、チアキ。だ、だってこのゲームのいいところって、あくまで『お人形遊び』で『王様ゲーム』を再現する、ライトなところであって――」

「あ、でもでも、唯一《ゆいいつ》……《現実の居場所とゲームのマスが一致《いっち》した場合に限り、その指示をプレイヤー自身が行わなければいけない》という特殊《とくしゅ》ルールがありまして」

『寝耳《ねみみ》に水にも程がある！』

チアキ以外の全員が立ち上がり抗議《こうぎ》する。チアキは困ったように頰《ほお》を搔《か》いた後「ああの……」と続けてきた。

「自分も最初に説明しようとはしたのですが、上原さんがゲームを始めてしまい……」

『…………』

僕、天道さん、アグリさんの視線が上原君の方へと向く。彼は僕らからそっと視線を逸《そ》らすと、「こ、こほん！」とわざとらしい咳払《せきばら》いをしてフォローしてきた。

「そ、そういうことなら、そのルールに関しては今回……いっそのこと、このまま適用しなくてもいいんじゃねえか？　ほら、だ、誰《だれ》も得しないわけだしよ」

『確かに……』

上原君の言葉に納得《なっとく》し頷《うなず》く僕ら。そりゃそうだ。全員やりたくないなら、やらなきゃいい。これは別に命のかかったデスゲームでもなんでもない、遊びなんだ。が……

「…………」

……気づけば、この室内においてただ一人……某金髪《ぼうきんぱつ》美少女だけが、神妙な面持《おもも》ちで固まっていらっしゃった。

『…………』

……イヤな予感にうち震える僕ら。

僕は一度ごくりと唾《つば》をのみこむと、恐《おそ》る恐る天道さんに声をかけた。

「あの……天道さん？　えっと、この『現実に遊んでいる場所と同じマスに止まった場合のみ、指示を実際にやる』というルールに関しては、今回は――」

「勿論《もちろん》決行です。なぜなら、たとえ辛《つら》くても――それが公式ルールなのですから！」

『ガチ勢面倒臭《めんどうくさ》い！』

血涙《けつるい》を流しながらルール遵守《じゅんしゅ》を主張するこじらせ女子に、戦慄《せんりつ》する僕ら。

アグリさんが天道さんを宥《なだ》めるように微笑《ほほえ》みかける。

「て、天道さん？　えっと、状況分かってる……よね？」

「はい、理解しています。上原君のカノジョさんたる亜玖璃さんが、不届きにも、私のカレシたる雨野君に膝枕をなさろうとされているんですよね」

「うん、なんか亜玖璃があまのっちに膝枕したがっているみたいな言いぐさは超《ちょう》気になるけど、状況はその通りだね。で、だったら分かるでしょ？　そんなの誰も得――」

「私達の損得は関係ありません。ただルールは絶対！　それだけです」

「なにこの法の番人、怖《こわ》い。で、でも実際天道さんだって、今全力で歯を食いしばってんじゃん！　なんでそこまですんのさ！」

亜玖璃さんの疑問に、天道さんはふっとアンニュイな表情で俯《うつむ》いて、告げる。

「……ゲーム部部長たる私が掟《おきて》を守らずして、一体誰が掟を守るというのです……」

「天道さんはソウルソサエティの名家の生まれか何かなの!?　と、とにかく亜玖璃、あまのっちを膝枕とかしないからね！　キモいし！」

「う、うちの可愛《かわい》いカレシに膝枕したくないとは、どういう了見《りょうけん》ですか亜玖璃さん！」

「亜玖璃今何を怒《おこ》られてるの!?　ねぇ!?　なにこの不思議な喧嘩《けんか》の構図！」

「亜玖璃さん！　貴女《あなた》は黙《だま》って雨野君を膝枕したらいいのです！　それがルールなのですから！　ほら、早く！」

「ああっ、もう、面倒臭いなぁ！　分かったよ、分かった。ちゃちゃっと膝枕するよ！」

「ちょ、アグリさん!?」

突然のヤケクソ気味な結論にギョッとする僕。が、アグリさんは問答無用で天道さんと席を交換《こうかん》すると、僕の隣《となり》に座ってバンバンと自分の太ももを叩いた。

「ほらどうぞっ、あまのっち！　来るなら来い！」

「いや僕、ここまで気の進まない膝枕に誘《さそ》われたの初めてですよ……」

女子高生の膝枕、という字面《じづら》からは到底《とうてい》考えられないほど、僕の気がのらない。

「……どうして僕が、カノジョさんと、天敵と、そしてなにより貴女のカレシが見守る目の前で膝枕に臨まないといけないんですか……」

一体なんの試練なんだ、これは。

まだぐずる僕に、アグリさんが苛立《いらだ》った様子で声を荒《あら》らげてくる。

「亜玖璃だってそう思うけどっ、仕方ないじゃん！　そちらのクレイジーなカノジョさんが、意見を譲《ゆず》りそうにないんだから！」

「ぐ……。そもそもこんなリスク負う割には、大して役得でもないんだよなぁ……」

「ああん？」

と、アグリさんがこちらにガンつけてくる。

「今なんて言った、あまのっち。本来ならキミみたいなオタクとは住む世界が違《ちが》う、このハイスペック女子高生たる亜玖璃さんを捕《つか》まえて、膝枕が嬉《うれ》しくないとかほざいたの？

ああん？」

なんか本格的にギャルに絡《から》まれ始めた。……ああ、もう、本当に面倒臭い。こうなったらもう、僕も観念してサクサク終わらせてしまおう。

僕は膝枕のため体勢を整えつつ、アグリさんに切り返す。

「いえいえ、滅相《めっそう》もございませーん。わー、嬉しいなー。たとえカラダにメリハリ一切《いっさい》なくても、寝心地《ねごこち》悪そうでも、心が貧しくても、とはいえ、腐《くさ》っても『女子高生の膝枕』ですからねぇ。ぼっち男子高校生としては、光栄の極《きわ》みでーす。じゃ、失礼しまーす」

言い終えると同時に、躊躇《ちゅうちょ》なくぽふっと亜玖璃さんの太ももの上に頭をのせる僕。……ほら、やっぱり案の定、なんの高揚《こうよう》も感慨《かんがい》もない。なのに天道さんや上原君からはヘイトを向けられるとか、たまったもんじゃないイベントだ。早く終わらせよ。

僕は義理は果たしたとばかりに、膝枕からすぐに起き上がろうとする。が――

「⁉」

突然頭を上からぎゅむっと誰かに押さえつけられ、アグリさんの太ももに戻《もど》る。一体何事かと状況《じょうきょう》を確認《かくにん》してみれば……。

「ちょ、アグリさん⁉　なんで僕の頭を押さえつけてるんですかっ！」

「ほーら、折角なんだから、もうちょっと楽しんでいきなよ、あまのっちぃ」

「親戚《しんせき》のおばちゃんみたいなことはやめて下さい、アグリさん！」

「おば――！　く……この、この、じゃあ、これでどうだっ、あまのっち！」

「ちょ、わぷっ、僕の顔をふとももにグリグリ押しつけるの、やめて下さい！　これは刺《し》激《げき》が――」

「おっと、これは流石にひきオタ君には刺激強すぎたかなぁ？　やーん、えっちぃ――」

「あ、いえ、僕、肌《はだ》が弱いんであんまり顔を刺激するようなことしないでくれないかなと。ニキビ出来ちゃうんで……」

「この状況で肌のメンテとか気にしてたの⁉　く、こらあまのっち！　もっとこう、美少女女子高生の膝枕に対するリアクションしなよ！　ほらほら！」

「え？……。じゃあ……えっと、温かいけど、寝づらくて、肩《かた》こりそうです。☆二つ」

「枕《まくら》としてのレビューじゃなくて！　こう、ほら！　亜玖璃という存在に対してさ！」

「正直もうちょっと落ち着きが欲《ほ》しいです。☆一つ」

「亜玖璃の内面レビューでもなくて！　そして☆一つってどういうことだゴラァ！」

「だって天道さんを☆5としたら、どうしたってアグリさんは……」

「ぐ……⁉　じゃ、じゃあ、他者との比較《ひかく》とかやめよう！　うん！　単純に、今は膝枕されながら、亜玖璃だけ見てみて！　ほら！　ほら！」

「うーん……。……確かに、この角度から、こんな密着して見たことは……」

「でしょう？　ほらほら、こう、これまでの亜玖璃に対する見方に変化とかない？」

「あ、言われてみれば……確かに……胸が……」

「あ、ドキドキしちゃう？ しちゃうわけ？ やーん、流石は亜玖璃、魔性の女──」

「いやこうして下から見ると、改めて体のメリハリのなさが際立《きわだ》ちますね」

「そんな悲しい再発見やめてくれる!?　む、胸あるし！　超あるし！　ほらほら！」

「ちょ、アグリさんっ、何僕の顔を上半身で覆《おお》って——」

『こんな仲睦《なかむつ》まじい膝枕《ひざ》のくだり、初めて見たわ！』

突然、室内に壮絶《そうぜつ》なツッコミの声が木霊《こだま》する。見れば、上原君、天道さん、チアキが僕らを涙目《なみだめ》で睨《にら》み付けてきていた。

僕と亜玖璃さんがキョトンとする中、三人が一斉《いっせい》に僕らを責め立ててくる。

「なんだこれ！　膝枕一つで、どんだけはしゃげるんだよ、お前ら！　仲良しか！」

「まったくです！　私は確かに膝枕することを許可しましたが、まさか……まさかここまで『見せつけられる』とは、思ってもみませんでしたよ！」

「ですです！　そういうプレイは、二人きりの時だけにして下さいです！」

そんな三人の指摘《してき》に、僕らは膝枕体勢のまま目を見合わせ……そして、同時に応じる。

『え、今、全然仲良くとかしてなかったけど……』

『そのレベルで⁉』

なぜか愕然《がくぜん》とする三人。……よく分からないけれど、とりあえず、膝枕のくだりはもうやめていいらしい。

僕は亜玖璃さんの太ももから身を起こすと、テーブルの上からサイコロを拾い、そうしてそれを対面席に移動していた天道さんへと手渡《てわた》した。

「はい次、天道さんですよ」

「…………」

「天道さん？」

なぜかサイコロを受け取ってくれない天道さんに、首を傾《かし》げる僕。

彼女はぷくっと頰《ほお》を膨《ふく》らませると、子供のようなダダをこねてきた。

「……雨野君が優《やさ》しくしてくれないと、私、サイコロ受け取りたくないです」

「……えと……」

困ったことを言い出す天道さんに、アグリさんが苦笑する。

「いやいや天道さん、あまのっちにそんな甲斐性《かいしょう》を求めるのは酷《こく》だって——」

と、アグリさんが言いかける中、僕は「失礼」とおもむろに立ち上がり天道さんの隣へと移動すると、彼女の頭に手を伸《の》ばす。そして——

「え——」

——顔を真っ赤にする彼女をぐいっとこちらに引き倒《たお》すと、その頭を、自分の膝の上へと置いた。……つまりは、僕が天道さんに膝枕をしている。

「——へ、や、あの、えと、あわわ、あ、雨野君⁉」

動揺《どうよう》し、僕のふとももの上でもぞもぞと動く天道さん。僕はそれを抑《おさ》えるように彼女の髪《かみ》を軽く撫《な》でる。途端《とたん》に、へにゃっと大人しくなる天道さん。

『…………』

その……あまりのイチャイチャした状況に、上原君、アグリさん、チアキが頬を染める。

そしてそれを僕の膝の上で横になりながら確認した天道さんが、震《ふる》える声で僕に訊《たず》ねてきた。

「ちょ、あ、雨野君？　貴方《あなた》、急にこんなことして恥《は》ずかしく——」

「超恥ずかしいです」

「え」

そっと僕の顔を見上げてくる天道さん。……その瞳《ひとみ》には、きっとこの部屋の誰《だれ》よりも真っ赤な顔をした男子高校生が映っていることだろう。……ああ、恥ずかしい……。

現在進行形の後悔《こうかい》に打ちひしがれながらもカノジョに必死で膝枕をする僕。

そんな僕に……天道さんが、下から、ぽかんとした様子で訊《たず》ねてくる。

「あ、雨野君？　あ、貴方、一体何を……」

「だ、だって、天道さんが、優しくしてくれって言うから……！」

「い、言いましたけどっ！　まさか、こんなに思い切った行動に出るとは……」

「ぐ……。で、でも、こうでもしないと、天道さん、すんなりゲームを再開してくれないでしょう？」

「え？　そ、そうかもしれませんね。で、でも貴方、どうしてこんな、らしくないことまでして、このボードゲームを……」

「え？　そんなの、決まってますよ」

「？」

不思議そうに首を傾げる天道さんと、ゲーム同好会の面々。

僕はそんな彼女達に——笑顔《えがお》で、堂々と、答える。

「こんなに楽しいゲームの時間は、一秒だって、無駄《むだ》にしたくないじゃないですか」

『…………』

僕の言葉に、皆《みな》が不思議そうな顔をする。僕もまた何を不思議がられているのか疑問に思う中、皆を代表して、チアキがおずおずと訊ねてきた。

「えっとえと……ケータはこのボードゲームが好きなんですか？」

「へ？　あ、いや、それは全然」

「ふぇ？」

「半生ゲームに引き続き、相変わらずまれに見る駄作《ださく》ボードゲームだと思っているよ」

「そ、そうですか……」

所持者当人が故《ゆえ》か、露骨《ろこつ》にしゅんとするチアキ。皆がフォローの言葉をかけあぐねる中、しかし僕は、天道さんの頭を膝の上においたまま、更《さら》に続けた。

「でも、ゲームとしての出来と、プレイが楽しいかどうかは、全くの別問題でしょ」

「……つまりケータは……こんなデタラメなカオスが、それでも、楽しいと？」

「うん……まぁ」

ぽりっと頰をかく僕。怪訝《けげん》そうに続けてくるチアキ。

「……アグ姉と膝枕とか、させられたのに、ですか？」

「まあそのくだりは地獄《じごく》だったけどさ」

「おいそこのオタク、ちょいとツラ貸せやぁ」

なんか隣《となり》からギャルが絡んできている。……よし、目を合わせないようにしよう。

僕はチアキの方だけ見て、話を続ける。

「でも……僕の中では、今回のこれも、前回の半生ゲームも、『凄《すご》く楽しかった思い出』の棚《たな》に、しまってあるよ」

「ケータ……」

チアキがなぜか、じっと熱っぽくこちらを見つめてくる。……なんだか妙《みょう》に照れくさくなってしまった僕は、少し茶化すように続けた。

「あ、でも一部、前回も今回も某《ぼう》ギャルと絡むシークエンスだけはゴミ箱行きだけど」

「あまのっちぃ♪　あぐりぃ♪、後でぇ、キミと二人っきりにぃ、なりたいなぁ♪」

おっと、なんか隣からヤバいもののオーラを感じる。……む、無視だ、無視。悪霊《あくりょう》と同じで、こっちがリアクションしたらおしまいなんだ、この手のは。

僕は精神安定のため、膝の上のブロンドヘアをまるでペットのウサギか何かを愛《め》でるようにサラサラと撫でながら、チアキの目を見て続ける。

「とにかく、ゲームの出来不出来と面白《おもしろ》さはイコールじゃないっていう——」

と、そこでふと思いついた例があったので、思わずそれを口にした。

「──ああ、それこそ、僕の大大大大好きな、のべさんのゲームと一緒《いっしょ》だね」

「っ！」

瞬間《しゅんかん》、なぜかチアキが傍《かたわ》らにあった備え付けのクッション目がけてぼふーんと激しく顔を埋《う》めてしまった。……な、なんなんだ、この海藻《かいそう》類は。意味不明すぎる。

ふと気づけば、なぜか上原君がいやらしいにやけ顔でこちらを見ていた。

「……なにさ、上原君」

「いや別にぃ？　相変わらず『たらし』だなぁと」

「はぁ？」

チアキに謎《なぞ》のリアクションをとられ、膝の上では天道さんをガチガチに緊張《きんちょう》させている不甲斐《ふがい》ない男の、なにが「たらし」なのかがまるで理解出来ない。

「いや、いいんだ。まあとにかくよ。俺もいつも……お前達のそういうやりとり見るのも含《ふく》めて、超《ちょう》楽しんではいるぜ、この集まりをよ」

「理由はイマイチ納得《なっとく》しがたいけど……まあ、上原君も楽しいなら良かった」

「ああ。っつーか俺、お前と遊ぶのはいつだって楽しいぞ、雨野」

「友達《ともだち》……『たらし』はどっちだよ……」

僕は慌《あわ》てて烏龍茶《ウーロン》のコップを手に取り、頬にあてて顔の熱を冷ます。……まさか、友達にこんなことを言って貰《もら》える日がくるなんて……僕今日、ベッドの中で少し泣いてしまうかもしれない。

「…………」

「雨野？」

と、そんな僕のリアクションに毒気を抜《ぬ》かれたのか、これまで怒《おこ》っていたアグリさんがソファに体重を預けながら呟《つぶや》いてきた。

「まあ亜玖璃もあまのっち達と馬鹿《ばか》なボードゲーム遊ぶの、嫌《きら》いじゃないよ。というか、亜玖璃に関しては、今回みたいに、むしろゲームが『良く出来ていない』方が、何も考えずゲラゲラ笑って楽しいぐらいかも」

アグリさんの言葉を受け、室内に穏《おだ》やか空気が戻《もど》ってくる。そして……。

「あ、雨野君？　えと……わ、私は、もう、大丈夫《だいじょうぶ》、です」

「え、あ、す、すいません！」

今まで無意識に撫でていた天道さんが、僕を膝の上から上目遣《うわめづか》いで見つめてきた。

僕が慌てて撫でるのをやめると、天道さんはゆっくりと身を起こし……横になった時に着崩《きくず》れたらしい胸元《むなもと》のネクタイをキュッと軽く締《し》め直してから、熱い吐息《といき》を漏《も》らした。

『…………』

……な、なにこの、情事の後感。な、なんかとんでもないことでもしたのでしょうか、僕。

……したか。ごめんなさい。

室内に沈黙《ちんもく》が訪《おとず》れる中、僕は一つ息を吐いて気持ちを落ちつけると、改めて天道さんの方へと向き直る。そうして、今一度机の上からダイスを手に取ると……天道さんに向けて「はい」と、無邪気《むじゃき》な笑顔でそれを差し出した。

「次、天道さんの番だよ」

そんな僕の態度に、天道さんは……ふっと、柔《やわ》らかく微笑《ほほえ》んで返してくる。

「……まったく。貴方って人は……」

そうしてカノジョは——ようやく僕からダイスを受け取ってくれた。

これでゲーム再開——のハズだったが、天道さんはダイスをすぐには振《ふ》らず、掌《てのひら》の上で弄《もてあそ》び始めた。

「天道さん？」

「……ああ、ごめんなさいね。やるわ。やるけど……ふふっ、ちょっとおかしくて」

「はぁ、おかしい、ですか？　何がです？」

僕が訊ねると、天道さんは掌の上のサイコロを見つめたまま、何かに思いを馳《は》せるようにして、ぽつぽつ語り始めた。

「以前の私なら……春先までの私なら、雨野君や貴方達の言うことが、まったく理解出来なかったんだろうなと、思いまして」

「僕らの言うこと、ですか」

「ええ。特に『良く出来てないゲームだから面白い』だなんて結論は、ゲームを大して知らない人間や、捻《ひね》くれ者の言うことだと決めつけ、その意見を歯牙《しが》にもかけなかったのではないかと」

「ま、まあ実際僕ら、ゲーマーもどきや捻くれ者だったりしますけどね……」

僕らゲーム同好会という集団は、やはりゲーム部とは全然違《ちが》う。僕やチアキはゲームが上手《うま》いわけでも造詣《ぞうけい》が深いわけでもないし、上原君やアグリさんに至ってはゲームが第一趣味《しゅみ》でさえないわけで。

天道さんはそんな僕らへっぽこゲーマーズを見回して、続けてくる。

「まあ、皆さんがどんなにフォローしようと、《ラブラブ半生ゲーム》や《ラブラブ王子様ゲーム》が紛《まぎ》れもない駄作であることだけは、厳然たる事実ですけど」

『で、ですよねー』

僕らが顔を見合わせ苦笑《くしょう》する中、しかし……天道さんは、そんな僕らをこそ、温かい眼差《まなざ》しで見つめ、「けれど」と微笑んできた。

「どうやら私も、そんな駄作を皆さんと遊ぶのが——今はたまらなく、好きみたいです」

その言葉に、僕らは思わず微笑み合い、口々に同意の言葉を返した。

それは……ゲーム好きの僕にとっては、あまりに幸せな、ひとときで。

——ああ、ゲームを皆で楽しく遊ぶ時間というのは、なんて素晴《すば》らしいのだろう。こんな幸せな時間が、他にあるだろうか？　いやない。やはりゲームは偉大《いだい》だ。これこそ、僕がゲームという媒体《ばいたい》に求めたものの——

「さて。では、すっかりお待たせしてしまいましたが、ダイス、振りますね」

と、天道さんが照れ笑いを浮《う》かべながらゲームを再開させてきた。

「あ、また六です。ええと、止まったマスは……あら、カラオケボックスですね。ということは、実際に何かしなきゃいけないわけですけど……まあ膝枕《ひざまくら》ぐらいなら、やってみせましょう。ええ。では、イベントカードを開きますね。……えいっ！」

僕らは彼女が楽しくゲームに興じる様子を温かく見守り、そして——

《全員全裸《ぜんら》になる》

『はいお疲《つか》れ様でしたぁー』

——先程までの「いい話に落ち着いた感」はどこへやら、全員、それはそれは乱暴にこのクソボードゲームを片付けて、この日はお開きと相成ったのだった。

やはりゲームは、普通《ふつう》に良く出来たゲームを遊ぶのが、一番いいと思います。ええ。

ゲーマーズ！

GAMERS

DLC3

STAGE 9

『杉崎ぃぃぃぃぃぃいいいいいいいいいいいいいいいいいいいいいいいいいいいいい！』

※このお話は、“伝説”との戦いから始まるゲーム同好会の日常です。

・会長に話を振る
・知弦《ちづる》さんに話を振る
・深夏《みなつ》に話を振る
・真冬《まふゆ》ちゃんに話を振る

目の前のゲーム画面には現在、そんな四つの選択肢《せんたくし》が現れていた。

僕——雨野景太《あまのけいた》はごくりと唾《つば》を飲み込むと、震《ふる》える指でコントローラーを操作し……そして、「流れ」的に今回の正解と思《おぼ》しき選択肢——「深夏に話を振る」にカーソルを合わせる。

と、そこで僕は一度、確認《かくにん》を求めるように周囲を見渡《みわた》した。すると、僕と同じく緊張の面持《おもも》ちで四人のゲーム同好会メンバーが、全員揃《そろ》って額に脂汗《あぶらあせ》を滲《にじ》ませながらも、こくりと僕の選択《せんたく》を後押しするように頷《うなず》いてくれる。

僕は皆《みな》から勇気を貰うと……今一度、ゲーム画面へと向き直った。そして……。

・　深夏に話を振る

遂《つい》に、その選択肢を選んで決定ボタンを押す。その結果は――

杉崎《すぎさき》「あ、ところで深夏って、今どんなパンツ穿《は》いて――」

〈ぐしゃり〉

ゲームオーバー。

『杉崎ぃぃぃぃいいいいいいいいいいいいいいいいいいいいいい！』

真っ黒な背景に鮮血《せんけつ》が飛び散る。そんな本日何度見たか分からないバッドエンドに、もはや涙《なみだ》さえ流しながら絶叫《ぜっきょう》する僕ら――音吹《おとぶき》高校ゲーム同好会の面々。

そうして、どれくらい叫《さけ》び続けたろうか。

すっかりうちひしがれ、涙で滲む視界の中。僕は夕焼け色に染まるこの室内を――本日の活動場所をぼんやりと眺《なが》めた。

……そこはいつもの教室でもなければ、ゲーム部の部室でもない。

いや、それどころか僕らの在籍《ざいせき》校——音吹高校でさえなかった。

それこそが、現在僕ら音吹高校ゲーム同好会が「閉じ込められている」この部屋の名前である。

《碧陽《へきよう》学園生徒会室》

《きゅぅー》

室内に誰《だれ》かの可愛《かわい》い腹の虫の音がなり響《ひび》く。が……もはやその主を特定する体力も、はたま恥《は》ずかしがる気力も、今の僕らにはなかった。

皆が現在思うことはただ一つ。

——帰りたい。

マジで、帰りたい。助けて。誰か。お願いだから。お願いだから——

——この《生徒会の一存VR》とかいう謎《なぞ》のクソゲー地獄《じごく》から解放してくれ！

……一体なぜこんなことになってしまったのか……。

僕ことモブキャラぼっち高校生雨野景太は、この過酷《かこく》な現実から目を逸《そ》らすが如《ごと》く、しばし回想の海へと沈《しず》むことにしたのだった。

＊

始まりは、現碧陽学園生徒会長、星ノ守心春《ほしのもりこのは》さんによる依頼《いらい》だった。

「なんか資料整理中に昔の生徒会が作ったわけのわからないゲームソフトが出てきちゃいまして、一応中身をチェックしなきゃなんですけど……正直概要《がいよう》見た段階であたしの手に負えなさそうな感凄《すご》いので、ゲーム好きの方々で攻略《こうりゃく》してくれません？」

そんな依頼が彼女の姉にしてうちの同好会メンバーである星ノ守千秋《ちあき》を経由して届けられたのが、つい数日前のこと。

で、普段《ふだん》から慢性《まんせい》的に暇《ひま》を持て余《あま》しがちな僕ら——音吹高校ゲーム同好会は、その依頼を殆《ほとん》ど二つ返事で受けてしまったわけなのだけれど……。

「っていうか、そもそもなんでわざわざこの生徒会室まで来たんだっけ、亜玖璃《あぐり》達」

——と、僕の回想に割り入るように、現在生徒会室の上座席（会長席）へ陣取《じんど》っているギャル女子高校生、アグリさんが気怠《けだる》げに訊《たず》ねてきた。

そんな彼女に僕、雨野景太は会長席の右前——昔「杉崎」という生徒が座っていた副会長席に座したまま応じた。

「例の生徒会が残したゲームというのが、ここでしか遊べない……というか、超絶《ちょうぜつ》マニアックな激レアハードのある場所でしか遊べないソフトだったからですよ」

「……『ハード』って、なんだっけ？」

「いや今更《いまさら》そこから説明いります⁉」

相変わらずゲーム同好会に所属しているとは思えない程《ほど》、ゲームには欠片《かけら》も興味のないリア充《じゅう》ギャルだった。アグリさん。いやまぁ、元々彼氏への付き合いでゲーム同好会入りしたような人だから、無理もないんだけどさ。とはいえそろそろ少しぐらいは……。

僕がすっかり呆《あき》れていると、今度はギャルにも等しく優しい僕の天使こと――音吹高校のカリスマブロンド女子天道花憐《てんどうかれん》さんが、うっとりする程に柔和《にゅうわ》な笑《え》みを浮かべて、その初歩的な説明を引き取ってくれた。

「ハードというのはプレイステー〇ョンだとか、ニンテンドース〇ッチだとかみたいな、ゲームソフトを遊ぶために必要となる道具のことを言うんですよ、亜玖璃さん」

「へぇ、なるほどぉ。じゃ『財布《さいふ》代わりの彼氏』も『ハード』と定義していいのかな？」

「いや彼氏を『遊ぶために必要となる道具』扱《あつか》いしないで下さい！　違《ちが》いますから！」

激しくツッコミを入れる天道さん。ちなみに彼女の席は、僕の斜向《はすむ》かい――以前会計の

「真冬ちゃん」とやらが座っていた場所だ。……既《すで》に長時間《生徒会の一存VR》をやっている身としては、いやがおうにも彼らの席配置を覚えてしまう。

天道さんはこほんと咳払《せきばら》いして、説明を再開させた。

「とにかく、私達は誰もこのソフトを遊べるハードを持っていなかったんです」

「そうなの？　筋金入りのゲームオタクが。こんなにも無駄《むだ》に雁首揃《がんくびそろ》えているのに？」

そのギャルらしい天然のトゲがある物言いに、僕は首を横に振《ふ》りつつ応じた。

「悪かったですね、使えないオタクで。というか生半可な『ゲーム好き』程度じゃ、とても手を出さないレベルで流行《はや》らなかったハードなんですよ。チアキもでしょ？」

僕はそう言って向かい側の少女――僕と同類のオタク女子へと視線を向ける。

星ノ守千秋。今回依頼を出してきた碧陽学園生徒会長、星ノ守心春の姉であり。海藻頭《かいそう》が特徴《とくちょう》的なゲーム同好会員だ。現在は《生徒会の一存VR》で言うところの「知弦さん」とやらが座っていた席に座っている。

彼女は僕から振られたレアハード話題にこくこくと頷いて返してきた。

「ですです。さすがに見えてる地雷《じらい》にも程があったと言いますか。あ、でもでも、花憐さんまで未所持なのは意外でした。濃《こ》いゲーマーさんが好む機種だったと思いますが」

チアキにそう振られた天道さんは「そうですね……」と、何かを懐《なつ》かしむような苦笑いと共に切り返してきた。

「確かに、私は嫌《きら》いじゃないハードでしたよ。ソフトラインナップもマニアックながら通好みではありましたし。でも私個人では買っていなかったんです。なぜなら……当時よく一緒《いっしょ》に遊んでくれていた『近所のゲーム好きお姉さん』が、持っていらしたもので」

言いながら、なぜか現在自分の座る席の周りを愛《いと》おしげに眺める天道さん。

僕らが不思議に思っていると、彼女はクスクスと笑いながら続けてきた。

「いえ、なんでもないです。私にとっての彼女はあくまで『ゲーム仮面』のおねーさんなので。この席に座っていた『あの方』とは、きっと違う方のでしょう。ええ」

『？　はぁ……』

僕達にはよく分からないことを語りながら、一人微笑《ほほえ》む天道さん。

彼女のことは一旦《いったん》置いておくことにして、とりあえずチアキが話を先に進めてきた。

「確かに確かに、よく遊ぶお友達さんが持っていらっしゃったら、自分ではハードを買わないこともあるかもですね。……昔から友達のいない自分には全くない発想でした！」

チアキが妙《みょう》に悲しいぼっちネタを披露《ひろう》しつつ納得《なっとく》していた。

なんだかいたたまれないムードが同好会を覆《おお》う中、僕の右隣《みぎどなり》——昔は「深夏」さんとやらが座っていた副会長席から、このオタク同好会には勿体《もったい》ないぐらいのイケメンリア充《じゅう》男子、上原君《うえはら》が状況《じょうきょう》のまとめにかかってくる。

「ま、そんなわけで、俺達の中には例のハードを持つ人間がいなかったんだが。この碧陽学園生徒会室の方には『備品』としてちゃんと継《つ》がれていることが判明してな」

「あー、そりゃそうだよね。ソフトあるんだもんね。遊ぶための道具もあるよね」

上原君の説明に納得するアグリさん。ちなみにこの二人は――まぁ色々紆余曲折《うよきょくせつ》はあるものの、一応交際関係だ。……僕的には、アグリさんみたいな軽薄《けいはく》ギャルに、上原君みたいな素晴《すば》らしい男子は勿体ないと常日頃《つねひごろ》から思っているけれどもね！

しかしそんな僕の憤《いきどお》りなど関係なく、上原君は説明を続けてきた。

「だから本当ならそのハードを借りりゃ良かったんだが、これがマジでレアハードでな。現在ネットオークションなんかでそこそこの値がついちゃっているもんだから、それを他校の同好会に『貸し出す』ってのは備品管理上ちょっと……となり」

「あー……コノコノって、意外とそういうとこ真面目《まじめ》そうだもんね」

そう言ってアグリさんが苦笑いを浮《う》かべる。彼女の言う「コノコノ」というのは、現碧陽学園生徒会長・星ノ守心春さんのことだ。非常に有能で真面目でその上美少女という、年下ながら大変に尊敬すべき万能《ばんのう》生徒会長である。――「重度のエロゲ好き」という一点を見逃《みのが》せば。まあその趣味《しゅみ》は、僕ぐらいにしかバレてないんだけれどさ。

そんな全《すべ》ての発端《ほったん》でもある生徒会長さんに対し——アグリさんが唇《くちびる》を尖《とが》らせ、当然の不満を口にしてきた。

「でもその戦犯たるコノコノがこの脱出《だっしゅつ》劇に巻き込まれてないの、ズルくない？」

そのもっともな指摘《してき》には、僕らどころか姉であるチアキも苦笑いを浮かべるしかなかった。

確かに、この状況の四割ぐらいは彼女に過失がある。

完全に部外者たる僕達にゲーム攻略を投げた過失。

その上他《ほか》に用事があるとかで、生徒会室に僕らだけを残して出てった過失。

そして最後にして最大の過失、それが……

「っていうか、なんで一言『こういうゲーム』だって説明しなかったかなぁ、コノコノは！」

憤慨《ふんがい》し、長机を平手でどこかの会長さんよろしく叩《たた》きつけるアグリさん。

彼女の怒《いか》りも尤《もっと》もだった。

そう、確かにコノハさんは、せめて「この要素」を僕らに説明してから、生徒会室を後にするべきだった。

実際この手作りゲーム《生徒会の一存VR》のパッケージにも小さく……しかし確実に

記されている、このゲーム内容を示唆《しさ》するこの文言。

これを、コノハさんは僕達に伝えるべきだったのだ。

「…………」

僕は長机中央に放られていたパッケージをおもむろに手に取ると。

今一度、その――恐《おそ》るべきタイトルを、確認《かくにん》してみた。

《ガチ脱出ゲーム　生徒会の一存VR（ヴァカみたいに、リアル）》

『…………』

碧陽学園生徒会室に、いたたまれない空気が戻《もど》ってくる。外では野球部と思しき生徒達による「あざっしたー！」というグラウンドへの挨拶《あいさつ》が響き渡《わた》っていた。ああ、そうですか……もう野球部も終わる時間ですか……。……そうですか……。

僕の隣《となり》で上原君が机の上で手を組みつつ、嘆息《たんそく》交じりに呟《つぶや》く。

「まさか……ゲーム開始と同時に、現実の碧陽学園生徒会室の戸が施錠《せじょう》される仕組みだなんて、誰《だれ》が思うよ……」

「……正気の沙汰《さた》じゃないよね……」

僕は上原君に深く同意する。

いや……代々の碧陽学園生徒会というものが概《おおむ》ね「イロモノ集団」だという話は風の噂《うわさ》には聞いていたのだけれど。まさかこの代が……「生徒会の一存」とかってライトノベル出していた伝説の世代のクレイジーさが、ここまで極《きわ》まっていたとは。

椅子《いす》から立ち上がった上原君が、もう何度目か分からない戸の開閉確認をした。

「……くそっ、やっぱり完全に施錠されてやがる。しかも通常の鍵《かぎ》とは別口の、鍵穴《かぎあな》さえ見当たらない機構の鍵で。無線信号制御《せいぎょ》されてるみてぇだな」

「だね。なんかハード本体に妙なアダプタついているなとは思ってたんだよね……」

でもまさか、それでリアルに閉じ込められることになるとは思わなかったわけで。

僕は大きく嘆息しながら呟く。

「しかし、ハードの電源落としても駄目《だめ》とはね……」

「ああ。マジでクリアして解錠《かいじょう》の信号送らせるしかねぇみたいだな……クソッ」

上原君は悪態をついてこちらを振り向くと、両手を広げてお手上げポーズを取る。

と、アグリさんが苦笑いの表情で少し物騒《ぶっそう》な発想を口にしてきた。

「まぁ、最悪物理的に戸を壊《こわ》して出るって手段もなくはないんだけどねー」

その言葉に、上原君が頭を掻《か》きながら「まぁな」と応じる。

「とはいえ他校の生徒会室の戸をぶち壊すとか、マジで最終手段すぎるぜ」

「そうなんだよねー。その『限界までは頑張《がんば》れや』感が、また腹立つっていうかさぁー。……ホント、一体誰が、なんのために作ったのさこれ」

『ホントにね』

全員の声が重なる。マジでそこは疑問すぎた。もはやファンタジーに出てくる古代遺跡《いせき》とかでしか見ない謎《なぞ》機構レベルだ。一体誰がなんのために。馬鹿馬鹿《ばかばか》しさに反してその膨《ぼう》大《だい》な労力が推《お》し量れてしまう感が、余計謎めいていて怖《こわ》い。

「あー、もー、マジかったるいよー」

会長席でアグリさんが突《つ》っ伏《ぷ》す。生徒会の一存VR内でもよく「会長」がやっている動作だ。そのせいか、一瞬《いっしゅん》彼女が「会長」さんとかぶって見える。……まぁ、ゲーム内のメンバーのビジュアルは某《ぼう》かまい○ちの夜ばりのシルエット表現なんだけどさ。

「さて、そろそろ再開しようぜ」

そう言いながら上原君が席に戻ってきたところで、僕は「りょーかい」と回想休憩《きゅうけい》を切り上げて改めてコントローラーを握《にぎ》った。ちなみに僕が操作役である理由は特にない。選《せん》択肢《たくし》は全員で協議して選んでいるため、完全にただの「ボタン押す係」だ。けれどなぜだろう、この杉崎席に座ると、どうにも「雑務を率先《そっせん》して引き受けたい」気分に……。

からです！」

「では、始めましょうケータ。まずはここまでの正解ルートメモに従って、戻し作業

「あ、うん。じゃあ……」

知弦さん席につくチアキに促《うなが》され、僕はスタートボタンを押してゲームを開始した。

画面の中に、もう何度見たか分からないプロローグのテキストが表示される。

《俺、杉崎鍵《けん》！　十七歳！　美少女ばかりが集《つど》うこの楽園、碧陽学園生徒会で副会長やってんだ！　今日の放課後もまた、素敵《すてき》なひとときになりそうだぜ！》

……最初見た時はこの昭和なノリのうざったさに失笑した僕らゲーム同好会だったものの、今となってはもうこの時点で少し涙腺《るいせん》が刺激《しげき》されてたまらない。

なにせこの杉崎鍵という語り部たる男。

どう足掻《あが》いても、この放課後に死ぬのだ。

いや、このゲームを未プレイの方々は「なんでたかが生徒会活動如《ごと》きで死ぬことになる

んだ」と疑問に思われることだろう。が、マジで死ぬんだから仕方ない。

この杉崎鍵という男、それはもう実に多種多様なバッドエンドを迎《むか》える。彼の生存、つまりクリアを目指す僕らからすれば、これほど頼《たよ》りにならない主人公もいない。

そもそも、生徒会室に向かう前段階、二年B組の教室シーンからして彼は大量に死ぬ。

クラスメイトのアイドルのご機嫌《きげん》を取り損《そこ》ねては殴《なぐ》り殺され。

クラスメイトの超能力者《ちょうのうりょくしゃ》による妙な予言が的中しては鳩《はと》が頭に刺《さ》さって死に。

クラスメイトの中目黒《なかめぐろ》君に至っては、なぜか彼からの好感度を上げただけで死ぬ。

このように、どこかのスペ○ンカーさんが目じゃない程《ほど》に弱いのだ、この主人公。豆腐《とうふ》メンタル&豆腐ボディ。それがこのゲームにおける杉崎鍵という男であり。

そうして試行錯誤《さくご》の末にやっとの思いで二年B組を出ても、まだまだ試練は続く。

彼はクラスメイトで同じ生徒会副会長たる深夏さんと生徒会室に向かう流れになるのだが、ここからがゲーム本編の始まりだとばかりに、死亡率が一段と高まるのだ。

深夏さんの手を握ろうとしては腕《うで》を千切られ。

深夏さんの頭に手を置こうとしては、腹に風穴を開けられ。

深夏さんの胸に手を伸《の》ばそうとした時なんか、気付いたら頭が廊下《ろうか》をコロコロしてた。

……まぁ後半の選択肢に至っては「それを選んだお前達が悪い」と言われそうだけれど、これにもまた、やむにやまれぬ事情がある。

このゲーム——なにせ正解が凄《すさ》まじくわかりにくい。

友人の中目黒君に普通《ふつう》に優しくしただけで、直後の朝チュン描写《びょうしゃ》の後、裸《はだか》の杉崎鍵が泣きながら車道に飛び出して車にはねられるという謎の意味深バッドエンドを皮切りに。

「普通に考えたら、人としてこれが正解だろう」

という選択《せんたく》が、なぜか杉崎鍵には高確率で死をもたらすのだ。

かといってじゃあ逆張り的に突飛《とっぴ》な行動へと走らせるのが正解かというと、結局そうとも言いきれない。一度「焼却炉《しょうきゃくろ》に飛び込む」というあまりに結果が見えすぎて逆に怪《あや》しい選択肢を選んだことがあったのだけれど。その数行後、杉崎鍵はと言えば——

——普通に灰になって風に舞《ま》っていた。

……あの時ばかりは、僕ら同好会全員、マジで彼に申し訳ない気持ちになったっけ。

とにかく、このゲームは杉崎鍵に厳しい。

そもそもヒロインの一人であるはずの深夏さんにしたところで、「今日はいい天気だな」と軽く世間話を持ちかけただけで五行後には杉崎を縊《くび》り殺すのだ。ここまで展開が読めないならもう、胸に手を伸ばす選択肢が正解だったとて何も不思議じゃないわけで。……いやまぁ、結局殺されるんだけどさ。

というか、それよりもなによりも、このゲームを最も厄介《やっかい》にしている要素。それというのが……

「それにしてもこの杉崎という人物、行動が読めなさすぎるわね」

戻し作業中の画面を見つめながら、天道さんが嘆息交じりに呟く。

そう、彼女の言う通りこの主人公……全然僕達の言うことを聞いてくれない。

確かに選択肢を選んでいるのは僕らだ。けれど、その選択を受けて杉崎鍵の取る行動が、まるで僕達の意に沿わないというのか。

たとえば、次のような場面だ。

どうにか生徒会室に辿《たど》り着き、会議が始まった直後のワンシーン。彼は会長さんから、こんな話を振《ふ》られる。

「あ、杉崎、ちょっとペン貸して」

で、これに対して表示される選択肢が、こちら。

・自分のペンを渡す
・深夏のペンを渡す

で、僕らはとりあえず最初は「当たりさわりない選択肢」から選ぶことにしているので、自分のペンを渡す選択肢を選ぶのだけれど。

すると、杉崎鍵はこんなことを言い出すわけだ。


「俺のペンを貸すのは吝《やぶさ》かじゃないですが、代わりに俺の生尻《しり》をペンペンして――」


その先はご想像通り。最終的には世界各国のペンが全身に突き刺さるカタチで死ぬ。

こうなるともう、僕らは杉崎という男を制御しきれない。自分のペンを渡すという選択肢を選んだ二秒後に、生尻を剝《む》き出しにする主人公を僕らはどうすればいいのだ。

で、こんなゲームのクセに膨大な選択肢が用意されてるもんだから――僕らはこのあまりに理不尽《りふじん》なクソ脱出《だっしゅつ》ゲームに、もうかれこれ三時間程は付き合わされているわけで。

……少しでもゲームを嗜《たしな》む方ならご理解頂けることと思うが、面白《おもしろ》いゲームではしゃぐ三時間と、つまらないゲームを堪《た》え忍《しの》ぶ三時間じゃ、精神の摩耗《まもう》度が違《ちが》い過ぎる。

その意味で、現在の僕らはホントに限界だった。ＭＰが底をついたどころか、ストレス性の胃痛で遂《つい》にＨＰまで食いつぶし始めたような状況《じょうきょう》だ。

僕はなるべく心を無にしながら、メモに従い淡々《たんたん》と正解の選択肢を選び取っていく。

そうして先程死んだ選択肢——生徒会メンバーの誰に話を振るかの選択肢まで五分程かけて戻《もど》ったところで、改めて僕は皆《みな》へと切り出した。

「さて、どうしましょうか。さっきは四つの選択肢のうち『深夏に話を振る』を選んでバッドエンドでした。……なぜか彼があろうことかパンツの話題を振るものだから……」

「あれは酷《ひど》かったな……この杉崎鍵という男、もはや自殺志願者としか思えねぇ」

上原君がげんなりした顔で呟く。僕は選択肢に視線をやりながら続けた。

「でもこうなると、やっぱり予想つかないよね。残り三人のうち、誰に話を振ったら生き残れるのかは、もう運任せでいくしか……」

僕がそう呟いていると、突如《とつじょ》天道さんが「はい」と挙手してきた。

僕らが視線をやると、彼女はなぜか少し照れた様子で切り出してくる。

「ここはお姉さ——いえ『真冬ちゃんに話を振る』がいいと、私は思います」

「……えっと、別にそれ自体はいいんですけれど、何か根拠《こんきょ》でも？」

「ええ。正確な統計というよりは、私の印象ではあるのだけれど。このゲーム……というかこの碧陽学園生徒会さんの傾向《けいこう》として――」

天道さんはそこで一旦《いったん》区切ると、次の瞬間《しゅんかん》カッと目を見開き、真理を告げてきた。

「――深夏さんと知弦さんが、凄まじく物騒です」

『確かに』

完全に同意する僕らゲーム同好会。それはもう、天道さんの言うとおりだった。深夏さんは隙《すき》あらばすぐに杉崎鍵を一撃《いちげき》死させるし、知弦さんはすぐ猟奇《りょうき》的な方向に話を持っていってしまう。前々回なんて、和《なご》やかにお裁縫《さいほう》の話をしていたと思ったら、その七行後には杉崎鍵がアイアンメイデンに入れられていたからね。

あ、一応多少フォローしておくと、このゲームのモデルになった実在の生徒会役員達が、リアルにここまでの危険人物だったわけではないみたいだ。付属の解説書によると、このゲームにおけるそれぞれの性格や言動は「周囲の人が思うその人っぽさ」を前面に押し出し、更《さら》には誇張《こちょう》して描《えが》かれているらしい。

……いやまぁ、その解釈《かいしゃく》はその解釈で、深夏さんや知弦さんは周囲からどう思われてたんだよというツッコミは入れざるを得ないが。

天道さんが咳払《せきばら》いして説明を再開させてくる。

「でも、会長さんと真冬さんに話を振った場合は、割と主人公——杉崎君にとって穏便《おんびん》に話が進むことが多いかと。まあ、結局死ぬ時は死んじゃうのですが」

そう、彼女の言う通り会長さんに失礼を働くと結局知弦さんに殺されるし、真冬さんに失礼を働けば結局深夏さんに殺されがちだ。それも凄まじく手酷《てひど》いやり方で。でも確かに生存確率だけを見るなら、会長さんや真冬さんを選ぶ方がいくらかマシではあった。

僕は天道さんに頷《うなず》き返しながらも、最後に一つだけ訊《たず》ねてみる。

「でも、だったら真冬さんに限らず、会長さんでもいいのでは？　なぜ真冬さん？」

「え、あー……それはまぁ、同じゲーム好きのよしみと言いますか……はい」

天道さんにしては珍《めずら》しく歯切れが悪かったものの、まぁ僕らだって別に他のアテがあるわけでもない。

僕は「よく分かりませんが、じゃあ今回は真冬さんで」と告げると、皆が見守る中、彼女に話を振る選択肢を選んだ。その結果、杉崎が振った話はと言えば……。

杉崎「ところで真冬ちゃんって、どのゲームハードが一番好きなの？」

『杉崎ぃぃぃぃぃぃぃいいいいいいいいいいいいいい！』

瞬間、画面を見て絶叫《ぜっきょう》するゲーム同好会の面々。が、ただ一人、ゲーム知識のないアグリさんだけがキョトンと不思議そうに小首を傾《かし》げていた。

「ど、どしたの皆？　今回はまだ杉崎のヤツ、下手打ってないじゃん？」

彼女のその言葉に、チアキが鼻息荒《あら》く反論する！

「いえいえ！　これを悪手と言わずして何を悪手と言うのですか！　ゲーム好きに『好きなハード』の話を振るなんて……自殺行為《こうい》以外の何物でもないですよ！」

「ほへ？　えっとそれは……どのハードが好きかで喧嘩《けんか》の元になる的な話？」

「勿論《もちろん》その可能性もあります！　ですがですがっ、それ以上の『ゲームオタクあるある』として危惧《きぐ》されるもの！　それは──」

チアキがそう言いながらモニターの方を指す。そうしてアグリさんが言われるがままにゲーム画面に視線を戻す中、僕が数回ボタンを押してゲームを進めると、そこに表示された文章は──

《──こうして俺は、餓死《がし》したのだった》

「なんで⁉」

アグリさんが愕然《がくぜん》とした様子で僕達に説明を求めてくる。僕はやれやれと肩《かた》を竦《すく》めながら、このギャルに説明してあげた。

「ゲーム好きに『好きなゲームハード』の話題なんて振ったら、そりゃ餓死しますよ」

「いやしないでしょ⁉　なにその禁術レベルの呪《のろ》いみたいな現象！」

「いや、だって好きなゲームハード話題なんて、僕でも三日は徹夜《てつや》でいけますよ。それをこの……人物特性が極端《きょくたん》に尖《とが》らされたゲーム内で振ったら、そりゃ杉崎鍵が餓死する程《ほど》の期間、余裕《よゆう》で話し続けるというものでしょう、真冬さんというゲーマーは」

「それ亜玖璃の知ってる『ゲーマー』と違う気がするんだけど！　というか、それにしたって、なんで聞いてる側の杉崎だけが餓死して、真冬って子は全然余裕なのさ！」

「それも当然です。ゲーマーがゲームの話をする時に得る幸福エネルギーの総量は、人間がトークで消費するカロリーを遥かに超《こ》えるというのが定説ですから。……むしろ太るまである！」

「どの世界の定説なのそれは⁉　あくまでこのゲーム内の話だよねぇ⁉　ねぇ⁉」

アグリさんがまるで化け物でも見るかのように同好会の面々を見渡《みわた》している。

僕らはとりあえずこのギャルのことを華麗《かれい》に無視して、ゲームをリスタートさせた。

今一度、淡々とした戻し作業へとうつる僕。……あ、今更《いまさら》だけど、このゲームにセーブなんていう上等な機能はない。死んだら完全に一からだ。つまりは杉崎鍵と一緒《いっしょ》に僕らの貴重な青春のひとときも死んで行くわけで。まさに運命共同体。良く言えばプレイヤーと主人公の理想的な関係と言えるが、悪く言えば、杉崎鍵という名の泥《どろ》船に無理矢理乗り込まされている被害者《ひがいしゃ》だ、僕らは。

僕が今一度淡々と戻し作業に励《はげ》む中、ゲーム同好会の面々が反省会を始める。

「すいません皆さん、私が真冬さんを推《お》したばかりに……」

「いや天道は悪くねぇだろう。誰《だれ》が悪いかと言えば、完全に杉崎の野郎《やろう》だ」

「ですです。……というかなんかもう自分達、リアルに彼の知り合いみたいですね」

チアキの言葉に、早くも復活したアグリさんが頷く。

「ま、実在の人物ではあるみたいだしね。……というか、名前こそ出てきてないけど、ぶっちゃけこの『会長』さんって亜玖璃の――」

と、アグリさんが何か言いかけたその時だった。

「あ」

皆の会話を聞きながら気を抜《ぬ》いてプレイしていたせいか、僕の指が滑《すべ》って「正解ルートメモ」に記されていたものではない選択《せんたく》を選んでしまう。すぐに皆に謝罪して、ゲームオーバーからやり直そうと進めて行くも……中々杉崎鍵が死なない。

それどころか遂にはそのまま——次の、僕らが初めて見る選択肢《せんたくし》へと辿《たど》り着いてしまう、杉崎鍵。

……と、そのゲーム展開を見た僕らゲーマー勢は、思わず表情を引きつらせた。

またも一人置いてけぼりのアグリさんが、不思議そうに疑問を呈《てい》してくる。

「え、なにこの空気？　杉崎がまだ生きてんだから、喜んでいいんじゃないの？」

その至極《しごく》当然の疑問には、上原君が応じた。

「いやまぁ、それはそうなんだが……。……その、この場合は、俺達が見つけてきた正解ルート以外の選択肢でも生き残れちまっていることが、むしろ問題でな」

「？　どういうこと？」

「考えてもみろよ。これまでは、少しでも行動を間違ったらすぐ殺されてたろ、杉崎は」

「うん、執行猶予《しっこうゆうよ》を百倍過激かつ敏感《びんかん》にされた犯罪者の日常生活みたいだったね」

「ああ、世知辛《せちがら》い話だぜ。でもだからこそ俺達は、道を誤った時にすぐ間違いだと分かったし、次からは安心してそのルートを捨てられたんだ」

「うん、そうだね」

「だが、今回は……あろうことか長々と生存し、更には分岐《ぶんき》までが現れやがった。それも、どうもまだまだ先がありそうな方向に、だ。これはつまり……」

「つまり？」

無邪気《むじゃき》に訊ねるアグリさんに対し。上原君はその……正直認めたくない推理を、口にしてしまった。

「このゲーム、まだまだ終われない可能性が高い」

「えええええええええええええええええええええええええええええ!?」

ショックを受けるアグリさんと、さっと目を伏《ふ》せる僕達。アグリさんは更に上原君に取り縋《すが》る。

「ど、どういうこと？　アグリ、全然理屈《りくつ》が分からないんだけど！」

「あー……そうだな。迷路《めいろ》で考えると分かりやすい。間違った道に入ってしまうにしても、すぐに行き止まりが来てくれるのならダメージは少ないだろう？　けれど、間違った先でも分岐が分かれまくって、無駄《むだ》に大冒険《ぼうけん》を繰《く》り広げさせられたら、どうだ？」

「……そっちが不正解だった時の徒労感が凄《すさ》まじいね」

「だろう？　つまり今回杉崎が生き残ってしまったことで、そういう道がある可能性を示《し》唆《さ》されたのに加え。更にはこれまでの『生き残れた選択肢＝唯一《ゆいいつ》の正解ルート』という俺達の考え方まで否定されたわけだ。つまり……」

「……杉崎の可能性が無駄に広がった分、まだまだ長くかかりそう、と」

肩を落とすアグリさん。僕らもまたすっかり意気消沈《いきしょうちん》気味だった。

これまでは偶然《ぐうぜん》一発目で杉崎鍵が生き残る選択肢を当てられた場合、それを唯一の正解と信じ、他の選択肢は試《ため》すこともなく進んできたけれど。

こうなってくると、そこも怪《あや》しくなってくる。となれば、いよいよ地道な選択肢総当たり手法で挑《いど》まざるを得なくなってくるわけで。

……頭がクラクラしてくる。

それでも、ゲームは進めなければいけない。僕らは新たに表示された選択肢を協議すると、初めて見るルートの方へと進んで行く。

………。

こんな状況《じょうきょう》で、僕らが「せめても」と祈《いの》ること。それは――

『(どうせやられるなら、早くやられてくれ、杉崎鍵！)』

プレイヤーが主人公の早期破滅《はめつ》を願うという、斬新《ざんしん》な関係性の始まりだった。

いや最終的には生き残って欲しい。そうじゃなきゃ僕らも生徒会室から出られない。

けれど一方で、勝ちの見えないルートで変にしぶとく生き残られるぐらいなら、早く退場してほしいという気持ちもあり。

そんな不思議な感情で杉崎鍵の動向を見守っていると、突然《とつぜん》、天道さんがクスクスと笑い出した。僕らが何事かと見やると、彼女は可笑《おか》しそうに説明してくる。

「いえ、きっと実際の杉崎さんを見守る周囲の方々も、こんな気持ちだったのではないかと思えてしまって」

『あー……』

その言葉に妙《みょう》に納得《なっとく》してしまう僕ら。確かに……そういう意味では、このゲームをプレイすることで僕らは擬似《ぎじ》的に「杉崎鍵」という人間の特徴《とくちょう》と「彼を周囲がどう見ていたか」が一気に理解出来たのかもしれない。なるほど、これは良く出来て——

『いや、だから、なんのために⁉』

——声を揃《そろ》えて叫《さけ》ぶ僕ら。分からない……マジでオーパーツばりに、その制作意図が謎《なぞ》すぎる。いっそ僕の敬愛するフリーゲーム作者《のべ》さん作品と拮抗《きっこう》するレベルの不可解ゲームだぞこれ……。

なんにせよ、新規開拓《かいたく》ルートをぽちぽちと進めていく僕。すると今度は、職員室前の廊《ろう》下《か》で新規登場人物たる新聞部長の「リリシアさん」と生徒会顧問《こもん》の「真儀瑠《まぎる》先生」とやらに出逢《であ》ってしまった。二人との雑談が進む中、またも選択肢が表示される。

・真儀瑠先生の学生時代の後輩《こうはい》ネタをしつこくいじってみる
・リリシアさんをガチで口説く
・脱《ぬ》ぐ

「選択肢の時点で既《すで》に生き残れる気がしない！」

思わず叫ぶ僕。どれを選んでも駄目《だめ》そう感が半端《はんぱ》なかった。

迷う僕に、皆《みな》が意見をくれる。

「亜玖璃が見たとこ、このリリシアって子は割と杉崎に脈ありっぽいと思う」

「ええ、そうかぁ？　俺は先生の後輩ネタ掘《ほ》り下げるのがベターだと思うぜ」

「ですです、自分も上原さんに一票です。ただ『しつこく』という一文がかなり気になりますけど……」

「そうなのよね千秋さん。なので私はいっそ、特定の誰か一人だけを攻撃《こうげき》の対象にするものではない『脱ぐ』こそが意外と正解であるという可能性を推しますが……」

皆が皆、それぞれの感性に従って意見してくる。こうして意見が分かれた場合の最終決断は僕に任されているのだけれど、さて、どうしたものか。

僕は少し悩《なや》む も……最終的には「リリシアさんをガチで口説く」を選んだ。理由は特にこれといってない。

「……あまのっち。この金髪《きんぱつ》女子に誰かを重ねて、攻略《こうりゃく》したくなったんでしょう？」

会長席からギャルがニヤニヤとしながら顔を寄せて囁《ささや》いてきたけど、知ったこっちゃない。理由はないったら、ないのだ！　正直今、天道さんと軽く目が合って頬《ほお》が熱くなったけれど、それもいつものことだし！　うん！

さ、さて、そんなことよりゲームの続きだ！

突如《とつじょ》真儀瑠先生を完全に放《ほ》ったらかして、リリシアさんを必死に口説き始める杉崎鍵。ここまで来ると変人どころか狂気《きょうき》の男だが、台詞《せりふ》自体は妙に熱かった。この男、馬鹿《ばか》だけど、女性にかける想《おも》いだけは本物らしい。……本物すぎて、問題なんだけど。

と、意外なことに画面内のテキストにはリリシアさんが照れる描写《びょうしゃ》が増えていく。俄《にわか》にざわつきだす僕ら。

「これは……もしかすると、もしかするんじゃないのか？」

上原君がごくりと唾《つば》を飲み込む。そう、リリシアさんのそれは、ラブコメ的な観点で超《ちょう》脈アリのリアクションだった。高圧的だった彼女が徐々《じょじょ》に杉崎鍵の言動に照れ、もじもじとし、そして最後には――

リリシア「わかりましたわ。わたくし、貴方《あなた》と結婚《けっこん》してさしあげますわ、杉崎鍵！」

『おお!?』

遂《つい》にハッピーエンドの予感に沸《わ》き立つ音吹高校ゲーム同好会。生徒会を題材にしたゲームなのに生徒会の外でハッピーエンドってどうなのと思わないでもないが、構うものか。クリアさえ出来れば今はそれでいいのだ。

かくしてテキストはトントン拍子《びょうし》に幸福へと向かって進み、そして遂には結婚式当日。花嫁《はなよめ》たるリリシアさんのヴェールを上げ、口づけを交《か》わそうとする杉崎鍵。

が、次の瞬間《しゅんかん》――

〈――というのはやっぱりナシだよ！　うん！〉

『え？』

――突如《とつじょ》挟《はさ》み込まれた謎のテキストに固まる僕ら。これまでの杉崎鍵の一人称《いちにんしょう》を完全に逸脱《いつだつ》したそれは、更《さら》に続く。

〈いや危なかったよ！　リリシアってば、なに勝手に自分のハッピーエンドルートとか入れちゃってるの!?　知弦と最終チェックしといて良かったよホント！　危ない危ない……って、あ、まだ音声入力続いてたの？　そっかそっか。じゃ、最後にとりあえずこのルートの締《し》めの文章だけ入れて終わらせとこうか！　うん。じゃあ……こほん！〉

そこから数行改行が続き、そして……改めて、このルートの結末が表示された。

〈その後、リリシアと杉崎は『きのこたけのこ戦争』に巻き込まれて死にましたとさ〉

次の瞬間表示される「バッドエンド」の文字。……僕らゲーム同好会はその画面をしばしぼけーっと無言で見つめた後。全員で、同時にツッコんだ。

『雑！』

かつてこんなに雑なバッドエンドを僕らは見た事がなかった！　天道さんが激しく動揺《どうよう》した様子で抗議《こうぎ》の声を上げる！

「いやいやいや、こんなにゲーム内に制作者の影《かげ》がガッツリ出てきちゃ駄目じゃないですか⁉　隠《かく》し要素の『開発室』とかならまだしも！」

それにチアキも激しく頷《うなず》いて同意する！

「ですです！　というかなぜこの無茶苦茶な会長さんによる音声入力テキストを、知弦さんとやらは修正しなかったのですか！　ゲーム制作者としておかしいですよ！」

と、その疑問には上原君が嘆息《たんそく》交じりに答えた。

「あー……でもゲーム内での性格描写を見るだに、知弦さんって人は会長さんの面白《おもしろ》さを優先して取り入れそうだもんな……」

「暴走する人の近くにそれを優《やさ》しく助長する人がいたら、その組織はもう駄目だよ」

アグリさんがなぜか心底遺憾《いかん》そうに呟《つぶや》いた。まるで身内の恥《はじ》でも語るかのようなテンションだ。

まぁなんにせよ、いくらイレギュラーだろうとバッドエンドはバッドエンド。ゲームは再びタイトル画面に戻《もど》る。

仕方なく気を取り直して戻し作業を始める僕。と、斜向《はすむ》かいの席から天道さんが「しかし今ので得るものもありました」と切り出してきた。

「今の制作者さんの慌《あわ》て方を見る限り、このルートはあくまでイレギュラーな存在だったようです。つまりは……」

「ああ、やっぱり正解は僕らが当初突《つ》き進んでいた生徒会ルートで間違《まちが》いないと見ていいかもってことかな？」

「ええ、そうだと思われます雨野君。というわけで、ここは真儀瑠先生達に会うあちらのルートを完全に捨て、今一度生徒会ルートの攻略へと戻りましょう」

「了解《りょうかい》しました」

天道さんのアドバイスを受け、再びメモ通りにゲームを進める僕ら。

そうして三度《みたび》、生徒会メンバーに話を振《ふ》る場面まで戻ってきたところで、僕は皆に声をかけた。

「さて、生徒会メンバー四択《たく》のうち、まだやってないのは会長さんと知弦さんだけなんだけど……前回の話し合いで、知弦さんは危険そうって話をしたんだっけ」

「ですです。となれば、ここは当然……」

「うん、会長さんルート一択だね」

千秋に応じながら僕は「会長に話を振る」を選択《せんたく》する。と、上原君が作中の深夏さんみたく背もたれに体重をかけながら呟いた。

「さて杉崎のやつ、今度は何を言い出すことやら……」

「亜玖璃はセクハラ発言に一票」

リア充《じゅう》カップルが酷《ひど》いことを言っているが、まあ正直僕らもそんなところだろうなとは思っていた。なんにせよ生き残ってさえくれれば、それでいいと。

しかしそんな僕らの予想を覆《くつがえ》すように——ゲーム内の杉崎鍵は、これまでの彼とは少し違う話題を、会長さんへと振り出した。

杉崎「会長。……どうして卒業しちゃうんですか？」

『え？』

思わずゲーム同好会の全員が動揺する。……それは、僕達の知らない杉崎鍵だった。

彼は更に続ける。

杉崎「会長だけじゃないです。知弦さんも卒業だし……深夏と真冬ちゃんは転校だ。結局今の生徒会で残るのは、俺一人だ。……俺一人、なんです」

『…………』

これは恐《おそ》らく、ゲーム内だけの話ではないのだろう。事実として、ここに出てくる生徒会メンバーは、杉崎鍵だけを一人残して碧陽学園生徒会を去ったのだろう。

いや、死別したわけでもないのだから、本来そこまでしんみりする必要はない。けれどこの数時間、多少過剰《かじょう》なものだったとはいえ彼らの馬鹿馬鹿《ばかばか》しくて騒《さわ》がしい日常生活の一《いっ》端《たん》を垣間見《かいまみ》た僕らには、僅《わず》かながら、杉崎鍵の抱《いだ》く「寂《さび》しさ」が理解出来る気がした。

作中で初めて弱音を吐《は》く杉崎鍵。そんな彼に、会長さんは――

――突如その小さな胸を張って、なにかの本の受け売りを偉《えら》そうに語り出した。

会長「思い出は美化するより、糧《かて》にすべきなんだよ！」

会長さんのその台詞《せりふ》を見た瞬間――突如、僕の中でここ数時間の疑問が氷解した。

いったい誰《だれ》が、なんのために、この馬鹿みたいなゲームを作ったのか。

周囲を見れば僕以外の皆もそれに気付いたようだった。画面内のテキストを見守る視線がこれまでとは打って変わって穏《おだ》やかなものになる中、ゲームが進行していく。

会長「まったく、杉崎は夢見がちすぎなんだよ」

知弦「アカちゃんに言われてこれほど屈辱《くつじょく》的な言葉も中々ないわね。けど事実よキー君。それに貴方はもう少し、自分と未来に自信を持っていいわ」

深夏「ああ。なにせお前はあたしの暴力に一年耐《た》えきった男なんだからな！」

真冬「ぼ、暴力振るってる自覚はあったんだねお姉ちゃん……。まあそれはさておき、真冬も先輩《せんぱい》のこと、色々な意味で草葉《くさば》の陰《かげ》から見守り応援《おうえん》していますですよ！」
深夏「いやそこは色々な意味を含《ふく》めるなよ。鍵が違う意味で不安になるだろ」

そのまま、生徒会の面々による、彼への激励《げきれい》のメッセージ（とはいえ九割ボケ）が長々と表示されていく。……ふと気付けば、いつのまにやらテキストは四人の会話のみになり、杉崎の台詞が、存在が、徐々に薄《うす》れ出していた。

……これはもう、確実だろう。

この言葉は――いや、このゲームは、最初から「ゲーム内の杉崎鍵をハッピーエンドに導くゲーム」では、なかったのだ。

このゲームは――

「タイムカプセルだったんだね……」

――アグリさんがぽつりと呟く。そう、彼女の言う通り。

これは、生徒会が――いや碧陽学園の生徒達が、翌年も生徒会で孤軍奮闘《こぐんふんとう》することになるであろう杉崎鍵のためだけに作り、そして遺《のこ》した、タイムカプセルだ。

いつかどこかのタイミングでこれが、きっと彼の支えになってくれることを、祈《いの》って。

……それはなんて、愛に溢《あふ》れたゲーム制作動機なのだろうか。

と、気付けばゲーム画面内には、もはや選択肢《せんたくし》どころが地の文さえ表示されていなかった。そのまま見守り続けると、遂には背景グラフィックまでもが消えていく。

黒バックに、生徒会の面々によるボケ会話だけが表示され続ける。

が、最後にはそれさえも薄れていき、そうして——いよいよ、全《すべ》てが消える直前。

まるでスタッフクレジット代わりだと言わんばかりに、制作に関《かか》わったであろう人物達の総意が——不思議な愛情に溢れた言葉が、画面にデカデカと表示されたのだった。

『杉崎のバーカ』

と、次の瞬間だった。ガチャリと、何かロックが外れるような音が生徒会室の戸から響《ひび》いてきたのは。

『………………』

ゲーム画面は相変わらず真っ暗なまま、終了《しゅうりょう》を待っている。

しかし僕達は誰も、椅子《いす》から立ち上がらなかった。……あんなに求めてきた瞬間がやってきたというのに、それでも、即座《そくざ》にドアに駆《か》け寄るような気分じゃなかった。

まるでいい映画を見たかのような余韻《よいん》が僕らの中を満たしていて。

と、上原君がどこか照れくさそうに鼻をこすりながら呟く。

「へへっ……終わってみれば、意外と悪くない体験だったかもな、生徒会の一存ＶＲ」

それに、チアキが同意した。

「ですです。時間はかかりましたですが、これならギリギリ迷惑《めいわく》すぎない範囲《はんい》です。流石《さすが》のバランス感覚ですね、碧陽学園生徒会さん！」

「だよね、ほしのん！　これなら家族との夕飯にも間に合うし、やー、良かった！」

嬉々《きき》としてカバンに荷物をまとめだすアグリさん。それを見て、天道さんは柔《やわ》らかく微笑《ほほえ》んだ後、優等生さんらしく締めてきた。

「私も、大変良いゲーム体験をさせて頂きました。実際の杉崎君がこのゲームをプレイされたであろう過去の情景を思い浮《う》かべると、頬《ほお》が緩《ゆる》むものがありますね。この温かな気持ちを胸に、今日は帰らせて頂くことと致《いた》しましょうか」

「ですね」

僕はいい感じに話を纏《まと》めてくれた天道さんへと微笑み返すと、そのまま少し身を乗り出し、改めてハードの電源ボタンへと指を――

《ガチャリ》

――かけたところで、不穏《ふおん》な音が室内に響き渡《わた》ったのを確認《かくにん》した。

『………………』

動きの止まる、ゲーム同好会の面々。儚《はかな》く霧散《むさん》する「イイハナシダナー」の空気。

……正直、今の音には聞き覚えがあった。あったが……皆《みな》はそれを認めまいと、互《たが》いにぎこちない笑みを交わす。

「い、いやぁ、あまのっち、いいゲームだったねぇ、生徒会の一存VR」

「ですね。なんだかんだで、杉崎鍵という人も好きになれましたし。ね、チアキ？」

「ですです。最初はどうなることかと思いましたが、なかなかどうして、いい人だったんじゃないでしょうか、杉崎鍵という人は。ね、ねぇ、上原さん？」

「お、おう、そうだな。杉崎には、男として見習いたいところもあったぜ。て、天道なんかはどう思う？」

「は、はい、私も、嫌《きら》いではないですよ、杉崎さん。ええ、ホントに……」

そんな、どこか上の空の会話を繰《く》り広げながら、全員で一斉《いっせい》に生徒会室の戸口へと押し寄せる、音吹高校ゲーム同好会の面々。

『…………』

そうして、僕らは全員で生徒会室の戸の取っ手へと手をかけると。ごくりと唾《つば》を飲み込んでから……一斉に、力を込《こ》めて戸を開け——

——られなかった。ガチャンッ、と、無慈悲《むじひ》に開放を拒《こば》む引き戸。

『…………』

俯《うつむ》いたまま……ガチャガチャ、ガチャガチャ、ガチャガチャと、誰ともなく何度もドアを引き続ける音吹高校ゲーム同好会。

しかし——開かない、開かない、開かない、開かない……開かない！

とその直後……電源を入れっぱなしだったモニターから脳天気なＢＧＭが流れだしたかと思うと、明らかに素人《しろうと》丸出しな男子生徒の声で、恐るべきタイトルコールが行われた。

《新！　生徒会の一存ＶＲ！　～杉崎鍵より、愛を込めたアンサーゲーム編～》

その、残酷《ざんこく》すぎる宣告を受けた次の瞬間《しゅんかん》。

僕ら五人は大きく深呼吸すると、今一度例の心からのシャウトを——

——この碧陽学園生徒会に巣くう最低の亡霊《ぼうれい》へと向けて、全力で解き放ったのだった！

『杉崎ぃぃぃぃぃぃぃぃぃぃいいいいいいいいいいいいいいい！』

私立碧陽学園生徒会。

そこでは今夜に限り、笑い声ではなく、ゲーマー達の怨嗟《えんさ》の声が響き続けている。

【星《ほし》ノ守《もり》千秋《あき》と恋愛《れんあい》シミュレーション】

「ギャ、ギャルゲーを作った？《のべ》さんが？」

「ですです」

北の大地にもようやく桜前線が迫《せま》り始めたある日の放課後。いつもの如《ごと》くゲーム同好会活動と称《しょう》して、ダラダラと益体《やくたい》もないゲーム雑談に興じていた時のことだった。

メンバーの一人であるフリーゲームクリエイター《のべ》こと星ノ守千秋が、突如《とつじょ》として実に「らしくない」衝撃《しょうげき》の告白をしてきたのは。

「え、でも……」

僕の交際相手にして、今やチアキの親友でもある金髪《きんぱつ》才女たる天道花憐《てんどうかれん》さんが、表情に動揺《どうよう》を滲《にじ》ませながら、チアキをよく知る者として当然の質問を口にする。

「千秋さんって確か、『萌《も》え』みたいな概念《がいねん》が、酷《ひど》くお嫌いでしたよね？」

「ですです。というか現在進行形で全然嫌いです。美少年や美少女イラストだらけのソシャゲなんて、アップデートミスで全員顔がせん○くんになればいいと思っています」

「ソシャゲに屈折《くっせつ》した呪《のろ》いをかけるのはやめて下さい。まぁとにかく、そんな筋金入りの

『萌え嫌い』の貴女《あなた》が、なぜよりにもよって『ギャルゲー』制作など……」

天道さんの疑問に、他の同好会メンバー……僕、上原《うえはら》君、アグリさんの三名もまたこくこくと激しく頷《うなず》く。

実際、先程の呪い発言からも分かる通り、星ノ守千秋という人間はとかく『萌え』という要素が嫌いな女子だ。どれくらい嫌いかと言えば、ただその一点の感性の違《ちが》いのみで、基本的には気が合っているはずの僕とさえ長らく「敵対関係」であった程《ほど》であり。

そんな人間が、あろうことか自らギャルゲーを制作しようだなんて……それこそ、呪いか何かを掛《か》けられたのでもなければ説明がつかない事象だった。

しかしそんな僕らの疑問に、チアキはなぜか、大きく胸を張って応じてきた。

「でもでも、大恋愛を経験した今の自分なら、凄《すご》い大名作が作れると思いまして！」

『（あっちゃー）』

瞬間、チアキから濃厚《のうこう》に漂《ただよ》いだした「痛いオーラ」に顔を顰《しか》める僕ら四名。僕らが互いに目を見合わせる中、チアキはただ一人意気揚々《いきようよう》と続けてくる。

「そんなわけで自分、溢れる創作意欲に身を任せ、勢いでソフトを仕上げましてね！」

『（仕上げちゃったかー）』

「なのでなので、まずはケータを始めとした皆さんに試《ため》して頂きたく！　今日は自分、頑《がん》張《ば》って、ソフトの入ったラップトップPCを持って来ちゃいました！」

『（持って来ちゃったかー）』

そうして、嬉々としてセッティングを始めるチアキ。そんな彼女を横目に、僕ら同好会メンバーは……小声かつ高速で緊急《きんきゅう》ミーティングを交わし始めた！

「（いや、マジでどうすんのさこれ。上原君、彼女の相談役として早く止めてよ）」

僕がそうまず話を振《ふ》った相手は、リア充《じゅう》男子の上原祐《たすく》君だ。彼はここ一年なんだかんだでチアキの「相談役」というポジションを務めており、少なくともこの中では最も彼女を窘《たしな》め慣れている人物だ。

が、彼は露骨《ろこつ》に顔を顰めて僕を見返してきた。

「（お、俺だってそうしたいのは山々だが、これから作るのを止めるならまだしも、既《すで》に完成しちまったもんをお披露目《ひろめ》するなというのは、相談役の領分じゃないだろ。そういうのはむしろ、親友の天道がズバッとだな……）」

「（な、私にそんなイヤな役割振らないで下さいよ上原君！　ただでさえ雨野《あまの》君を巡《めぐ》る恋愛問題で非常にデリケートな時期なんですからね、私達の友人関係）」

そう言って上原君を睨《にら》み付ける天道さん。……そう、天道さんとチアキは現在非常に微《び》妙《みょう》な関係性だ。というのも、なんというか、その……チアキが僕を好きだと言ってくれていたにもかかわらず、僕はそれでも現在、天道さんと交際しているわけで……。……まぁ、その……そういうことっていうか……。

微妙な空気が醸《かも》し出される中、上原君のカノジョたるギャルのアグリさんが、ズバッとこの状況《じょうきょう》の微妙さを纏める。

「(で、ほしのんがそんな経験を元にゲーム作りましたって言うなら、そりゃ、天道さんやあまのっちにとって、非常に痛々しいものに仕上がっている予感が凄いよねぇ。いや当事者二人どころか、亜玖璃《あぐり》達みたいな友人枠《わく》でも充分《じゅうぶん》キツそうだよ)」

「(そうなんですよね……)」

皆でそっとため息を吐《つ》く。そう、痛々しい。それが言葉としてはピッタリだった。友人のオタク女子が一度の失恋《しつれん》経験だけですっかり恋愛マスターを気取り、溢《あふ》れる感情の勢いそのままに作ったギャルゲー……概要《がいよう》を訊《き》くだけで背筋がゾワゾワしてくる逸材《いつざい》だ。

が、僕達のそんな危惧《きぐ》とは裏腹に実に手早くセッティングを終えたチアキが、ニッコニコの笑顔でこちらを振り向いて声をあげてきた。

「ではでは、始めますよー、皆さん！《のべ》こと自分がお送りする新作ギャルゲーソフト……その名も……」

『そ、その名も？』

ごくりと唾を飲み込んで訊《たず》ねる僕ら。そんな僕らにチアキは……相変わらず自信に満ち溢れた様子で、そのタイトルを宣言してきた。

「その名も――《ドッペルな僕らの恋愛記録《ラブダイアリー》》です！」

『うわぁぁぁぁぁぁぁぁぁああああああああああああああああああああ！』

――いっそ地獄《じごく》と見紛《みまが》う程に壮絶《そうぜつ》な試練の放課後は、こうして幕を開けたのだった。

＊

僕の名前は海野《うみの》景太《けいた》。極《きわ》めて平凡《へいぼん》な男子高校生だ。

あ、でもでも、平凡とは言いましてもいいところも沢山《たくさん》ありまして、まずとても誠実で優《やさ》しく、それでいてよく見ると顔の方も中々造型が整っていて――

「ちょ、ちょっと待って」

開始数秒にしてすぐにゲームを止める僕。チアキが不思議そうに首を傾《かし》げる中、僕は周囲の皆《みな》を代表して彼女に疑問を提示する。

「ち、チアキ？　まず主人公の名前なんだけど、僕……雨野景太に似すぎじゃない？」

「？　そうですか？　たまたまですよ、たまたま」

そっぽを向いて応じてくるチアキ。僕は更《さら》に糾弾《きゅうだん》する。

「あと、二言目から既にしてこいつのモノローグじゃないよね？　なんか作者による極めて個人的なフォローが入り始めたよね？」

「そ、そんなことないです。ケータの自意識過剰《かじょう》です。恥《は》ずかしい人ですね」

「ぐ……」

そう返されてしまったら、僕にはもう追及《ついきゅう》出来ない。見れば上原君やアグリさん、天道さんも「火傷《やけど》」を恐《おそ》れてか僕から視線を逸《そ》らし、少なくともこの場では加勢してくれそうになかった。

僕は仕方なく「分かったよ……」と応じると、恥辱《ちじょく》に耐《た》えながら改めてゲームを進めていくことにした。

——等々、魅力《みりょく》的な部分を挙げ始めたら枚挙に暇《いとま》がない男子なのですが……とはいえ平凡な男子、それが雨野……じゃなくて、えっと、なんだっけ。池野……湖野……あ、そうそう、海野景太なのです。……なのです？　違う違う。僕、海野景太、なのだ。

そんな僕、海野景太には最近気になる女子がいる。

僕なんかには遠くから憧《あこが》れの目で見つめることしか出来ない、我が校のアイドル。

容姿端麗《ようしたんれい》、頭脳明晰《めいせき》、スポーツ万能《ばんのう》と、おおよそ現実の人間とは思えないスペックを誇《ほこ》る美少女。

しかしそれでいて気取ったところなどもないという、実に温厚篤実《とくじつ》かつ才色兼備《さいしょくけんび》なパーフェクト存在。その名を――

――星ノ森《ほしのもり》千夏《ちなつ》という

「待て待て待て待て待て！」

再びゲームの手を止め大声でツッコミを入れる僕。しかしチアキはと言えば、相変わらず「なにを指摘《してき》されているのか分からない」といった様子のふて腐《くさ》れ顔だった。

僕は一度「本物の我が校のアイドル」たる天道さんをちらりと一瞥《いちべつ》すると、彼女の名誉《めいよ》のためにも改めて全力でツッコミを入れる。

「なんで図々《ずうずう》しくもそのポジションにお前が入り込んでんだよ、チアキ!?」

「な、何がですか？　自分の名前なんて、どこにもなかったじゃないですか」

「あったよ！　驚《おどろ》く程の自己顕示欲《けんじよく》と共に飛び込んできたよ！」

「あ、もしかして星ノ森千夏ちゃんのことですか？　言われてみれば、自分と名前が少し似てなくもないかもですね。……ま、ゴリゴリの偶然《ぐうぜん》ですが」

「ゴリゴリの偶然!?　え、偶然で押し通すの、これ!?」

「だ、だってだって、偶然は偶然ですからねぇ」

全く納得《なっとく》はいかないが、そう言われてしまったらやはり僕には追及できないわけで。

と、ここで流石に我慢《がまん》出来なくなったのか、僕に代わって上原君がツッコミを入れてくれた。

「まぁ、名前はいいとしてもよ、星ノ守。その……キャラの立ち位置、おかしくね？」

その言葉にうんうんと頷く僕とアグリさん。天道さんが曖昧《あいまい》に苦笑《くしょう》する中、それでもチアキは一切《いっさい》譲《ゆず》ることなく続けてくる。

「いえいえ、何もおかしくないです。星ノ森千夏は——全校生徒の憧れなのです！　美人で、友達が一杯《いっぱい》いて、聡明《そうめい》で、つまりはとても器量よしの女の子なのです！」

「痛《いて》ぇ！　なにこれ！　自分を主人公にした異世界転生小説の三十倍は痛いんだけど！」

「？　おかしな上原さんですね。この作品はあくまでフィクションであり、現実の団体名、人物名とは一切関係がございませんよ？」

「く……まさかそんなお決まりの文言で反論されるとは」

「とにかく、自分……星ノ守千秋と、このヒロイン、星ノ森千夏に一切の関連性はございません。分かりましたか？」

「う……まぁそう断言されたら、なんも言えねぇんだけどよ……」

渋々《しぶしぶ》といった様子で引き下がる上原君。と、すっかり彼を論破した気になっているらしきドヤ顔のチアキが、僕に向かってゲームの再開を促《うなが》してくる。

僕はノートＰＣを叩《たた》き割ってやりたい衝動《しょうどう》に駆《か》られながらも、仕方なくゲームへと戻《もど》っていった。

そんな星ノ森千夏と僕、海野景太に奇跡《きせき》的な出逢《であ》いが訪《おとず》れたのは、ある春の日の放課後だった。小さなゲームショップでソフトに伸《の》ばした手が偶然重なった相手。
それが彼女、星ノ森千夏だった。
景太「あ、ご、ごめんなさい！」
千夏「い、いえ、こちらこそ。……お恥ずかしい……」

二人の間に初々《ういうい》しい緊張《きんちょう》が漂う。
僕は勇気を出して、彼女に一歩踏《ふ》み込んでみることにした。
景太「あ、あの、星ノ森さん！」
千夏「は、はい！」
景太「も、もしかして、ですけど。貴女も好きなんですか？……この、ゲーム」
僕のそんな不躾《ぶしつけ》な質問に。しかし彼女——星ノ森千夏は、引くことなく、それどころか優しい微笑《びしょう》を浮《う》かべると、実に可愛《かわい》らしくはにかんで応じてくれたのだった。
千夏「ですです」

『いやこれ完全にチアキ（ほしのん、星ノ守、千秋さん）だよね!?』

「全然違《ちが》います」

僕ら四人の強めのツッコミにも、全く動じることなく淡々《たんたん》と切り返してくる千秋。

流石《さすが》に耐えきれなくなった様子で、いよいよ天道さんがツッコミを入れる。

「い、いえ流石にそれは通らないでしょう、千秋さん。『ほしのもり』という名字のゲーム好き女子が『ですです』言い出したら、もうそれは九割貴女じゃないですか」

「な、なんですかその決めつけ。酷《ひど》いです。花憐さんは、自分のことを『ですです』言うだけが特徴《とくちょう》の安いサブヒロインキャラだと思っていたのですか？」

「そ、そこまでは言ってないわ。で、でも、少なくともこのキャラは明らかに貴女の分身として設定されてるわよねという話をしたいだけで……」

「いえ全然。『星ノ守』と『星ノ森』じゃスライムとスライムベスぐらい違います」

「ただの色違いよね、それ」

「それに『千夏』と『千秋』じゃ、時オカの『ゼルダ姫《ひめ》』と『シーク』ぐらい違います」

「もはや完全に同一人物よね、それ」

「それにそれに、もし実際に自分がこのキャラに自分を入れ込んでいたとして、それの何が問題なのですか？」

「う、そ、それは……」

そこで天道さんは少しもじっとすると、僕をちらっと一瞥してから、恥ずかしそうに呟《つぶや》く。

「そ、その……うちの彼氏さんとよくにた主人公さんと、今後恋愛《れんあい》関係に発展していきそうなのがとても気になると言いますか、その……」

その言葉を受け千秋は「ああ、なるほど」と頷《うなず》くと、次の瞬間《しゅんかん》、とても優しい微笑とともに、ぽんと天道さんの肩《かた》へと手を置いた。

「ご安心下さい、花憐さん。このゲーム……星ノ森千夏以外のヒロイン達も、今後続々登場してきますから！」

「！　千秋さん！　そ、それって、つまり……!?」

天道さんの疑問に、チアキはパチンと実に似合わないウィンクと共に切り返した。

「ふふっ。金髪《きんぱつ》のヒロインさんなんかも、いらっしゃるかもしれませんね」

「千秋さん！　貴女《あなた》って人は……！」

感動した様子で親友の顔を見つめる天道さん。と、そこで千秋がこちらに視線を送ってきたので、僕は「はいはい」と応じると、早く天道さん似のヒロインに会うべくゲームを再開させた。


星ノ森千夏と運命的な出逢いを果たした海野景太は、ゲームという共通趣味《しゆみ》を通じて徐々《じよじよ》に彼女との距離《きより》を縮めていく。

高揚《こうよう》と、少しの緊張を孕《はら》んだ、甘酸《あまず》っぱくも充実《じゆうじつ》した彼女との日々。

そんな折、海野景太はもう一つの運命的な衝撃《しようげき》の出逢いを果たす。

それは、ある日の休み時間の出来事だった。

景太を訪ねて突如《とつじょ》教室に押しかけてきた、金髪の女子生徒。

ゲーム部部長――天堂花梨。

彼女は手早く自己紹介《しょうかい》を済ますと。

動揺《どうよう》する僕に向かって厳しい眼差《まなざ》しで、衝撃の本題を、突《つ》きつけてきたのであった。

「エンジョイ勢、死スベシ！　キェェェェエエエエエ！」


『キャラ造型への悪意！』

思わず全員で激しくツッコむ僕ら。しかしチアキはと言えば毎度の如《ごと》く不思議そうに首を傾《かし》げるばかりだった。

「悪意？　はて……何を指摘されているのか、さっぱり……」

「だとしたら余計に根が深い悪質さだよ！　チアキって、天道さんの親友だよね⁉」

「はぁ、そうですけど。あのあの、今花憐さんの話、関係ありますか？」

「あるよ！　むしろ天道さんだけが話の主題だよ！　とにかくチアキ、まずはこちらの……今若干涙目《じゃっかんなみだめ》になっている天道さんに対して、何か言うことない⁉」

「え？　えとえと……。…………。……花憐さんの好きな食べ物ってなんですか？」

「それ今訊《き》かなくていいよねぇ⁉　他にあるだろ言うべきこと！　ほら！　真面目《まじめ》に！」

「自分、ケータが好きです」

「ごめん、それはマジな話題すぎる。今はやめて。そ、そうじゃなくて、ゲームに出てきた天堂花梨について、言うべきこと、あるんじゃないの？」

「え？　あ、ああ、そういうことですか。すいませんです、気が利《き》かなくて」

チアキはそこでようやく何か気付いた様子を見せると、一度咳払《せきばら》いし、天道さんにきちんと向き直って……誠心誠意、対応したのだった。

「実は実は、この天堂花梨、この時点で既《すで》に五人殺《や》っている設定です」

「なんの補足だよ！」

ガーンとショックを受ける我が彼女、天道さん。僕も流石にツッコミ疲《づか》れで息を切らしていると、代わるようにアグリさんが話を継《つ》いでくれた。

「ほ、ほしのん？　百歩譲《ゆず》って理想の自分をヒロインにするまでは許せても……流石に天道さんを殺人マシーンに仕立てるのはどうかなって、亜玖璃も思うけど……」

アグリさんのごもっともな指摘に、しかしそれでもチアキはとぼけた回答で応じる。

「何を言っているんですか、アグ姉。花憐さんと天堂花梨はまったくの別人ですよ？」

「そ、それはそうなんだろうけどさ。ほら、でも共通点多いじゃん、実際。金髪で、ゲーム部部長で……」

「隙《すき》あらばエンジョイ勢を殺そうとしているところとかですか？」

「ほしのんってマジで天道さんをどういう目で見てんの⁉」

「いえいえ、今この二人を似ていると主張しているのはアグ姉じゃないですか。自分はそんな風に思ったこと一度もないですよ。……アグ姉って、酷い人ですね」

「まさかの責任転嫁《てんか》⁉　いや亜玖璃だって天道さんを殺人マシーンとは思っていないから！　そうじゃなくて、一見天道さんっぽい概要《がいよう》のキャラに凄《すさ》まじいマイナス要素足すのって、どうなのかなって話で！」

「マイナス要素、ですか。……ふぅ。アグ姉……。人を殺しているという事実だけで、その人を著《いちじる》しく下に見るのは、如何《いかが》なものでしょうか」

「ふえ……⁉」

僕らに続き、相変わらずのチアキの謎理屈《なぞりくつ》に圧され始めるギャル。

チアキはやれやれと肩を竦《すく》めて続けてくる。

「自分は犯罪歴だけで人の評価を決めたりはしません。その人と直《じか》に接して、その上で自分が感じた印象を元に、友だち付き合いをしていきたいです」

「や、あの、それは、そう、なんだけど……。…………。……な、なんかゴメン」

遂《つい》にはなぜか謝り出すギャル。チアキは「まったく」とふんぞり返ると、大きく息を吐《は》いて付け足してきた。

「ま、天堂花梨は芯《しん》から腐《くさ》っている殺人鬼《さつじんき》なので、著しく下に見ていいんですけどね」

「じゃあなんで今一回亜玖璃に謝らせたの⁉ ってか、やっぱり天道さん似のヒロインキャラが悲惨《ひさん》すぎるよ！ 星ノ森千夏とえらい違いじゃん！」

「でもでも、ギャルゲーのヒロイン属性は多岐《たき》に亘《わた》った方がいいらしいので……」

「振《ふ》れ幅《はば》が大きすぎるよ！ ってか、この調子でいくと、なんか亜玖璃似のキャラまで出てきそうな予感がヒシヒシとするんだけど……」

げんなりとするアグリさん。しかしチアキはそれに対し、すぐにフォローの言葉を入れてきた。

「あ、大丈夫《だいじょうぶ》ですよアグ姉！ 確かにアグ姉をモデルにしたキャラはいますけど、出演は一瞬《いっしゅん》なんで！ 主要登場人物はあくまで千夏、景太、花梨の三人です！」

「そ、そうなんだ。まぁ主要な枠《わく》にガチの殺人鬼がいる恋愛物語への不安はさておき、自分達をモデルにしたアレなキャラはいなさそうでなによりだよ。ね、祐」

「ああ、まったくだ。主人公と星ノ森千夏はさておき、天堂花梨を見ているともう不安しかなかったからな。良かったよ、ホント」

ホッと胸をなで下ろす無関係カップル。僕は二人を軽く睨《にら》んだ後、一度大きく息を吐き、改めてゲームを再開させることにした。

「エンジョイ勢、死スベシ！　キェェェェエエエエ！」

突如日本刀を振りかぶって襲《おそ》いかかってくる天堂花梨。僕は間一髪《かんいっぱつ》それをかわすも、彼女の勢いは止まらず、そのまま僕の背後にいた二人——

——上原祐君と桜野《さくらの》亜玖璃さんの首をスパンと斬《き》り飛ばしたのだった。

『なんか実名で殺された！』

主要登場人物じゃないと聞いて安心したのも束《つか》の間、直後にスパッと殺害されるリア充《じゅう》カップル。確かに出番は一瞬だった。チアキが照れ笑いを浮かべて呟く。

「えへへ、昔からやってみたかったんですよね、『友情出演』」

『よりにもよってこの場面で⁉』

はにかむチアキと、愕然《がくぜん》とするリア充カップル。

……殺された二人には悪いけれど、この程度のツッコミ所でイチイチ止まっていたら、奇才《きさい》たる《のべ》さんのゲームはいつまで経《た》っても終わらせられない気がする。

「……よし！」

僕は気合いを入れ直すと、そこから改めて「細かなことじゃ止まらない」覚悟《かくご》を決めて、ゲームの本格攻略《こうりゃく》へと乗り出した。

衝撃的な出逢《であ》いを契機《けいき》に、二人と親交を重ねていく海野景太。

星ノ森千夏との初めてのテレビゲーム。

天堂花梨による初めてのデスゲーム。

星ノ森千夏との事故的な唇《くちびる》の接触《せっしょく》。

天堂花梨による事故に見せかけた駅ビルの爆破《ばくは》。

星ノ森千夏と行く嬉《うれ》し恥《は》ずかしウォーキングデート。

天堂花梨が手がけた手足腐りしウォーキングデッド。

星ノ森千夏との距離が大きく縮まったドキドキお泊《と》まりイベント。

天堂花梨との距離が生死の明暗を分けたドキドキ血だまりマンハント。

そして、星ノ森千夏の微笑《ほほえ》ましい恋《こい》の告白と、天堂花梨によるおぞましい罪の告白。

それらのイベントを経て、二人との物語は遂にクライマックスへと——

『いやイベント格差！』

出来るだけツッコミを控《ひか》えていたものの、物語が佳境《かきょう》に差し掛《か》かったこの段階で流石《さすが》に声を合わせて叫《さけ》ぶ僕ら四人。

当然の如くキョトンとしているチアキに対し、僕が四人を代表して猛抗議《もうこうぎ》する。

「これをマルチヒロインとは言わないよねぇ!? ヒロイン一人と、物語をかき乱す史上最悪の凶悪犯《きょうあくはん》が一人いるだけだよねぇ!?」

「そんなことないです。事実、二人の間で揺《ゆ》れ動いているじゃないですか、主人公」

「気持ちじゃなくて生死がね！」

「はてさて、景太はどちらのヒロインを選ぶんでしょうね？ 可能性は五分五分！」

「いや全然プレイヤー感情を五分五分に持っていけてないから！ っていうか感情移入対象を星ノ森千夏に誘導《ゆうどう》しすぎだろ、このシナリオ！ ヒロイン一択《たく》すぎるわ！」

「でもでも『冴《さ》えないヒロイン』って、なんだかんだ最後には人気出るんですよね？」

「いや『冴えない』どころの話じゃないからね天堂花梨！ 恋愛《れんあい》対象どころか、人としての土俵にさえ上がれてない感あるから、現状！」

「なるほどなるほど。つまりケータは今のところ、星ノ森千夏一択と思えてしまう程度には、彼女がお気に入り、と。………てへへ、まいりましたですね、これは」

「いや照れるのやめてくれる⁉　ってかやっぱりお前、星ノ森千夏に軸足《じくあし》置いてんじゃないか！」

「いえいえ。どちらかと言えば、楽しく書いたのは天堂花梨シナリオですよ」

「た、確かに、《のべ》さん的な才気が爆発《ばくはつ》してるのは天堂花梨シナリオかも……って、そういうことじゃなくて！」

僕は一度息を整えた後、このゲームに対する不満を今一度まとめて訴《うった》える。

「とにかく、自分の分身キャラを持ち上げるのは勿論《もちろん》、うちのカノジョさんを模したキャラで遊ぶのもやめてよ！　ほら見なよ、天道さんのあの涙目っぷりを！　親友だと思っていた子にこんなシナリオを見せつけられた人の気持ち、チアキに分かる⁉」

「え？　もしかしてこのゲーム、花憐さんに不快な想《おも》いをさせてしまってます？」

「今気付いたの⁉」

チアキの相変わらずズレた感性に呆《あき》れる僕ら。と、チアキはなにやらようやく謝罪する気になったらしく、すっかりしょんぼりした天道さんに向かって申し訳なさそうに声をかけ始めた。

「す、すいませんでした、花憐さん。自分、悪意は全くなかったのですが……」

「千秋さん……。……えーと、悪意ゼロパーセントでこれが仕上がってきたことの方が、私はむしろショックな気がしないでもないですが……」

「花憐さんにだけこっそり白状すると……自分、本当は……本当は、実在の人物をモデルにこのゲーム作ってました！」

「あ、うん、衝撃《しょうげき》の告白みたいに言ってくれたとこ悪いけど、キャラの登場時点で分かってたからそこは大丈夫」

「特に……特に天堂花梨に関しては、本格的な現実のトレースを心がけたのです」

「衝撃。え、あの、今の発言こそが今日イチでショックなんですけど、私……」

「でもでも、現実をそのまま落とし込んだからとて、それが必ずしも創作として面白《おもしろ》いわけじゃ、ないですもんね。……失念してました」

「うん、今貴女《あなた》が失念しているのは創作論じゃなくて友人への配慮《はいりょ》だと思うのだけれど。というかあの、貴女ってどうして私のことを猟奇殺人鬼だと思い込んでいるわけ？　流石にそういう根拠《こんきょ》なき疑惑《ぎわく》の眼差《まなざ》しは本当にやめて頂けると――」

そう天道さんがチアキを本格的に窘《たしな》め始めた、その瞬間《しゅんかん》だった。

「でもでも、自分、以前花憐さんに過酷《かこく》な軟禁《なんきん》生活を強《し》いられた経験があるので……」

チアキによる、会心のカウンターが決まった。

『…………』

ダクダクと顔に汗《あせ》をかくうちのカノジョさんと、それを白い目で見つめる僕らゲーム同好会。

そのまま、五秒ほど経過したろうか。

天道さんが突如《とつじょ》「こほん！」と大きく咳払《せきばら》いして、話を仕切り直してきた。

「ま、まぁ、チアキさんに痛烈《つうれつ》なトラウマを刻んだらしき軟禁の件はさておき」

全然さておける話題じゃない気がするのは、僕だけだろうか。

しかし天道さんは僕らが何か口を挟《はさ》む前に、強引《ごういん》に話題を前に進めていく。

「とにかく、現実を模していないにせよ、キャラクターへの好感度配分がおかしすぎるのは紛《まぎ》れもない事実よ。私は、作り直しを要求するわ」

「ふむふむ。なるほど。……やっぱり花憐さんから見たら、天堂花梨のやり口は手ぬるかったですよね」

「貴女は本当に私をどう思ってるのよ！　違《ちが》うから。むしろ、天堂花梨から犯罪要素を完全に削除《さくじょ》しなさいって話をしているのよ」

「つまりつまり——天堂花梨というヒロインを丸ごと削除しろと、そういうことですか」

「天堂花梨は犯罪の象徴《しょうちょう》か何かなの⁉　普通《ふつう》に『ゲーム部部長の気が強い金髪《きんぱつ》女性』ぐらいの性格付けじゃ駄目《だめ》かしらねぇ⁉」

「でもでも、それじゃあ現実の花憐さんの味をまるで再現出来ないじゃないですか」

「私の持ち味ってそこまで犯罪に依存《いそん》していたかしらねぇ⁉　私の犯罪歴なんて、精々《せいぜい》が一度友人を軟禁した程度でしょう！」

充分《じゅうぶん》に華々《はなばな》しい犯罪歴だと思ったのは、僕だけでしょうか。

なんにせよ、天道さんの本気の怒《いか》りを受けて、流石にしょんぼりし始めるチアキ。

と、上原君が場の空気を持ち直させるために、「そ、それはそうとさ！」と声をあげてきた。

「今回のゲームはゲームで、折角ここまで進めたんだから、エンディングぐらいは見ようぜ？　な、雨野」

「え？　あ、うん、そうだね。確かに色々アレなゲームではあるけれど……現実のあれこれが絡《から》んでいるという部分以外では、いつもの《のべ》さんらしい作風と言えなくもないし、確かにエンディングはどうなるか気になるよね」

「あ、アグリも気になるなー。天道さんも、なんだかんだ言って、気になるでしょ？」

「え？　ええ……まぁ……そうですね」

少し不服そうにしながらも、そう応じる天道さん。チアキが少しだけ元気を取り戻《もど》す中、皆《みな》の意思を受け……僕はいよいよ、このゲームの最後のパートへと臨《のぞ》むことを決めたのだった。


星ノ森千夏か、天堂花梨か。

遂《つい》に海野景太へと突《つ》きつけられる究極の二択。

星ノ森千夏は、頬《ほお》を赤く染めながらも勇気を持って告げる。

「自分と、ずっとずっと一緒《いっしょ》に、いて下さい！」

天堂花梨は、周囲を血に染めながらも包丁を持って告げる。

「私ヲ選バナケレバ、千夏ノ首ヲモグ」

迷いに迷う海野景太。

大事なのは「気持ちに素直《すなお》に生きる」ことなのか、それとも、「生きる」ことなのか。
・星ノ森千夏と共に生きる
・天堂花梨と共に生きる

遂に表示された、このゲーム最初にして最後の二択。

それらに対し、僕、雨野景太が最後に下した決断とは——

天道花憐

「まさかまさか、ケータが千夏を選ぶとは思いませんでした……」

「そうなんですか？」

雨野君が最後の選択を終えてから、約三十分後。私と千秋さんは現在、夕暮れに染まりゆく田園風景の中を、二人きり、街へと向けて歩いていた。ちなみに二人での下校を提案したのは私だ。少し、話したいことがあったものだから。

千秋さんは自らのローファーの先端《せんたん》を見つめながらも、どこか心細げに続けてくる。

「あのあの……確かに自分、その、千夏贔屓《びいき》でゲームを作りましたけれど……ケータは正直、最後には絶対、天堂花梨を選ぶだろうなって確信してたんです」

「はぁ……それはまた、どうして？」

「ど、どうしても何も、だってどんなに極端《きょくたん》に描《えが》いたところで、結局モデルが……」

そう言って千秋さんは一瞬私を見たものの、すぐにどこか慌《あわ》てた様子で目を伏《ふ》せる。

そんな彼女に、私は少しだけ意地悪な質問をしてみた。

「じゃあ、彼が千夏さんを選んだ時、千秋さんは嬉《うれ》しかったんじゃないですか？」

「え？　それはその……えとえと……その……はい……」

鞄《かばん》の持ち手を両手でギュッと握《にぎ》りしめ、耳をほんのり朱色《しゅいろ》に染める千秋さん。

私は雨野君のカノジョとして「こら」と見せかけだけ怒《おこ》りつつも、実際には微笑《びしょう》を浮《う》かべて、話の続きを促《うなが》した。

「でも、そうは言っても千秋さんはイマイチ彼の選択に納得《なっとく》がいってないと？」

「で、ですです。だってだって、自分の知るケータは、何があっても一貫《いっかん》して天道花憐を選ぶ人ですから！」

彼女の勢いに、私は思わず頬を掻《か》く。

「そ、そうかしら。そんな風に言われると、なんだか照れるわ――」

「そう、たとえ天道さんが、猟奇殺人鬼《りょうきさつじんき》に身を落としてもです！」

「うん、やめてくれる、その現実の私が猟奇殺人を犯したみたいな物言い。実際やってないから。やってるのは天堂花梨という架空《かくう》の人物だから」

「でもでも、自分を軟禁はしましたよ？」

「う、うん……。……なんだろう、そういう言い方されると、うちの恋人《こいびと》関係が大層歪《ゆが》んでいるように聞こえてくるわね……」

「そしてケータはそんな天道さんを選びましたですよ？」

「そ、そうね」

軟禁犯とそれを許容する彼氏。もしかして私達って、アレなカップルなのかしら？
私がそんな不安に襲《おそ》われる中、千秋さんは改めて「ですから」と疑問を呈《てい》してくる。

「今回は、本当に本当に意外だったのです。なんだかんだで妄信《もうしん》的に天堂花梨をケータが選んで、その先に続く阿鼻叫喚《あびきょうかん》の地獄絵図《じごくえず》エンディングを皆で見て終わりというのが、今日の自分のプランだったというのに……」

「なんてプラン立ててるのよ貴女」

「なのにケータときたら、ここにきて千夏を選ぶだなんて、ブレまくりです。まったくプリプリと怒りながら先を歩く千秋さん。どうやら彼女は、千夏を選んでくれたこと自体は嬉しくとも、雨野君が雨野君らしくなかったことが納得いっていないようだった。
そんな彼女に私は……夕焼け空を見上げながら、反論する。

「でも私は、そうは思わないけどな」

「え？」

不思議そうに振《ふ》り返る千秋さん。そんな彼女に、私は笑顔《えがお》でハッキリと告げてあげた。

「彼は今回、ただ単純に、私より貴女を好きになった。ただそれだけの話でしょ？」

「――え。ええ!?」

激しく動揺《どうよう》する千秋さん。私はそのリアクションに苦笑しながら、少し補足する。

「ごめんなさい、天堂花梨より、星ノ森千夏を、と言うべきでしたね」

「そ……そういうことなら、分からなく、ないですけど……」

もじもじとする千秋さんに、私は続ける。

「確かに雨野君って、いつも一貫しているわよね。でもそれは、意固地だったり、盲目的《もうもく》という話ではないと思うの。それこそもし……私が私らしさを完全に失ったら、彼は『ちゃんと』私を見限ってくれると思うわ」

「花憐さん……」

千秋さんは切なげな表情で私を見つめると、こくりと頷《うなず》きつつ続けてきた。

「つまりケータは、花憐さんがゾンビ化したら迷わず頭を撃《う》つタイプということですね」

「理解の仕方がえげつないのはさておき、まぁ、そうね。そういう意味で今回も彼は、ただただ単純に、天堂花梨より星ノ森千夏に惹《ひ》かれたから、彼女を選んだだけなのよ」

「…………」

「そして彼がそういう考え方をする人ということは、つまりは……」

私はそこで夕陽《ゆうひ》を背に微笑むと、千秋さんに向けて……これまでずっと言ってあげたかった言葉を、ようやく口に出来たのだった。

「あの時も、ちゃんと、貴女に対する恋愛《れんあい》感情との間で、揺《ゆ》れたんじゃないかしらね？」

「あ……」

私の言葉に目を見開く千秋さん。私はそれに苦笑いで応じながら続けた。

「まぁ、雨野君のカノジョの天道花憐としましては、雨野君が一貫して私だけを愛してくれていたと胸を張って主張したい気持ちも山々ですけどね！」

「え、あ、う……す、すいません、なんか、自分のために……」

酷《ひど》く申し訳なさそうに頭を掻くチアキさん。私はそれに「ホントですよ」と怒る素振《そぶ》りを見せる。

「でも……貴女の親友としての私は、妙《みょう》なゲームで自分の中の恋《こい》の残滓《ざんし》に雑な『けじめ』

をつけようとするその行為《こうい》を、黙《だま》って看過は出来ませんよね」

「え？　あは……は。ば、バレバレでしたか？」

「ええ。雨野君や上原君はさておき、私とそれに亜玖璃さんも気付いていたと思いますよ。あ、この子、笑いに紛れさせて、恋心の『雑な処理』をしようとしているなって」

「うう……そこまで見透《みす》かされているなんて、お恥《は》ずかしい……」

彼女はげっそりと肩《かた》を落としながら、今回の目論見《もくろみ》を白状する。

「そのその、あえて酷いキャラに設定した天堂花梨をそれでも選ぶケータを見れば、自分の気持ちにもまた少し区切りがつくんじゃないかと思っていたのですが……」

「あはは、でもそこを、相変わらずの雨野君クオリティで外されちゃったわけですか」

「ですです……まったく、ケータという人は……」

「ええ、ホント、いつも『外す』というカタチで『当てて』くる人ですよね」

「ですです」

千秋さんと二人、互《たが》いに顔を見合わせて笑い合う。

そのまま、しばらく歩いたところで。私は夕陽に照らされた景色を眺《なが》めながら、ぽつりと彼女に呟《つぶや》いた。

「……いいんですよ千秋さん。私のために、貴女《あなた》の大事な恋心を、焦《あせ》って壊《こわ》さなくて」

「花憐さん……。…………ありがとう、ございます……」

私の言葉に、どこか泣きそうな声音《こわね》で感謝を伝えてくるチアキさん。

夕焼け色に染まる道を歩く私達の間を、温かい風が抜《ぬ》けていく。

……が、そうしてしばし歩いたところで、私は突如《とつじょ》態度を硬化《こうか》させて続けた。

「——というのは貴女の親友としての天道花憐の言葉であって、雨野君のカノジョさんとしての天道花憐は、貴女に対する次の軟禁《なんきん》計画を着々と準備中ですけどね！」

「ええ⁉ ちょ、なんですかそれ⁉ なぜ自分をまた軟禁するのですか⁉」

「なぜって……ハッ、うちの彼氏さんに自分似のキャラを選ばせておいて、白々しい」

「えええええ⁉ 今なんか、いい話でまとまりかけてませんでしたっけ、その件！」

「黙らっしゃい。まぁ今回の件で一つだけ貴女に感謝することがあるとすれば、それは……天堂花梨という『今後参考にすべき人格』を提示して貰《もら》ったことでしょうかねぇ！」

「い、いやぁぁぁぁぁああああああああああああああ！　助けてぇー！」

「あ、こら、千秋さん！　また大人しく私に軟禁されなさい！」

そんな物騒《ぶっそう》な会話とは裏腹に。

私達は晴れやかな面持《おもも》ちで、雪解けの始まった田舎《いなか》道を駆《か》け抜けていくのだった。

【天道花憐《てんどうかれん》と関係性ランクマッチ】

目抜《めぬ》き通りを桜の花びらが舞《ま》っていた。

僕はそれをファミレスの窓側席からぼんやりと眺めつつ、アイスコーヒーに口をつける。いくら北の大地と言えど五月も中旬《ちゅうじゅん》に差し掛《か》かると、冷たい飲み物が喉《のど》に心地《ここち》良い。

「すっかり春ですねぇ」

向かいの席の女子高校生に、そんな毒にも薬にもならない世間話を振ってみる。……これがいつもの「ファミレス会」ならば、ここは確実に罵声《ばせい》が飛んでくる場面だ。やれ話が面白《おもしろ》くないだの、やれコミュ力が知れるだの。

しかし今日は少しだけ違《ちが》った。

目の前の女性は僕にふわりと微笑みかけたかと思うと、夕焼けに照らされながらも、まるで女神《めがみ》を描いた絵画の如《ごと》き神々《こうごう》しさと共に返してきてくれた。

「そうですね雨野《あまの》君。最近は陽気が気持ちいいですよね」

「………………」

その「いつも」とのあまりのギャップに、思わずスッと涙《なみだ》を流してしまう僕。目の前の天使が少し慌てた様子で訊《たず》ねてくる。

「あ、雨野君？」

「ああ、いえ……なんでもないです。気にしないで下さい。これはなんていうか……喩《たと》えるなら『意地悪な継母《ままはは》に冷遇《れいぐう》され続けた少年が、新たに引き取られた先の優《やさ》しい老夫婦《ろうふうふ》により、初めて本当の愛情に触《ふ》れた』時と同種の涙なんで」

「いや普通《ふつう》に重いわよねそれ。学校帰りのファミレスで流していい涙じゃないでしょう」

「それぐらい、僕にとっては『憧《あこが》れ』たる光景だったということですよ」

僕のその言葉に、一瞬目を丸くしたと思ったらクスクスと笑い出す金髪《きんぱつ》女子。

僕がキョトンとしていると、彼女はおかしそうに説明してきた。

「ふふっ、なんですか、それ。それじゃあ、まるで『逆』じゃないですか」

「逆？　それって……あ」

「そうです」

そうして僕が本日の企画《きかく》の発端《ほったん》を思い出すと同時に。目の前の女性――

――天道花憐さんが、おかしそうに告げてきたのだった。

「そもそもは私が、雨野君と一度《ファミレス会》がしてみたいと言ったんですよ？」

＊

僕、雨野景太《けいた》はこの一年、かなりの高頻度《ひんど》でとある女子高校生ギャルとファミレスにしけこんでいる。

……と、こんな風に言うと実に洒落《しゃら》臭《くさ》いリア充《じゅう》めいた印象を受けるが、正直そこに字面《じづら》程《ほど》の輝《かがや》かしい青春感はない。

なにせ、僕とそのギャル——亜玖璃《あぐり》さんは、恋愛関係でもなければ、趣味《しゅみ》の合う友達でもないのだから。

ではそんな二人がファミレスでしょっちゅう会って何を話していたかと言えば、それは偏《ひとえ》に互いの恋愛相談——

——いや、恋愛相談という名の愚痴《ぐち》と、罵《のの》り合いと、悪巧《わるだく》みだ。

元々僕と亜玖璃さんには互いに別に想《おも》い人がいたのだが、その恋愛がどちらもかなりグダグダしていたため、比例してファミレス会の需要《じゅよう》も増えたわけで。

そんなだから、僕にとって「ファミレス会」という催《もよお》しへの印象は「楽しい」より「苦しい」の方が若干《じゃっかん》強い。あれだ。会社勤めとかしたことないけど、多分「プロジェクト進捗《しんちょく》確認《かくにん》の定例会議」ってのがテンション的には一番近い。毎回お互いに宿題を持ち帰っては、次の回に結局何も進んでないことを報告し合うという……要は地獄《じごく》だ。地獄なんだけど、やらないと余計に問題が山積するから、結局やらないわけにもいかない感じのアレ。

だから僕も亜玖璃さんも決して自分からこのファミレス会を「楽しい！」なんて周囲に喧伝《けんでん》したことはないハズなのだけれど……どういうわけか、他人から見ると僕と亜玖璃さんの会合は偉《えら》く輝いたものに見えるらしい。もっと言うと、互いのパートナー的には、僕らの会話が半ば浮気《うわき》に近い「いちゃいちゃ」にさえ見えているようで。

それでも僕と亜玖璃さんの意識にやましいところは全くないため、互いの恋愛が軌道《きどう》に乗った今でもファミレス会は普通に継続《けいぞく》していたのだけれど……どうやら天道さん的にそれは、少し面白くなかったらしく。

結果、彼女は先日、学校で一緒《いっしょ》にお昼ご飯を食べていた際に、可愛《かわい》らしいふくれっ面と共に僕へと切り出してきたのだ。

――私も一度、雨野君とファミレス会がしてみたいわ、と。

かくして本日、放課後にいよいよ二人でのファミレス会が決行と相成ったわけなのだけれど……。

「…………」

いざ天道さんとファミレスに来てみると、互いに、思った以上に話が弾《はず》まなかった。今回の経緯《けいい》に関する会話が一通り終わった所で、完全に会話が途《と》切《ぎ》れる。

「…………」

僕はアイスコーヒーを、天道さんはダージリンティーを口に運びながら、ただぼんやりと窓の外を眺める。……いや、確かに僕は元々口下手なのだけれど、そこは腐《くさ》っても恋人《こいびと》同士。普段《ふだん》天道さんと二人の時は、もうちょっと気軽に世間話を繰《く》り広げられる。それこそ、共通趣味のゲーム話とか。

でもこうして「本日はファミレス会！」と改まってしまうと、普段と違う会話をしないといけないんじゃないかという妙な意識が働き……けれど「普段しない話」がそう簡単に出てくるわけもなく、結果として、僕らはまるで話が弾まなかった。

……このままじゃいけない。僕は一度つばを飲み込むと、思い切って――ファミレス会らしい「恋愛《れんあい》の話題」を切り出してみることにする。

「ど、どうですか最近、天道さん。そ、その……れ、恋愛の方は？」

「え？」

「え？」

天道さんがまん丸な目で僕を見つめてくる。そうして……次の瞬間頬《しゅんかんほお》を赤らめたかと思うと、もじもじと俯《うつむ》きながら返してきた。

「え、いや、あの……大好きな雨野君といられて、し、幸せです、けど……」

「あ、そ、そうですか……。そ、それはその……よ、良かった、です……」

「は、はい。……あの、雨野君はどうですか……？」

「え？ あ、僕もあの……幸せです。天道さんと過ごす時間が、今までの人生で一番」

「あ、う。……そ、そうですか……う、嬉《うれ》しいです……」

「い、いえ、こちらこそ……」

「…………」

「…………」

お互い顔を真っ赤にして、もじもじとするバカップル。

……じ、自分で言うのもなんだけど……。……なんだこれ？

どうやら、完全に話題を間違えたらしい。交際相手に「恋愛の進捗《しんちょく》状況《じょうきょう》」を確認してどうするんだ。そりゃ変なプレイみたいにもなるだろうさ。隣《となり》の席でノートパソコン開いてバリバリお仕事中らしきＯＬさんなんか、今舌打ちしたもんね。

僕が照れを紛《まぎ》らわすようにアイスコーヒーを多めに飲んでいると、今度は天道さんが緊《きん》張《ちょう》気味に切り出してきた。

「こ、こほん！　れ、恋愛はさておき。雨野君、最近のご交友関係は如何《いかが》かしら？」

「え、なんですかその、ぼっちのメンタルをダイレクトに抉《えぐ》る質問」

突然《とつぜん》自分のカノジョから「好きな者同士で組めー」級の精神攻撃《こうげき》を受けてしまった。どんよりする僕に、天道さんがフォローを入れてくる。

「でも雨野君、いつもそんな風に自虐《じぎゃく》しつつも、最近だと沢山《たくさん》お友達がいらっしゃるじゃないですか。ゲーム同好会に始まり、他校の生徒や大学生、果てはキャビンアテンダントさんまで。なかなかバラエティに富む交友関係を構築されていると思いますが」

「まぁ……確かに最近は、昔の僕からは考えられないくらい友達が出来ましたよね」

「で、でしょう？」

「はい。ただ、結局クラスには上原《うえはら》君以外の友達がいませんけど。そして友達がいない教室の居心地《いごこち》の悪さに関しては、いくら外部に友達が出来ようがまるで軽減しませんよね。物理防御《ぼうぎょ》力をいくら上げても、魔法《まほう》攻撃を防げないのと同じで」

「なんですかその悲しいゲーム比喩《ひゆ》。私には凄《すご》く伝わりますけど」

「青春パラメータを『カノジョ』に極振《きょくふ》りしすぎました」

「ほんのり私に責任《せきにん》を転嫁《てんか》するのはやめて下さい」

「おかげで、休み時間は相変わらず校内徘徊《はいかい》とソシャゲチェックの日々ですよ」

「ホントにその辺は初期パラメータのままなのね貴方《あなた》。あ、でもそれでしたら、私のクラスにでも遊びにきたらいいじゃないですか」

名案だとでも言うように目を輝かせる天道さん。しかし僕はそれを鼻で笑う。

「ハッ——僕如き凡人《ぼんじん》に、音吹《おとぶき》のアイドルたる天道さんを訪ねてA組に遊びにこいだなんて……それは、遠回しに『死ね』と言ってるのと大差ないですからね！」

「なんですかそのロミジュリ以上の深刻な格差。いや私の彼氏なんですから、普通に遊びにくればいいでしょう。なんだったら、私の方から赴《おもむ》いて差し上げましょうか？」

「い、いやですよ、そんなラノベ主人公みたいな甘い扱《あつか》い」

「いや素《す》でラノベ主人公みたいな属性の人にそんなツッコミされましても……」

呆《あき》れた様子の天道さん。僕は照れ隠《かく》しに視線を少し逸《そ》らしながら、真意を告げる。

「……えと……実際、僕のクラスでの窮状《きゅうじょう》を、天道さんに救って貰《もら》う感じになるのは、なんていうか、僕なりの小さなプライドが許さないというか……はい……」

「……まったく。相変わらず、雨野君は雨野君よね。本当に、面倒臭《めんどうくさ》い人なんだから」

そんな風に呆れ声を上げながらも、どこか笑顔で僕を見つめてくる天道さん。

僕は咳払《せきばら》いをすると、話を少し逸らさせて貰うことにした。

「えっと、逆にお訊ねしますけれど、天道さんはクラスで過ごす休み時間はどうされているんですか？」

「私ですか？　私は――」

天道さんはそこで、至極《しごく》当然のことのようにサラリと告げてくる。

「――心のメモリの一割だけ使用してクラスの皆《みな》さんにそつのない対応をしつつ、残り八割で雨野君のことを想って過ごしておりますよ」

「重い。重いですって、天道さん。……ちなみに、あと残りの一割のメモリは何に？」

「当然、その時研究している最新ゲームのエミュレータを常に走らせていますよ」

「相変わらず高性能ですね。それだけに、八割の無駄《むだ》遣《づか》いが非常に悲しい」

僕が嘆息《たんそく》していると、天道さんは咳払いして話を戻《もど》してくる。

「私のことはいいんです。私は、雨野君の交友関係の話をしたいんです」

「と、言われましても。クラスの交友関係という意味では、さっき話しましたように特筆すべきことは何もないですから、これ以上話すことなんて……」

僕がそう首を傾《かし》げていると、天道さんは「い、いえ」と少し赤面し、髪《かみ》の毛先をくるくると弄《もてあそ》びながら質問してくる。

「そ、その……えと……千秋《ちあき》さんを代表とした、貴方の周りの女性陣《じん》との交友関係は、近《ちか》頃《ごろ》どうなのかな、と……」

「い、いえ、あの、別に、雨野君のことを疑っているわけではないのですが、その、えと、ほら、あくまで参考までにと言いますか……」

「？　女性陣ですか？」

「はぁ……」

イマイチ彼女が何を確認したいのか分からないが、僕としても別にやましい隠し事があるでもないため、最近の女性陣との交流を端《はな》から思い出しつつ語り始める。

「まずチアキですけど……うーん……なんかあったかな……。これといって天道さんに語る価値のありそうな印象的なことも……うーん……」

「そ、そうですよね。すいません、雨野君。私ったら、独占欲《どくせんよく》の強い女みたいでお恥《は》ずかしい……。い、いいんです、はい、もう別に……」

「あ、彼女の両親がいない間に、家に行きました」

「衝撃《しょうげき》の浮気告白！　え⁉　なんですって⁉　今なんて言いました、雨野君！」

「天道さんを愛していると」

「言ってませんよねぇ⁉　なにか怒《おこ》られる気配を察したからって、小賢《こざか》しく軌道修正を図《はか》るのやめて下さい！」

「す、すいません。ただ、僕も一つだけ貴女《あなた》に言わせて頂きたい。……今、マジで、何を怒られているのか、分からないと」

「何を堂々と！　雨野君！　貴方、私というカノジョがいる身でありながら、千秋さんのお家《うち》に遊びに行ったんですよね⁉　他のご家族がいらっしゃらないタイミングで！」

「……質問の意図が分かりかねますが、事実として僕がチアキの家に遊びに行ったかどうかということであれば、それに対しては、ただ『YES』と答える他《ほか》ないですね。しかしその行為《こうい》が持つ意味の判断に関しては、皆さんが各々解釈《おのおのかいしゃく》してくれればいいと思います。僕としてはただ、今後も自分に出来ることを精一杯《せいいっぱい》していくだけですから。……本日はありがとうございました」

「イ○ロー氏の記者会見風に話を閉じて去ろうとしないで下さい、雨野君」

「う……」

迂遠《うえん》な言い回しで煙《けむ》に巻く作戦が見事に失敗した。まるで似合わないスポーツ選手ネタを用いたのが主な敗因だろう。

冷《ひ》や汗《あせ》をかく僕を、天道さんが追及《ついきゅう》してくる。

「さて……雨野君。貴方、千秋さんの家に行って二人きりで何していたのかしら？」

「何って……そんなの決まっているじゃないですか」

「……ええ、まぁ、流石《さすが》に付き合いも長いので、続く台詞《せりふ》の予想はつきますが……」

「浮気《うわき》です」

「予想外でした」

「冗談《じょうだん》です。勿論《もちろん》、普通《ふつう》にテレビゲームです。ただ僕はほら、天道さんの予想や期待は出来るだけ裏切っていきたい系カレシなんで……」

「どんな迷惑《めいわく》属性のカレシですか。なんにせよ、貴方は千秋さんに誘《さそ》われてゲームをしに行ったわけですね。ほいほいと、疑いもせず」

「いや疑うも何も、『友達にテレビゲームへ誘われた』というだけのイベントに、何を警《けい》戒《かい》することがあるっていうんです？」

「そ、それはそうかもしれませんが。で、でも、相手は女子ですよ？ それも、貴方に好意を持つ、とびっきり可愛《かわい》らしい女子です」

「ええ、確かにチアキは可愛い女子です。それは僕も認めましょう。しかし、だからなんなのですか？ 可愛いことは、罪なのですか？ だったら貴女は重罪です」

「う、私の感情がごっちゃになる言い回しはやめて下さい。と、とにかく、可愛いことが罪云々《うんぬん》という話じゃなくて、私というカノジョがありながら、貴方が他の女子の家にお呼ばれしたその行為を、私は今責めているんです！」

「僕は『女子の家にお呼ばれした』のではなく『友達の家にお呼ばれした』だけです」

「あ、ああ言えばこう言う！　雨野君！　往生際《おうじょうぎわ》が悪いですよ！」

「お、往生際と言われましても、実際チアキとは本当にゲームをしただけであって、やましいことは何も……。……あ。…………。……と、とにかく、なんでもないんです」

「いや今明らかに何か思い当たったフシ見せましたよねぇ!?　雨野君!?」

「い、いえ、そんな、大したことじゃないんです！　ただ――」

「ただ？」

「――チアキと寝《ね》ただけで」

「凄い。私今、世界で一番端的《たんてき》な浮気の告白を聞いたわ。感動です、雨野君」

天道さんが一周回って穏《おだ》やかな微笑《ほほえ》みを見せていた。……あかん。これ放置したら、世界を三日で滅《ほろ》ぼしちゃう系の天道さんだ。

僕は慌《あわ》てて弁明をはかる。

「い、いや、違《ちが》うんですよ天道さん。僕は本当に……チアキと寝ただけなんです！」

「貴方の貞操《ていそう》観念が分からなすぎる。なに『だけ』って」

「いや、ですから、本当の意味で寝ただけ――睡眠《すいみん》を取っただけ、という話で」

「……ん？」

と、ようやく天道さんから邪悪《じゃあく》なオーラの放出が止まった。

彼女は一度自分を落ち着かせるべく紅茶に口をつけた後、「どういうことかしら？」と訊ねてくる。僕は改めて説明する。

「いや、その日二人で興じていたゲームっていうのが、ただただ無心で『柵《さく》を跳《と》び越《こ》える羊をカウントする』というゲームでしてね」

「なんですかその人を眠《ねむ》らせるためだけに生まれてきたみたいなゲームは」

「羊が現れたら、決定ボタンを押してカウントするだけ。フェイントも何もない。そんなゲームを黙々《もくもく》とプレイした結果……僕らは五分後にはもうウトウトし始めましてね」

「でしょうね。むしろなぜそのゲームを二人で遊ぼうと思ったのかが分からない。世界で最も無為《むい》な時間の過ごし方と言っても過言じゃないわよ」

「え、だって、ここまでクソゲーっぽいと、むしろワクワクしません？」

「しません。貴方と千秋さんのゲームセンスは相変わらず独特ですね」

「そ、そうですかね。まあとにかくそんなわけで、十分経過した頃《ころ》には僕ら、すっかり眠ってしまっていたわけです。浮気どころか、殆《ほとん》ど一緒《いっしょ》に遊べてさえいないっていうね」

「た、確かに、そう聞くと浮気では全然ないように聞こえますが……」

「でしょ？　僕とチアキは——しばらく互《たが》いに頭を寄せ合いながらすやすや寝ただけで」

「アウトです。な、なんですかその、甘酸《あまず》っぱい青春の一場面感は！　むしろ直接的な浮気行為《こうい》よりよっぽど妬《や》けるんですけど、その仲睦《なかむつ》まじい光景！」

なぜか天道さんがまた怒り出してしまった。僕はなんとか彼女を取りなそうと続ける。

「で、でもほら、互いに故意じゃないですし、何か決定的な接触《せっしょく》があったわけでもないですから、ここはどうか穏便《おんびん》に……」

「く……ま、まぁ、確かにお二人とも悪気がないのは分かりますが……」

「あ、でも悪気という話をするなら、一つだけ」

「な、なんですか？　ああ、もしかして起きた時に、少しだけ互いを意識してしまったとか、そういう些細《ささい》な話でしたら、もう許して差し上げ——」

「あ、いえ、起きたら、コノハさんが僕のズボンのチャックを下ろそうとしてました」

「アウトです！　もはや彼女的にどうとかのレベルじゃなく、法的に、倫理《りんり》的に！」

額に汗を滲《にじ》ませて叫《さけ》んでくる天道さん。僕もまたあの時のことを思い出し、顔を青ざめさせながら続ける。

「いや、マジで危ないところでした……。……聞けば、そもそもあのゲームの存在をチアキに教えたのも、コノハさんだったとか……」

「策士にも程《ほど》があります。浮気話が一転、突然《とつぜん》ホラーサスペンスじみてきましたね。私が今後最も注意を払《はら》うべき存在は、あの方の気がしてならない昨今ですよ」

「ですね。なにはともあれ、チアキのことはあまり責めないで貰えると幸いです」

「ま、まぁ……確かに最後まで聞くと、被害者感《ひがいしゃ》ありますね貴方《あなた》達も……。分かりました、今回は見逃《みのが》して差し上げましょう」

「ほっ……」

「まぁ、女子と簡単に二人きりになってしまう貴方のその感性については、後ほどまた改めて追及させて貰いますが」

「く……」

コノハさんの行動の邪悪さで上手《うま》く上書き出来たと思っていたが、流石天道さん、そこまで甘くはなかった。

話が一段落したところで、互いに一度ドリンクバーで飲み物の補給を行う。僕は炭酸飲料を、天道さんはホットのプーアル茶を運んできた。

互いに席に着き一口啜《すす》ったところで、天道さんが切り出してくる。

「ところで雨野君。亜玖璃さんとはいつもどういう会話をなさっているのかしら？」

「どういう？　まぁそれこそ互いの恋愛《れんあい》相談が主で、後は……あぁ、趣味《しゅみ》の押し付け合いみたいなこともしますかね」

「趣味の押し付け合い、ですか？」

「はい。ほら、天道さんも知っての通り、アグリさんって基本ゲームに興味ないじゃないですか。それでも僕は最近遊んで楽しかったゲームの感想を語って聞かせますし、逆にアグリさんはオタクの僕にファッションやらスイーツやらの最新トレンド情報を供給してきますね。一方的に」

「……えーと、それはお互いに、楽しいのかしら？」

「話している方は楽しいですね。ただ相手のターンはスマホいじって流しますが」

「よ、よく成り立ってますねその関係。というかそこまで来ると、やはり雨野君と亜玖璃さんって一周回ってホントに熟年の夫婦《ふうふ》っぽいですよね……羨《うらや》ましい……」

「そうですか？　えーと、天道さんがお望みなら、やってみてもいいですけど……」

「そうですか？　な、ならお言葉に甘えて、やってみようかしら。えーと、ではとりあえず私が雨野君の興味なさそうなお料理周りの話をするので、雨野君は私をアグリさんだと思って、テキトーなテンションで流してみて下さい」

「了解《りょうかい》です。では……」

僕はスマホを取り出すと、無表情でそれを弄り出す。天道さんは一度咳払《せきばら》いをしてから、料理話を始めてきた。

「えーと、雨野君。私最近、少しお料理の勉強を始めまして」

「へー」

「……………。……えと、その、ほら、やはり好きな人に自分の手料理を振《ふ》る舞《ま》うのって、少し憧《あこが》れるじゃないですか？」

「ですねー。…………ちっ、相変わらずこのイベントガチャ渋《しぶ》いな……」

「……………。……そ、それで、あの、雨野君って、どういうお料理が好みかしら？」

「あ、はい、それがいいと思いますよ僕も」

「……え？　あ、いや、だから、貴方はどういう料理が好きかというお話を……」

「……あはは。ですねー。…………お、限界突破《とっぱ》来た。いいねいいね」

「………………」

「あ、天道さん、見て下さいよ。僕今このゲームやってんですけどね――」

「別れましょう、雨野君」

「天道さん⁉」

気付けば天道さんがガチの涙目《なみだめ》だった。僕は慌ててスマホを置いてフォローする。

「い、いや、今のはあくまで演技ですからね⁉」

「ぐす……そうですけど……そうなんですけど……！　それでも雨野君に冷たくされるのって、私、とても耐《た》えられなくて……！　うぅ……ぐす……」

「な、泣かないで下さいよ！　いや全然本気じゃないですから、今の！」

「でも……思えば初対面の頃も私、雨野君の中でソシャゲに負けましたし……」

「ぐ……！　あ、あれは、ほら、今とは状況《じょうきょう》が全然違うじゃないですか！　というか、今の対応は、『対アグリさん仕様』の僕であって、天道さんに対する僕じゃないですし！」

「……ぐす。ちなみに亜玖璃さんとは、それが元で喧嘩《けんか》になったりしないのですか？」

「喧嘩？　あー、まぁ、しないというか、常に喧嘩腰《ごし》なので紛《まぎ》れているというか……。たとえば今の感じで僕が空返事していたら、本当に聞いて欲しい時は物理的に耳引っ張ったりしてきますよ、アグリさんは」

「そ、そうなんですか……」

「ちなみに僕はゲーム話をテキトーに流されてもアグリさん相手なら全然気にせず続けま

すし、それでいいと思ってます」

「い、いよいよ互いの理解が深い熟年夫婦の貫禄《かんろく》じゃないですか！　なんですか、その領域！　もの凄《すご》く妬けてくるのですけど！」

「え、ええ？　互いの話を適度にスルーする関係の、何が羨ましいんですか……」

「わ、私も雨野君と是非《ぜひ》そういう関係になりたいです！」

「カノジョの夢がおかしい」

「……亜玖璃さんには、負けませんからね、私」

「な、なんの勝負なんですかそれは……。……というか、なるべくならば、いつも普通《ふつう》に互いの会話を面白《おもしろ》がれる関係の方を目指すべきなのでは……」

どうも天道さんや上原君は、僕とアグリさんの関係を過剰《かじょう》に美化しすぎな気がする。互いの興味ない話をスルーする関係って、絶対理想的なものじゃないだろうに……。

会話が一段落し、僕は炭酸飲料を喉《のど》に流し込みながら窓の外を見やる。日が暮れ始めた街並みの中を、学生や主婦、それに会社帰りのサラリーマンといった様々な人達が行き交《か》っていた。

僕はしばらく眺《なが》めた後、ぽつりと核心《かくしん》を切り出してみる。

「……別に、天道さんがチアキやアグリさんの全部を超《こ》えようとする必要は、ないと思いますけどね」

「え？」

僕の言葉に、天道さんが顔を上げる。僕は頭を掻《か》きながら続けた。

「天道さんはいつもすぐ、チアキやアグリさんと僕のちょっと特殊《とくしゅ》な関係性に妬いてくれますけど。でも、僕にとって天道さんって……やっぱり、何をどうしたって『天道さん』なんですよね」

「……そ、それはつまり……私じゃ、チアキさんのようなゲーム友達や、アグリさんのような家族みたいな関係には、なれないと？」

悔《くや》しそうに俯《うつむ》く天道さん。僕はそんな彼女に「はい」と続ける。

「はい。だって僕にとって天道さんは、友達でも家族でもなくて――」

と、僕はそこで一拍《いっぱく》置くと。

照れ笑いとともに、その言葉を告げたのだった。

「――僕がこの世界で唯一《ゆいいつ》、激しく恋《こ》い焦《こ》がれている女性ですから」

「っ……！」

瞬間《しゅんかん》、バッと顔を上げて僕を見つめてくる天道さん。その碧《あお》く大きな瞳《ひとみ》は潤《うる》み、それでいて頬《ほお》は真っ赤に染まっていた。

僕もまた熱を帯び始めた自分の頬を掻きながら、続ける。

「そんな特別な女性相手に、僕は、普通の友達だったり、ただの家族みたいな付き合い方なんて、出来ませんよ」

「そ、そう、なんだ……。……あ、ぅ」

膝《ひざ》の上でぎゅっと拳《こぶし》を握《にぎ》り込み、真っ赤な顔を俯かせる天道さん。僕もまた胸がむず痒《がゆ》くて仕方ないものの……それでも言うべきことは言わないとと腹をくくり、更《さら》に続けさせて貰《もら》う。

「だからその……天道さんと僕は、他の関係性の上とかじゃなくて、これからもあくまで『天道さんと僕』でいられたら嬉《うれ》しいなって、思います。……それでこそ、最後には唯一無二の、他の人に真似《まね》出来ない関係性になっていくと思うんで」

「雨野君……」

感銘《かんめい》を受けた様子で天道さんが僕を見つめてくる。僕もまた彼女を見つめ返し、そしてなぜか隣《となり》でお仕事中のOLさんも「成長したなお前」と言わんばかりに無駄《むだ》に偉《えら》そうに頷《うなず》いていた。……一体どの立場なんだ、この女性は。

とにもかくにも、締《し》めにはもってこいの雰囲気《ふんいき》だ。

僕らは微笑《ほほえ》み合うと、このファミレス会を閉じるべく互《たが》いに飲み物を消費し——

「あれ、あまのっちじゃん」

——ようとしたところで、突然意外な人物に声をかけられた。

僕と天道さんが視線をずらすと、そこにあったのは——「いつもの」ファミレス会相手、アグリさんの姿だった。

彼女は僕らの知らない友達と思《おぼ》しきツレの女子達と一旦《いったん》別れると、一人僕らのテーブル脇《わき》にやってきて、ニコニコと声をかけてくる。

「なにしてんのさ、あまのっち。亜玖璃以外とファミレス来るなんて珍《めずら》しい。ってか、天道さんじゃん。おつかれー」

「お、お疲《つか》れ様です、亜玖璃さん」

ぺこりと頭を下げる天道さん。な、なんだか妙《みょう》な流れになってきた。嫌《いや》な予感がする。

僕はこの流れを断《た》ち切るべく、とっととこのギャルを追い払うことにした。

「えっと、亜玖璃さん。僕らはもう、今日はこの辺で帰るんで……」

「えー？　なにあまのっち、ノリ悪いなぁ。亜玖璃ともうちょっと喋《しゃべ》ってくれたってじゃん、いつもみたいに」

「い、いや、ほら……亜玖璃さんだって、他のお友達と来ているみたいですし」

「ん？　ああ、気にしなくていいよ。ここだけの話、完全に付き合いの会だからさ。あまのっちと話す方が断然楽しいし」

「え？　いえ、あの……」

無邪気《むじゃき》な彼女からの評価に、少し照れてしまう僕。と、天道さんから即座《そくざ》に突《つ》き刺《さ》さるような視線が飛んできてしまった。

僕は大きく咳払いして誤魔化《ごまか》す。

「ごほんごほん！　な、なんにせよ、僕と天道さんはもう帰るところですから」

「そうなの？　ってか、あまのっちと天道さんって、何してたの？」

「何してたって……交際相手とファミレス来て何かおかしいですか？」

「別におかしかないけど……なんだろ、ちょっと妬《や》けるかも」

「ふぇ？」

「いや、亜玖璃は別にあまのっちに気はないんだけどさ。マジでないんだけどさ。ってか、キモいとさえ思っているんだけどさ。ガチで生理的にありえないんだけどさ」

「前置きの攻撃《こうげき》力が高すぎる」

「それでも、なんか『ファミレスのあまのっち』に関しては独占契約《どくせんけいやく》していたつもりだったっていうか？　だからこう、なんか軽く浮気《うわき》された気分だよね、今、正直」

「なんですかその勝手な独占欲は……知りませんよ」

「じゃ、あまのっちは、亜玖璃と祐《たすく》がファミレスで駄弁《だべ》ってるの見たらどう思う？」

「…………。あ、あれ、なんだろう？　なんか地味に浮気された気分になる僕がいる!?」

「でしょう？　やー、傷ついたわー。亜玖璃、傷ついたわー。マジ裏切られたわー」

「く……」

「というわけで、慰謝料《いしゃりょう》としてクーポン頂戴《ちょうだい》あまのっち。クーポン。この前譲《ゆず》ったヤツ」

「え、イヤですよ。あれは今回使おうと思って……」

「よいしょと」

「あ、こら、僕の財布《さいふ》をカバンから勝手に持ってかないで下さいよ！　もう！」

「なにさ今更《いまさら》。あ、これこれ、もーらい。……あ、ついでにこの前貸したポイントカードも、回収しとくね」

「ああ、はい、それはどうぞ」

「ほーい。って、あれ？　あまのっち、この前財布に補充《ほじゅう》してあげたバンソーコーなくなってんじゃん。どした？　怪我《けが》した？」

「あ、はい、この前紙で指切っちゃって。それで……」

「もー、ドジだなぁ、あまのっちは。しゃーない……ほら、またバンソーコー一枚補充しといてあげたからね。次は気をつけるんだよ？」

「ありがとうございます、アグリさん。……ってか、アグリさん、今日はアグリさんの最近見てるドラマの再放送ある日では？　いいんですか、ファミレス来てて？」

「あ、忘れてた！　ど、どうしよう、あまのっち……」

「まったく……安心して下さい。こんなこともあろうかと、ちゃんとうちで録画しといてありますから。近々焼いて渡《わた》しますね」

「さっすがあまのっち！　あいしてる！」

言って、ぎゅむーっと自分のお腹《なか》部分に僕の顔を抱《だ》きしめてくるアグリさん。僕はそれを「はいはい」といなすと、最後に笑顔《えがお》で別れの挨拶《あいさつ》を告げる。

「そんなわけでアグリさん、僕らマジでそろそろ帰るんで」

「あ、はーい。えっと、じゃあね、あまのっち、天道さん。ばいばーい」

「はい、さようなら、アグリさん」

「……ええ。さようなら……亜玖璃さん……」

去って行く亜玖璃さん。……相変わらず台風みたいな人だな。

僕は一つ息を吐《は》くと、ソファから腰《こし》を浮《う》かしながら「さて」と天道さんに声をかける。

「それじゃ、僕らも帰りますか──」

「いやです」

「──はい？」

中途半端《ちゅうとはんぱ》な姿勢のまま止まる僕。……うん？　おかしいな？　今、なんか天道さんから拒絶《きょぜつ》の言葉が聞こえたような……。

い、いや、そんなはずないよね？　だって、さっきはあんなに良い締めの雰囲気で……。

そんな風に思い直しながら天道さんの様子を改めて窺《うかが》う。と、そこに居たのは──

「やっぱり私、貴方《あなた》の友達としても家族としてもトップがいいです！　きぃ！」

──顔を真っ赤にして、涙目《なみだめ》でプルプル震《ふる》える天道さんの姿だった！

突如《とつじょ》として翻《ひるがえ》された本日の結論に、激しく動揺《どうよう》する僕！

「え、ええ!?　ど、どうしたんですか急に！　その話はさっき、実に綺麗《きれい》に、そして感動的に纏《まと》まったハズでは……！」

「いいえ！　嫌です！　やっぱり嫌ったら嫌なんです！　私──天道花憐は、やはり何事もトップに立たなければ気が済みません！　オンリーワンより、ナンバーワンです！」

「突然《とつぜん》のガチ勢天道さん！　僕のぼっち感性と同じぐらい、そこブレないですね！」

「分かったら、ファミレス会を続けますよ雨野君！」

「え、なんで⁉　何を目的に⁉」

「そんなの勿論《もちろん》……お互いをよりよく知るためにです！　ではまず、この店にあるメニューの中から、雨野君の好きなものランキングトップテンを、私が全《すべ》て当てるところから始めましょう！」

「なんかテレ朝のゴールデン番組みたいな企画《きかく》が始まった！　い、いや、あの、今それ始めたらマジで一体いつ帰れるのか分からないんで……」

「あ、すいませーん、注文いいですか？」

「え、実際に食べるの⁉　ねぇ天道さん、それ全品食べきるとこまでテレビ番組のルールに則《のっと》るの？　なんで⁉　僕がただランキング発表するだけじゃダメですか⁉」

「ダメです。普段《ふだん》から公式ルールに慣れておかないと、大会出場時に困りますから」

「だからなにそのガチ勢感性！　いや天道さん、マジでもう帰りま——」

「——せん。いやったらいやです。……雨野君の中の全部で私が一番になるまで、絶対絶対、帰りませんからっ」

ぷっくーっと頬を膨《ふく》らませてそんな駄々《だだ》をこねる天道さん。テコでも動かなそうなその顔を見て、僕は諦《あきら》め、苦笑い交じりに着席する。

……まったく。

「(この人は……僕がどれだけ『そういう貴女《あなた》』をこそ愛《いと》おしく思っているのかなんて、どれだけ説明しても、分かってはくれないんだろうなぁ)」

どうやら、こと恋愛《れんあい》においてだけは、この自信の無さはお互い様のようだ。

「そもそも、雨野君はですねぇ――」

「……はいはい」

そうして、天道さんが文句を垂れ、隣のＯＬさんが口の中の甘ったるさを打ち消すように塩多めのポテトを頬張《ほおば》る中。

僕と天道さんのファミレス会は、もう少しだけ幸福に続いていくのだった。

ゲーマーズ!

GAMERS

DLC3

STAGE

10

平凡な日常を愛する平凡な主人公とやらには、イマイチ共感できたためしがない。

※よくぞここまでたどりついた。それでは、最後のクエストを始めよう。

【ゲーマーズとゲーマーズ！】

〈新作ゲーム出来ました〉

そんな「冷やし中華《ちゆうか》始めました」みたいなメッセージが親友から僕のスマホに届いたのは、七月初旬《しよじゆん》のある日の放課後のことだった。

ファミレスの硬《かた》いソファに背を預けつつ思わず嘆息《たんそく》交じりに目頭《めがしら》を揉《も》んでいると、向かいの席についていた友人——桜野亜玖璃《さくらのあぐり》が不思議そうに訊《たず》ねてきた。

「あれ？　どしたのさ、あまのっち。キミ、ほしのんの作るゲームの大ファンでしょ？　なのに、なんでそのリアクション？」

「いや、まぁ、そうなんですけどね。ただ素直《すなお》に喜べない理由は……『それ』ですよ」

僕は彼女——アグリさんが手に持ったスマホを指さす。なおも不思議そうにするアグリさんに、僕は説明を続けた。

「今のメッセージ、アグリさんにも一緒《いつしよ》に来たじゃないですか」

「うん。だってこれ、ちょっと前にゲーム同好会の皆《みな》で作ったグループへの送信だし。そりゃ亜玖璃にも来るでしょ」

「問題はそこですよ。これが僕個人へのメッセージだったら、僕だって彼女の……チアキの新作の完成を素直に喜ぶだけだったんですよ。だけど今回、あいつはわざわざグループの方に書いてきたんです。……これの意味するところは、ただ一つ」

「……あ」

そこでアグリさんもようやく気付いたらしい。彼女が「まさか……」と顔を青くしたところで、互《たが》いのスマホが再び同時に震えた。

二人、恐《おそ》る恐るメッセージを確認《かくにん》してみる。と、そこに表示されていたのは案の定――

〈つきましては、普段から親しくさせて頂いているゲーム同好会の皆様《みなさま》にこの新作を存分に楽しんで頂く企画――「のべ新作の夕べ（一泊《ぱく》二日予定）」を開催致《かいさいいた》したく存じます〉

――地獄《じごく》の誘《さそ》いだった。

『来たよ！』

アグリさんと二人、思わずファミレスのテーブルに倒《たお》れ込む。

「グループの方に来た時点で、そんなことだろうとは思ってたんですよ」

「ほしのんの新作会……たまーに同好会活動でやるけど、基本全部地獄の様相を呈《てい》するもんね」

「ですね」

「あんな放課後の二~三時間でさえアグリ達一般人は激しく精神消耗《しょうもう》させられるのに、合宿でプレイさせられた日には……！」

「どうなるか想像もしたくないですね」

テーブルから起き上がり、やれやれと肩《かた》を竦《すく》める僕。と、同様に起き上がったアグリさんが、今一度先程《さきほど》の疑問を投げかけてきた。

「でも、話戻《もど》すようでアレだけれどさ。プレイの強制とか合宿はさておき、それでも基本あまのっちは、ほしのんのゲーム好きなんだよね？」

「勿論、大好きですよ」

「なら、なんでキミまでそのテンションなわけ？　あまのっち個人から見たら『好きなゲームを友達と存分に遊べる機会』とも言えるじゃん」

「あー……それはちょっと複雑なところなんですよ。大好きだけど……いえ大好きだからこそ、逆に皆と一緒にやりたいわけじゃないというか……」

「どういうこと？」

「えーと……アグリさん、新刊発売を楽しみにしている漫画《まんが》シリーズとかあります？」

「あるよ？　毎巻悶《もだ》えるほどキュンと来る激エモのヤツ。やー、お互いに『あくまで友人』と言い張る少年少女の微妙《びみょう》な距離《きょり》感がグッと来るんだよねー」

「へぇ、面白《おもしろ》そうですね。僕も読んでみようかな」

「あ、だったら貸すよ！　絶対あまのっちも気に入ると思うなー」

「楽しみです……じゃ、なくて。その激エモの漫画、アグリさんは毎巻楽しみにしているわけですよね？」

「うん、そりゃもう」

「じゃあそれ、『最新巻は皆で読もうぜ！』となったら、どう思います？」

「…………」

「言葉で表現出来ない凄《すご》く複雑な表情ありがとうございます。それです、僕の気持ちも」

「良く分かったよ」

アグリさんはそう言うとコーラをストローで一口すすって続けてくる。

「要は、一人で楽しみたいんだね、あまのっちは」

「ですね。特にチアキの作品は、楽しみ方のジャンル的に『皆で』ってスタイルが概《おお》ね合わない傾向《けいこう》にあるので」

「あー、『分かる人にだけ分かる』の代表格だもんね、ほしのんのゲーム」

「はい。僕は確かに彼女の作品を他の誰《だれ》より楽しめますけれど、言ってもそれは『自分なりの用法用量を持って正しく摂取《せっしゅ》した場合』であるというか」

「分かる。亜玖璃の楽しみにしている漫画も、尊すぎて数ページに一回手を止めないと胃もたれしちゃいそうな時あるもん」

「なので、合宿形式とかっていうのは、僕的にもそう喜べることではなく……」

「なるほどね」

ようやく納得《なっとく》の表情を見せるアグリさん。僕はアイスコーヒーの入ったグラスを手に取ると、残り少ないそれを一気に喉《のど》へ流し込んだ。溶《と》け残ったガムシロが甘ったるい。

「まぁ、でも千秋《ちあき》が『皆とやりたい』と言うなら、僕はそれに従うんですけどね」

「お、流石《さすが》は親友。相変わらずほしのんには凄く甘いねぇ、あまのっち」

「そうですかね？」

「そうだよ。昔の天敵時代はなんだったのかってぐらい。最近じゃ下手するとカノジョたる天道《てんどう》さんより、ほしのんのこと甘やかしているよね、あまのっちって」

「そうですかね？　まぁ、尊敬するクリエイターで、なおかつ趣味《しゅみ》も合う友人となれば、大事にする以外の選択肢《せんたくし》はないというか、自然とそうなるというか……」

「だよね。最近じゃすっかり、親友、親友ってさ」

「？　あれ？　なんかアグリさん、怒《おこ》ってます？」

「？　亜玖璃が？　なんで？」

そう返してくる亜玖璃さんはとぼけている風でもなく、心の底から不思議そうだ。そうなると、僕も追及《ついきゅう》する理由がない。

「いえ、なんでもないです」

僕がそう引き下がり、亜玖璃さんは「そう」と受け入れる。

……なんとなく二人、同時にスマホに目を落とす。と、それを見計らったかのような夕イミングで、二人に新たなメッセージが届いた。

〈ちなみにちなみに開催場所ですが、環境《かんきょう》のことを考慮《こうりょ》しました結果……〉

そこで一旦《いったん》文が区切られる。続きを待つ間、僕はアグリさんと軽く検討してみる。

「機材が充実《じゅうじつ》している場所で言うなら……ゲーム部部室とかでしょうか？」

「いや学校の部室で夜通しゲームとか、許可は下りないでしょ。いーすぽーつ？　とかいうものに向けた練習でさえないんだし。普通《ふつう》にほしのんの家とかじゃないの？」

「うーん、ご家族のいる家で僕らがうるさく夜通し遊ぶってのもちょっと……」

「でもそれ言ったら、夜通し遊べる環境なんてあんまなくない？　家族のこと考慮しなくていいとなると、一人暮らしの誰かの部屋とかになるわけだけど……」

「それもただの一人暮らしでも駄目《だめ》ですよ。ゲーム機材が充実していたり、隣室《りんしつ》の方が騒《そう》音《おん》を許してくれる方だったりとか、そういう諸々《もろもろ》の条件が……」

そこまで言ったところで、なんとなくモヤモヤと僕の頭に何かが浮《う》かび始めていた。

亜玖璃さんもそうだったらしく、二人、腕《うで》を組んで考え込み始める。

そうして、数十秒が経過したところだった。

『あ』

二人同時に何かに思い当たったその瞬間《しゅんかん》、スマホに千秋からのメッセージが入る。

そこに記されていたのは……まさに今、僕らの頭に浮かんだもの、そのものだった。

〈——開催会場は、「霧夜歩《きりやあゆむ》さん宅」を予定しております〉

『なるほど』

僕らが納得すると同時に、チアキから追加のメッセージが届く。

〈まぁ、許可はこれから取るんですけどね。でもでも、自分やケータの一連の実況《じつきょう》関連のネタを持ち出せば、断られることはないでしょう〉

——というわけで。

この合宿企画《きかく》最大の被害者《ひがいしゃ》が、今、本人の全く与《あずか》り知らないところで、発生しようとしていたのだった。

＊

「ふぅ、生き返る……」

かくして合宿当日。僕は激しい陽射《ひざ》しとアスファルトの照り返しから逃《のが》れるように飛び込んだ目的地近くのコンビニで、一時の涼《りょう》を取っていた。

汗《あせ》を拭《ぬぐ》いながらドリンクコーナーを物色していると、ポケットの中のスマホが震《ふる》える。確認してみると、グループのチャットに天道さんからのメッセージが届いていた。

〈すいません、バスを一本逃しまして少し到着《とうちゃく》が遅《おく》れそうです。皆さん、どうぞ先に会場入りなさっておいて下さい〉

「天道さんが遅れるなんて、珍《めずら》しい」

僕は少し意外に思いながら、すぐに〈大丈夫《だいじょうぶ》ですよ。焦《あせ》らずゆっくりどうぞー〉などと打ち込む。と、そうこうしているうちに更《さら》に他のメッセージが連続で書き込まれた。

〈ごめん、亜玖璃もちょっち遅れそう〉

〈自分もです〉

〈俺も〉

「な、なんだなんだ」

なんか僕以外の全員が急に「遅れる」とか言い出した。天道さんは勿論《もちろん》だけども、皆、基本こういう部分では意外ときっちりしているタイプのため、違和《いわ》感が凄い。とてもじゃないけど、偶然《ぐうぜん》とは思えな――。…………。

「ああ……そういうことか。まったく……」

皆《みな》の意図に気付いてしまった僕はなんと返信したものか迷い、とりあえず飲み物だけ買ってコンビニを出る。そうして、炎天下《えんてんか》を目的地――霧夜さんの家へと向けて歩き出す。

「……皆と一緒《いっしょ》に再訪することでさえ、少しだけ躊躇《ためら》いがあったぐらいなのに……」

実は数ヶ月前、僕は霧夜さんの家を出禁になっている。……いや、別に凄い粗相《そそう》を働いたとかそういうわけじゃなく。単純に「女性の一人暮らしの部屋に、彼女持ちの男性が単独で上がりこむ」という状況《じょうきょう》に、けじめをつけるカタチだったというか。

で、その際の言い回しが、僕が二度と霧夜さん宅に足を踏《ふ》み入れることはない……という感じだったから、この合宿企画が持ち上がった当初も、僕と霧夜さんは若干渋《じゃっかんしぶ》った。あの誓《ちか》いを簡単に破ってしまうのは如何《いかが》なものかと。

ただ、そこで天道さんが、

「その誓いって、そもそも私への義理立てのためにやっていることでしたよね？　しかしその私が霧夜さん宅での合宿開催に同意した以上、貴方《あなた》達のワガママでそれをひっくり返すのは、むしろ道義に反するのでは？」

という相変わらずの鋭《するど》い正論を振《ふ》りかざし、僕と霧夜さんはぐぅの音《ね》も出なかったため、晴れて開催に至った経緯《けいい》がある。

だから、僕が「皆と」霧夜さん宅に足を踏み入れることまでは、納得済みだったのだ。それが蓋《ふた》を開けてみれば……これだ。皆が足並みを揃《そろ》えて遅刻《ちこく》し、結果、僕が先んじて一人で霧夜さん宅に上がる状況を作られてしまった。

「……変な気遣《きづか》いされちゃったなぁ……」

戸惑《とまど》いが半分、感謝が半分の、妙《みょう》な気持ちだった。実際、確かに僕と霧夜さんの「実況生活」ラストは、少々苦いテイストで終わってしまっている。だからこそ、皆は僕と霧夜さんに改めて猶予《ゆうよ》時間を与《あた》えてくれるべく、こういう配慮《はいりょ》をしてくれたのだろう。その気遣いと、そして信頼《しんらい》は本当にありがたいと思う。

けれど一方で、僕としてはやはりこの男女意識のハッキリした状態において、単独で部屋に上がり込むことへの抵抗《ていこう》感がどうしても……。

…………。

「いや、でも、そうか。天道さんの理屈《りくつ》で言ったら、未《いま》だに霧夜さん相手にこういう変な緊張《きんちょう》感を抱《いだ》いていること自体が、不誠実とも言えるのか……。……うーん……」

答えは出ない。が、迷っていても仕方ない。分かっていることはただ一つ。

「ま、僕の臆病《おくびょう》さで皆のお膳立《ぜんだ》てを台無しにすることだけは、絶対ナシだよな」

決意を新たにした僕は、力強い足取りで踏み出す。そうして数分後、霧夜さんの部屋の前に到着すると……一つ深呼吸してから、インターホンを押した。

待つ事数秒、ガチャリと廊下《ろうか》に解錠《かいじょう》音が響《ひび》き渡《わた》り、家主が姿を現す。

「…………」

彼……いや彼女はドアから半身を出すと、少し沈黙《ちんもく》し。そして、ぎこちない……だけどとても柔《やわ》らかな笑《え》みを、僕に向けてきた。

「……よく来たな、ジライヤ」

その言葉に。僕もまた少しだけ泣きそうになるのを堪《こら》えて、笑顔で、応じる。

「お久しぶりです、とらばさみさん」

＊

「わー、霧夜さんの部屋だぁ。凄くなつか……。……………。……いや、なんか、思ったほど感慨《かんがい》はないかも。言ってもまだ数ヶ月だし、変化もローテーブルから炬燵布団《こたつぶとん》が消えたぐらいでとても地味というか……」

「なんだその張り合いのないリアクションは」

荷物を下ろしながら雑な感想を述べる僕に、呆《あき》れる霧夜さん。

彼女は廊下兼《ろうかけん》キッチンの方に留《とど》まり、冷蔵庫を開いた。

「おい景太《けいた》、何か飲み物いるか？」

「あ、いえ、今そこでスポドリ買ってきたのでお構いなく――」

そう自然に返しかけたところで僕は一度言葉を止め、改めて要望を口にした。

「――と、すいませんがやっぱり、缶《かん》コーヒー、貰《もら》ってもいいですか？」

「ああ。ほらよ」

僕の回答を予測していたのか、すぐに冷えた缶コーヒーを放《ほう》ってくれる霧夜さん。僕はそれを受け取ると笑顔で礼を告げ、手の中の缶コーヒーを眺《なが》めた。

「……この部屋と言えば、これですよね……」

「ああ。……さて」

霧夜さんが自分の缶コーヒーを持って居間に戻《もど》りつつ、切り出してくる。

「なんか変な気遣いされたはいいけど、実際あいつら来るまで二人で何するよ？」

「そうですね……遅れると言っても、精々《せいぜい》三十分とか長くて一時間でしょうから、そんなに二人でガッツリ何か始める感じでもないですよね」

「折角だし、浮気《うわき》でもしとくか？」

「うん、『天道さんの想定を裏切る』という意味では若干魅力《みりょく》的なご提案かもですね」

「なんだそりゃ。お前、なんかあいつに対してだけは妙にドSなとこあるよな」

「はい、そこは自分でも少しびっくりです。この年にしてようやく、小学生男子の『好きな子をいじめたくなる』気持ちがほんのり理解出来はじめているというか……」

「ま、浮気の理由が浮気そのものより天道のリアクション主体なあたりが、お前らしいよ」

「え、だって天道さんの一喜《いっき》一憂《いちゆう》見ること以上に楽しいことなんて、ないでしょう？」

「……一見薄《うす》いようで、実際は凄《すさ》まじく濃《こ》いのな、お前の愛」

「？　そうですかね？」

「ああ」

　そんな毒にも薬にもならないやりとりの後、霧夜さんが改めて切り出してくる。

「冗談《じょうだん》はさておき、マジでなにするよ。リクエストあれば可能な範囲《はんい》で聞くけど」

「そうですね。……あ、じゃあ、お言葉に甘えて。単発の動画収録とか出来ますか？」

「は？」

意外そうに目を見開く霧夜さん。僕は少し照れ交じりに続けた。

「いえ、なんか『ジライヤ』こと僕の出演動画って、特に視聴者《しちょうしゃ》さんへの別れの挨拶《あいさつ》とかもなく終わってるじゃないですか」

「あー、言われてみればそうだな」

「状況が特殊《とくしゅ》だったんで仕方ないんですが、あれから自分で見た時にちょっと不義理かなと感じたので、なんか軽く挨拶して締《し》められると嬉《うれ》しいかなって」

「なるほど。じゃあここでやるべきゲームは当然……」

「ええ」

僕と霧夜さんはそこで、いたずらっ子のように微笑《ほほえ》み合いながら、言葉を揃えた。

『《ヘルブラッド》一択《たく》で』

＊

三十分後。

「……いやはや、マジかよお前」

「なんですか」

「いや……動画シリーズの最終回で、初回より大幅《おおはば》に退化したプレイを見せつけた実況者なんてオレ、ジライヤの他《ほか》に知らないんだけど」

「う、うるさいですねぇ」

単発動画の収録が終わったところで、霧夜さんは機材やコーヒーの空《あ》き缶を片しながら、呆れた様子で僕を見下ろしてきた。

僕はテーブル前に座ったまま、彼女の目を睨《にら》み返して応じる。

「い、いつも言ってるでしょ？　僕は主人公気質じゃないんです。三角《みすみ》君みたいにゲームの腕前《うでまえ》が右肩上《みぎかた》がりに成長とか、しないんですよ」

「いや主人公とかじゃなく一般人《いっぱんじん》でも、経験積めば腕前が『普通《ふつう》には』上昇《じょうしょう》するだろ。お前はなんで前出来てたことが出来なくなるんだよ」

「それは……動画中にも言いましたけど、隠《かく》し撮《ど》りされていた前回と違《ちが》って、今回は録画されていることを意識してしまった結果、操作がおぼつかなかったというか……」

「まぁ、その分面白《おもしろ》動画の取れ高は高かったからいいけどな。玄人《くろうと》でも苦戦するボスの猛《もう》攻《こう》を全《すべ》てかいくぐる神プレイの直後に、マップの端《はし》から足を滑《すべ》らせて落下死するあのくだりとか、最高だったし」

「うぅ……！」

「ま、そういう意味じゃ最後までジライヤらしくて、いい実況動画《じつきよう》だったと思うぜ」

「……とらばさみさんがそう言ってくれるなら、まあ、いいですけど」

「ああ。……これでオレ達の『実況生活』に思い残すことは、もうないな」

「……はい」

少し躊躇いがちに答える僕。霧夜さんは空き缶を流し台に持っていき、濯《ゆす》ぎ始める。

彼女は空き缶を洗い終えると、ハンドタオルで手を拭《ふ》きながら切り出してきた。

「……正直さ。未だにふと、後悔《こうかい》することはあるんだよ……お前を二度とこの部屋に入れないとか、宣言しちゃったこと」

「霧夜さん……」

僕も、本当は少しだけ寂《さび》しいです。――そんな本音が喉元《のどもと》まで出かけたものの、しかし、僕はそれをぐっと堪える。なぜか、それを言ってしまってはいけない気がした。

霧夜さんが続ける。

「でも、それ以上に『良かった』と感じることも多いんだ。……今、この時みたいに」

「ですね」

「ま、他人から見たら、なにより『ゲームが楽しい生活』を取るなんて、歪《いびつ》なように見えるかも知れないけどな」

「そうですね。でも、誰《だれ》に理解されなくても。僕らには僕らの、大切なことって、ありますから」

「ああ。その通りだ。だから……これからも『ゲーム友達』としてよろしくな、ジライヤ
――いや、雨野《あまの》景太」

「はい……霧夜歩さん」

「ふふっ」

そこで、キッチンにいた霧夜さんが笑ってこちらを振り返る。夕焼けの中、以前より少し伸《の》びた髪《かみ》が揺《ゆ》れるその姿は、もう同性などと見間違えようがない程に美しく……

「……うん、やっぱり僕、この部屋に一人で足を踏《ふ》み入れるのやめて、大正解でした」

「？　なんだ？　どういう意味の話だそれは？」

「あ、い、いえ、なんでもないです」

「んだよ、気になるだろ」

霧夜さんが少し怒《おこ》った様子でこちらに歩いてくる。僕は慌《あわ》てて立ち上がり、「いやいや、なんでもないんです、本当に！」と弁明してみるものの、霧夜さんは納得してくれない。

「確かにお前を単独でこの部屋に上げない決断は正解だったと思うけど……そう全力で大

正解とか言われちゃうと、オレも流石《さすが》に傷つくぞ？」

「ああ、いえ、ですから、悪い意味で言ったわけではなくてですね……！」

言いながら、彼女の追及《ついきゅう》を逃《のが》れるように動き回る僕。がそこは言っても一人暮らしの部屋。最終的には玄関《げんかん》前の廊下に追い詰《つ》められてしまった。

「だから、マジでどういう意味なんだよそれ。この際だ景太、実況も締めたことだし、まだオレに伝えられていない感情があるんだったら、今ここで吐《は》き出しちまえよ」

「い、いやいや、それを吐き出したらいよいよもってマズいといいますか……！」

「はぁ？」

と、そこで突如《とつじょ》室内にチャイムの音が鳴り響いた。玄関が軽くノックされる。

『霧夜さん、いらっしゃいますか？　天道ですけど……』

「て、天道さん！　助かった！」

「あ、こらずるいぞ景太！　話はまだ……！」

僕が玄関の鍵《かぎ》を解錠しようとすると、霧夜さんが慌ててそれを阻止《そし》しようと踏み出してくる。が、その刹那《せつな》——

「あ」

「え？」

霧夜さんが先程使用していたハンドタオルが廊下兼キッチンのタオル掛《か》けからするりと滑り落ちると、あろうことか彼女の足の下に入り込み、結果――

「ちょっ」

――何処か既視《きし》感のある動きで僕の方へと倒《たお》れ込んでくると、僕を思いっきり押し倒すようなカタチで倒れ込む。

服がよれ、激しいやりとりで頬《ほお》が紅潮した状態で、僕にまたがる霧夜さん。……うん、なんだろう、相変わらずの凄まじい既視感とそしてこの後の展開に対する……殆《ほとん》ど予知に近い予感。

〈キィ……〉

頭上でドアの開閉音がする。うん……この後のことはもう、視認《しにん》しなくても分かる。

諦《あきら》めたように目を瞑《つぶ》る僕。と、直後上方から……案の定、非常に覚えのある冷たい声がかけられたのだった。

「確かにお膳立《ぜんだ》てはしましたが……流石にそれはアウトですよ、霧夜さん、雨野君」

『……ごめんなさい』

〈雨野景太の交際相手が今一度霧夜歩のアパートに踏み込むまで――あとゼロ秒〉

＊

結局天道さんの怒《いか》りはと言えば、意外とそこまでは尾《お》を引かなかった。曰《いわ》く、「凄《すご》く雨野君らしいですし」とのこと。……正直、ラッキースケベ体質のラブコメ主人公呼ばわりされる謂《いわ》れはないと思うんだけどなぁ。ま、まぁ、たまにキズナダンジョンの一件みたいなドえらいことをやらかす時もあるので、反論は出来ないけど。

更《さら》に天道さんの到着《とうちゃく》から程なくして他の参加メンバーが、まるで示し合わせたみたいに続々と到着し始めことで、押し倒しの一件は流れの中で有耶無耶《うやむや》になっていった。

そうして例の珍事《ちんじ》から三十分後。現在の霧夜宅には、総勢七人の男女がぎゅうぎゅうに押し込まれていた。

家主の霧夜さんに、僕、天道さん、上原《うえはら》君、アグリさん、チアキに、そしてなぜか「ついでに」と巻き込まれた憐《あわ》れな隣室《りんしつ》の住人、彩家《さいけ》碧《あお》さん。

流石にほんのり息苦しさは覚える人口密度だ。特に僕やチアキみたいな元ぼっち勢は他人との距離《きょり》感に敏感《びんかん》なのもあり、なんとも落ち着かない感じだった。

最初こそ、それぞれがそれぞれに他者と一定の距離を保つような配置に落ち着いてみたものの、すぐに「むしろ逆に窮屈《きゅうくつ》」という結論に至る僕ら。

と、そこで彩家さんが、こんな提案を口にしてきた。

「では『距離感が近くても構わない同士』でくっついて座る、というのは如何《いかが》でしょう？」

『………』

「せんせぇー、ぼっち二人組が、今の指示のそこはかとない『仲良し同士で組め』感に青ざめていまーす」

僕とチアキの顔色の変化に気付いたアグリさんが挙手して指摘《してき》する。と、彩家さんは少し慌てた様子でフォローを入れてきた。

「ち、違うのですよ。わたくしが言いたいのは、仲良しがどうこうではなくて……」

「なくて？」

僕の相槌《あいづち》に、碧さんは続ける。

「ほら、たとえば恋人《こいびと》同士で密着して座ればいいのではないでしょうか！　雨野君と天道さん、祐《たすく》君と亜玖璃さん、わたくしと歩さんみたいな……！」

うん、しれっと自分と霧夜さんをカップリングした件はさておき、この発言の最大の問題点は……

「せんせぇー、今度はほしのんが、単体で超涙目《ちょうなみだめ》で震《ふる》えてまーす！」

「ああっ！　ち、違うのです、違うのですって、星ノ守《ほしのもり》さん！　わたくしは善意で……！」

「あ、どうもどうも、『リア充《じゅう》ゲーム同好会の余り者』こと、星ノ守千秋です」

「やめて下さい星ノ守さん！　そんな悲しい自虐《じぎゃく》ネタなさらないで！　謝りますから！　わたくしが、謝りますからぁ！」

なんかもう、いたたまれなさが凄かった。そこ指摘されると、実際その「リア充側」たる僕らもしんどい。

色々察した霧夜さんが、咳払《せきばら》いして話を仕切り直してくる。

「でも、碧の発想自体はそう悪くないと思うぞ？　恋人同士で組むかはさておき、『こいつとは多少距離が近くても問題ない』って面子《メンツ》間では距離を詰めて貰《もら》えれば、確かに部屋の総合快適度は上がるわけだし」

その言葉に、僕も同意する。

「ですね。じゃあ……まあ僕のトラウマは多少刺激《しげき》しますけど、実際さっきの『距離感が近くても構わない同士』でなんとなく詰めてみますか」

アグリさんが了承《りょうしょう》し、続いて皆《みな》も頷《うなず》く。そうして、各々《おのおの》移動を開始して……一分後。

「おっけー」

そこには……予想だにしなかった光景が現れた。

「うん……なんか僕、超息苦しいんですけど、なにこれ」

僕こと雨野景太に、彩家さんを除くメンバーが全員がぴったりくっつく状況《じょうきょう》が出来てしまったのだ。僕の胸に頭を預けたアグリさんが、下からこちらを仰《あお》ぎみながらニヤニヤと茶化してくる。

「やったじゃん、あまのっち、モテモテじゃーん」

「いや、なんか僕の思う『モテモテ』の絵面《えづら》と微妙《びみょう》に違《ちが》うんですが。押しくらまんじゅうでいじめられている人、にしか思えないんですが」

そうぼやく僕の右腕《みぎうで》にぎゅうと絡《から》みつきながら、天道さんが呟《つぶや》く。

「これは盲点《もうてん》でした。この人間関係はそもそも雨野君を中心に出来上がったもの。友情であれ愛情であれ、とりあえず雨野君には皆ひっついてしまいますよね」

「ですです」

左腕にひっつきながらチアキが頷く。うん……まぁチアキは大の親友だからその距離感自体は間違ってないんだけど、なんかこう、右にくっついている天道さんに比しても更に柔《やわ》らかく大きいモノが強調されていて、どうにも落ち着かな――

「雨野君」

「痛い痛い。天道さん、なんか右腕痛い。血圧検査以上の圧迫感《あっぱく》が凄い。なにこれ」

「あらあら、それはそれは、柔らかさが足りずに申し訳ありませんねぇ」

にこにこと謝罪してくる彼女さん。……怖《こわ》い。モテモテぶりに浮《う》かれる暇《ひま》もない。

と、そこで僕の背中の一部に密着していた上原君と霧夜さんが離《はな》れる。

「さて、実際どうしたもんスかね、霧夜さん」

「そうだなぁ。こうなったら、最初の碧の恋人提案に近い配置でいいんじゃないか？　星ノ守に関しては、お望み通り天道と対角側の、景太の隣《となり》に陣取《じんど》って貰って」

「やっぱそんなところっスかね」

というわけで、最終的には無難な配置に落ち着く僕ら。テーブルを挟《はさ》んでテレビの真正面の床《ゆか》に僕、その両隣に天道さんと千秋が座り。右手の天道さんの後方に置かれたソファにアグリさんと上原君が。左手のキッチン側に、デスクチェア二脚《きゃく》を並べて霧夜さんと彩家さんが着席した。ちなみにデスクチェアの一つは彩家さんの部屋のものだ。

そうしてみると確かに意外と七人いても狭苦《せまくる》しさはあまり感じなかった。……まぁ……。

「……チアキ、なんかいつも以上に近くない？」

「いえいえ、これは狭《せま》いので仕方なくですよ。ケータ、そういう自意識過剰《かじょう》なのは……」

「う、ごめんなさい」

「分かればよろしいです。うんうん」

「…………」

僕の左肩《ひだりかた》にチアキの右肩ががっつりくっついている。そして左隣のチアキが僕にくっつけばくっつく程《ほど》、右隣から噴《ふ》き出すドス黒いオーラが増量していくわけで。

と、後方からケラケラと楽しげなギャルの笑い声が響《ひび》いてくる。

「あまのっち、モテモテじゃーん」

「黙《だま》れ。その『モテモテじゃーん』気に入るのやめて下さい」

「モテモテじゃーん」

「く……！」

なんか今日は僕への攻撃《こうげき》レートが高いなあのギャル。なんか彼女の気に障《さわ》ることでも最近したっけな、僕。全然思い出せないけど。

なんにせよそれぞれ席配置につき、各々自由に持ち寄った飲食物をつまみ始めたところで、家主が切り出してきた。

「さて、いい加減そろそろ始めようか、星ノ守の新作」

言いながら、パソコンの画面をテレビに出力する霧夜さん。ついでに僕に「ほらよ」とコントローラーを放《ほう》ってくる。慌《あわ》てて受け取りつつキョトンとしていると、霧夜さんは説明してきた。

「いや、今日のためにオレは星ノ守から事前にゲームデータ共有して貰ってたんだけど、軽く確認してみた限り、どうも一人用みたいでな。だよな、シアナ……じゃなく、星ノ守」

「ですです。あ、呼び方はシアナでも別にいいですよ」

「サンキュ。ともあれ、まぁ……普通《ふつう》に考えてプレイすべきはお前だろ、景太」

その言葉に、周囲の皆も頷く。僕は少し照れ臭《くさ》かったものの、「そういうことなら」とコントローラーを構えた。

「スタートボタンでタイトル画面出るようになってる」

霧夜さんに言われ、早速《さっそく》スタートボタンを押し込む僕。と、次の瞬間《しゅんかん》表示されたのは、このゲームのタイトル画面だった。その名も……

「……ゲーマーズ？」

それを見て、僕は思わず首を傾《かし》げる。というのも……

「チアキ？　このタイトルって、以前にも……」

「あ、ですです。覚えてくれていましたか、ケータ。嬉《うれ》しいです」

僕らのやりとりを訊《き》いて、ついて来られていない様子の天道さんが「どういうこと？」と訊《たず》ねてくる。僕は彼女の方を向いて説明した。

「いえ、このタイトルは以前……そうですね。約一年前ぐらいに、《のべ》さんが自分のHPで公開したゲームタイトルでして」

「へぇ、そうだったの。それ、雨野君はプレイしたことあるのよね？」

「勿論《もちろん》です。内容としては、二時間程度で終わる短編アドベンチャーでして。しかもその登場人物も、今にして思えば僕らをモデルにしたような……」

「この前チアキさんが作った、私への悪意だらけの恋愛《れんあい》アドベンチャーみたいな？」

「いやあそこまで露骨《ろこつ》な何かではなく、あくまでふんわりとしたテーマというか。ただ、もしこのゲームがその《ゲーマーズ》なら、僕は既《すで》にクリア済みなわけで……」

僕がそう不安を告げると、チアキが「いえいえ！」と否定してきた。

「大丈夫《だいじょうぶ》ですよ、ケータ。ほら、タイトル画面をよく見て下さい」

「え？」

言われて、改めて画面を見てみる。とそこで……僕はあることに気がついた。

「なんか……もしかして、感嘆符《かんたんふ》が追加されてる？」

そこに表示されていたのは《ゲーマーズ》ではなく《ゲーマーズ！》だった。

チアキが誇《ほこ》らしげに胸を張る。

「ふふん、前とは違うのですよ、前とは」

「いや……大差ないと思うけど。つまり、続編ってこと？」

「いえいえ、そういうわけでもないです。ざっくりとしたモチーフは同じですが内容は全然違って……要は『精神的続編』みたいな感じですね」

「そうなんだ。じゃあ、無印版プレイヤーの僕でも問題なく楽しめそうだね」

「ですです」

その作者による太鼓判《たいこばん》に安心し、僕は早速ゲームをスタートさせてみた。タイトル画面が消え、黒背景にテキストが表示され始める。

　平凡《へいぼん》な日常を愛する平凡な主人公とやらには、イマイチ共感できたためしがない。

そんな一文から始まるゲーム。どうやらこのゲームは、チアキにしては珍《めずら》しく徹頭徹尾《てっとうてつび》テキストアドベンチャーのようだった。ノベルゲーム制作ツールを使用しているのか背景やSE、演出その他も実にきっちりしており、ちゃんとノベルゲームになっていた。

そうして少し読み進めたところで……この語り部の名前が「雨野景太」であることが判明した。そこで、天道さんが少し呆《あき》れた様子でチアキを睨《にら》み付けた。

「これ、また私達をモデルにした変な内容のゲームじゃないでしょうね？」

「い、いえいえ、今回は真面目《まじめ》に作りましたので、はい」

「前回はやっぱり真面目じゃなかったんじゃないの」

「あ、あはは……ま、まあ、とにかく進めてみて下さい」

「いいけど……」

僕らはそのままテキストを読み進めていく。その内容は……ぶっちゃけた話、去年の五月頃《ごろ》からの僕の物語をそのままリアルに書き起こしたみたいなものだった。もはや殆《ほと》んど日記を朗読させられているのと変わらない。

基本的には天道さんと出会ったあたりの時系列から、僕の身に起こったことが、僕の視点でテンポ良く語られていく。時折は、挿絵《さしえ》みたいに実際の写真なんかも挟まれた。そういう意味では、日記と言うよりアルバムに近いのかもしれない。主要な場面場面に、当時の思い出が一言添《そ》えてあるような感じだ。

「あまのっちの絵日記みたいだね」

とはアグリさんの評論だ。実際その通りで、普通のゲームとしては完全に「ナシ」だが、ことこのメンバーで遊ぶならば抜群《ばつぐん》に楽しめる内容ではあった。まぁ……

「僕のいたたまれなさは、凄《すご》いですけどね。チアキ、なんで僕視点固定なのさ、これ」

「え、だってケータって、キャラ薄《うす》くてこの手のゲームの主人公に最適じゃないですか」

「酷《ひど》いこと言われた気がする」

「あとあと、モテモテかはさておき、ここに集まった人達全員に一番満遍《まんべん》なく絡んでいるのは実際ケータですしね。自分の書きやすさも含《ふく》め、ケータ視点がベストです」

「そうなの？　まあ……確かにチアキは僕視点得意そうだけどさ」

実際、このゲームの僕のモノローグのクオリティは凄《すさ》まじく高かった。文章力がどうとかじゃなく、僕の「僕度」が異常なのだ。作中で描《えが》かれているイベント当時、僕はマジで一字一句違《たが》わずそんな心境だった気がする……とか思ってしまう程に。流石《さすが》はドッペルゲンガーの手がけるテキストである。

そしてそんな「僕度」満点のテキストで語られるここ一年の思い出は、この場の面子《メンツ》にもえらく好評のようだった。僕が「僕っぽさ」に感心する一方で、天道さんや上原君、アグリさんなんかは「雨野景太から見たこの一年」が懐《なつ》かしくも新鮮《しんせん》なようであり。

また霧夜さんや彩家さんからすると、僕の高校生活が動き出した頃《ころ》の話や、天道さんやゲーム同好会とのガッツリしたなれ初《そ》め話は本当に興味深かったらしく、しきりに「なるほどなぁ」やら「これで納得《なっとく》です」やら呟いては食い入るように画面を見つめていた。

で、参加メンバーがそうやって楽しそうにしている以上は、僕の「恥《は》ずかしさ」だけを理由にゲームをやめるわけにはいかない。実際僕も、楽しくなくは、ないわけで。

そんなわけで、適宜《てきぎ》思い出話に沢山《たくさん》花を咲《さ》かせつつも、ゆっくりゲームを進行させていくこと、実に三時間。

場面は遂《つい》に、僕の人生の大きな転機——天道さんに間違って告白してしまう例の場面にまで辿《たど》り着いた。

流石に今まで以上の照れくささがこみ上げてくる僕や天道さんとは対照《たいしょう》的に、「待ってました」と盛り上がり始める霧夜さんや彩家さん。特になぜか、彩家さんが身を乗り出して画面を見つめ始める。

「やー、雨野君から話には聞いていましたが、改めてキッチリ見たかったのですよねぇ、この場面。わくわくが止まりませんね！」

……そういやこの人、なんか他人のラブコメ好きだったな。自分の失態がエンタメ扱《あつか》いされるのは複雑なものの、まぁ、楽しんで貰《もら》えているならそれはそれでいいか。

僕は皆《みな》が見つめる中、ボタンを押下《おうか》してテキストを進めていく。そうして、いよいよ一世一代の告白が迫《せま》ってきた場面で——突如《とつじょ》、意外なものが表示された。

「え？　こ、これは、まさか……」

それは、この「現実を辿る」のみのテキストアドベンチャーにおいて、今の今まで表示されなかったどころか……存在するとさえ思っていなかったもの。

つまりは――

「選択《せんたく》……肢《し》？」

――まさかの、分岐《ぶんき》要素だった。周囲が俄《にわか》にざわつき始める。

「お、おいおい、なんだよこれ。なんか……天道を筆頭に、星ノ守やら亜玖璃は勿論、なんかニーナさんの名前が表示されてるぞ？」

上原君の言葉に、霧夜さんが唾《つば》を飲み込んで応《こた》える。

「ま、まさか……これは、ヒロイン分岐？　シアナ、これは一体……」

霧夜さんの問いかけに。チアキは「ふふ……」と妖《あや》しい笑《え》みを漏《も》らしたかと思うと……

次の瞬間、画面から室内を振《ふ》り返って宣言してきた。

「去年あの場面に居合わせた方なら、誰《だれ》しも一度は考えてみたことがあるのでは？　もしケータの告白間違《まちが》いが……天道さん以外との間に起こっていたらと！」

「千秋さん、貴女《あなた》また妙《みょう》なことを……！」

「いえいえ、早とちりなさらないで下さい花憐《かれん》さん！　これは、前回の恋愛シミュレーシヨンゲームとは違いますよ！　今回は自分、創作どうこうじゃなく、本気で並行世界を覗《のぞ》くつもりで執筆《しっぴつ》に臨《のぞ》みましたので！」

「ど、どういうことかしら」

「つまりは『他の可能性』をリアルに突《つ》き詰《つ》めて突き詰めて、結果熱を出して寝込《ねこ》んで、心春《このは》に看病されつつ更《さら》に寝込んで、そんな折にベッドの中で見た夢を、内容の吟味《ぎんみ》もせずに、そのままねぼけ眼《まなこ》でゲームに落とし込んでみたのです！」

「うん、前半の説明で騙《だま》されそうになったけれど、最後普通に夢って言いましたね貴女」

「ただの夢ではありません！　熱を出して見たリアルな夢でしたので、きっとこれはガチの並行世界です！　あの時、自分のリーディングシュタイナーが発動したのです！」

「だとしたら、もっと危機的な他の場面で発動させて欲しかったのですけれど」

「と、とにかく、ケータ！　ヒロインを選択してみて下さい！」

「え？　あ、うん、まぁそういうことなら……」

改めて画面を見やる僕。……うーん？　普通に考えれば僕が好きなのは天道さんなのだから、彼女一択《たく》なのだけれど……。……今求められているのは、現実とは違う選択肢を選んでみることだよな？　となれば天道さん以外を——

「っ⁉」

僕がカーソルを「天道花憐」から外したその刹那《せつな》、突如露骨《とつじょろこつ》に右手側の気温が下がった。カノジョからの圧がえげつない。が……とはいえ今回は天道さん以外の全員が「他のルート」を見たがっているのだ。いくら彼女の不興を買おうが、ゲーマーの矜持《きょうじ》として、このまま正史を辿るだけの、ゲームとしての面白《おもしろ》みに欠ける選択をするわけには……。

…………。…………。

「えと、天道さんで」

『日和《ひよ》った！』

僕と天道さん以外の全員が声を揃《そろ》えて僕を非難する。が、構うものか。僕は……僕は天道さんに好かれれば、それでいいんだ。

「ふふっ、雨野君ったら、もう」

案の定、天道さんはこれ以上ないぐらいご機嫌《きげん》だ。ご機嫌すぎて、なんか僕の肩《かた》をペシペシとかなり痛いレベルで叩《たた》きまくってるけど……よしとしよう。

僕は皆からの期待を裏切り彼女の好感度を手にすると、そのまま正規ルートを――

天道花憐ルートはロックされています

――進められなかった。左隣《ひだりどなり》を睨む。そっと目を逸《そ》らす親友。……おい。

「どうして、正史にロックかけているんですかねぇ、《のべ》さんや」

「い、いやいや、王道以外の選択を試《ため》してこそ、自分のゲームの真のファンと呼べるんじゃないでしょうか、《ヤマさん》や」

「お前……」

「ちなみにちなみに、このゲームが先に進むための正史たる花憐さんルートは、他のルートを一通り遊ばないと開きませんよ。つまらないじゃないですか、ただの正史ルート」

「千秋さんから、ギャルゲーの時以上の悪意を感じるのは気のせいかしら」

天道さんが笑顔でチアキへの圧迫《あっぱく》を始めていた。更に目を逸らすチアキ。……まったく。

なんにせよ、他のルートを遊ばないと先に進めないのは事実のようだ。

僕は覚悟《かくご》を決めると、とりあえず上の選択肢から――チアキルートから、順番に進めていくことにしたのだった。

＊

そうして……現実とは別のヒロインルートを攻略《こうりゃく》すること、実に八時間。静まりきった室内で現在意識を保っているのは……残念ながら僕だけだった。

どうしてこんなことになったのか。

まずそもそも、今回はゲーム内容の精神疲労度《ひろう》が半端《はんぱ》なかった。これまでの《のベ》さん作品と比べても、破格の疲労度と言っていい。なにせ、現実がモデルどころか、現実そのものの分岐を取り扱ったような作品なのだ。そりゃ僕らも平常ではいられない。

チアキルート攻略中に早速天道さんが暴れたのは勿論《もちろん》。アグリさんルートプレイ中には、僕もアグリさんも凄まじく落ち着かなく、上原君なんか血涙《けつるい》流していたし。心春さんルートでは天道さんどころか、このテキストを書いたはずのチアキまで暴れ始め。大磯先輩《おおいそせんぱい》ルートに至ってはまさかの性的関係を匂わすテキストが出現したところで、この空間に亀裂《きれつ》の入る音がした。

で、こんな状況《じょうきょう》が続けば、そりゃ誰もが著《いちじる》しく疲弊《ひへい》する。それでも、この分岐ヒロインルートが三つ四つ程度だったならばなんとか耐《た》え切れたのだろうけれど……。

「…………」

静まりかえる室内の中、僕は再び例の選択肢画面に戻《もど》ってくると、カーソルを移動し始める。下へ、下へ。そうすると出てくる……更なる大量の選択肢。

そう、当初はチアキ、心春さん、アグリさん、大磯先輩で終わりだと思っていたルート分岐だが、カーソルを進めてみると更に多くの選択肢があったことが発覚した。上原君や三角君ルートから、加瀬《かせ》先輩ルート。更に、現実のこの時点ではまだ僕と出逢《であ》っていないはずの真音《まいん》さん達姉妹《しまい》まで。これには流石のゲーム同好会でも閉口。アグリさんを皮切りに、次々と睡魔《すいま》による脱落者《だつらくしゃ》が現れ始めた。

あ、ちなみにミィちゃんルートだけど、普通《ふつう》にガチ犯罪だった。並行世界の僕が、驚《おどろ》く程のド変態に成り下がっていた。ゲームをしていて、こんなに死にたくなったのは初めてかもしれない。あまりにショックがでかすぎて、ミィちゃんがサブキャラとしてバンバン再登場しそうな真音さんルートを、一旦《いったん》保留にしてしまっている程だ。

そんなこともあって、皆が続々とダウンしていく中。唯一《ゆいいつ》霧夜さんだけは、ついさっきまで家主としての責任感からか頑張《がんば》って僕に付き合って一緒《いっしょ》にゲームを見ていてくれたのだけれど。そんな中で満を持して臨んだ「霧夜歩ルート」の終盤《しゅうばん》で、並行世界の僕が放った悶絶《もんぜつ》告白台詞《せりふ》――

「人生という名のゲームを、僕と二人で実況《じっきょう》し続けてくれませんか？」

――にメンタルをやられ、遂に脱落してしまった。っていうか僕も危なかった。メンタルを削《けず》られ過ぎて、睡眠《すいみん》を通り越《こ》して永眠するかと思った。これは酷《ひど》い。いっそ自分の日記や黒歴史ノートを晒《さら》される以上の地獄《じごく》だ。

実際、脱落していった皆も、酷く寝苦《ねぐる》しそうに眠《ねむ》りこけている。きっと悪夢を見ているのだろう。こんなにも人の精神を磨《す》り減らすゲームが、この世界にあるなんて。僕の根底にある「ゲーム大好き」の思想さえ崩《くず》しかねないシロモノだった。ヤバすぎる。

一刻も早く、このゲームを終わらせなければ。謎《なぞ》の使命感が僕を突き動かす。

霧夜さんも落ちてしまった中、一人でゲームを進めていくことにする。とりあえず「なんか怖《こわ》くて」後回しにしてしまっていた、加瀬先輩ルートに手を出してみる。

「…………」

……案の定、ガチBLだった。もしかして心春さんがテキストを書いたのかと思うぐらいの、えげつない性描写《せいびょうしゃ》まであった。ここは皆が寝ていて良かったと考えるべきか、一人でこれに向き合うはめになったことを嘆《なげ》くべきか難しいところだ。

なんにせよ、僕のメンタルをガリガリ削りつつも、加瀬先輩ルートが終わった。ちなみに一番きつかったシーンは、なぜかオラオラ系な並行世界の僕が。

「激しい夜に、それは邪魔《じゃま》だぜ、岳人《がくと》」

とか言って先輩の眼鏡を外すシーンでした。……もう死にたい。お母さん、助けて。

さて、ド級の鬼門《きもん》だった加瀬先輩ルートを終えたところで、残すヒロインは……

「あら、皆さん寝てしまわれたのですか？」

「ああ、彩家さん、お帰りなさい」

と、そこで一時間ほど前から自室にシャワーを浴びに戻っていた彩家さんが、濡《ぬ》れた髪《かみ》のまま戻ってきた。彼女は他のメンバーと違い、まだ自分のルートで精神的被害《ひがい》を受けていなかったこともあってか、一旦リフレッシュに向かう程度の元気は残していたのだ。

彩家さんは自分の定位置に座ると、タオルで髪を拭《ふ》きながら僕に訊《たず》ねかけてくる。

「それで、残すパートはどれくらいですか？」

「あとは……彩家さんルートと、真音さんルートだけですね」

「ああ、歩さんルートはもう終わってしまわれたのですね。残念です」

「いや居なくて良かったですよ……悶絶しそうなテキストのオンパレードでしたから」

「そ、それはご愁傷《しゅうしょう》さまでしたね……」

ひきつる彩家さん。……さて、それはそれとして……。

「その……彩家さん。僕、まだもう少し続けようと思うのですけど……」

「はい、どうぞ。…………？　なにやら気まずそうですが、どうされました？」

「あー……その……今から彩家さんルートをやろうかなと思っていた所でして……」

気まずくぽりっと頬《ほお》をかく僕。彩家さんは「ああ」と苦笑《くしょう》して返してきた。

「気になさらなくてよろしいですよ。わたくしは、大丈夫《だいじょうぶ》なので」

「そうですか？　ならお言葉に甘えて……」

僕は彩家さんルートを始める。実際は、思っていたほど大したことのない内容だった。大磯先輩ほど刺激《しげき》が強いこともなければ、霧夜さんルートのような甘ったるい台詞もない。ある意味、現実世界における僕と彩家さんの「普通の距離《きょり》感」「普通の会話テンション」がそのまま反映されたリアルな内容と言える。ただ、それだけに……。

「なんか……驚く程にふわふわと、めっちゃ穏《おだ》やかに暮らしていますね」

「ええ。なんでしょう、これはこれで、逆にそわそわしますわね」

「同感です。なんですかこの、全ルート中最も『普通に幸せそう』な僕は」

「ええ、もしこの世界線がわたくし達にとって『最善』なのだとしたら、なんだかこう、現状が色々虚《むな》しくなってきますわね……」

「言わないで下さいよ……」

普通に幸せそうな自分を見て落ち込むとはこれいかに。いや……なんか彩家さんルート、僕の人生から「ドタバタ」を全部取り払《はら》ったような内容なのだ。なのに本人達がやたら幸福そうなものだから、なんかこう「考えさせられる度」が凄《すさ》まじいというか。ある意味、今の僕の全否定、対存在みたいなルートだった、彩家さんルート。

そうして、これまた大した盛り上がりもなく……でもゆるゆる幸福に閉じていった彩家さんルートを終えたところで、彩家さんが呟《つぶや》く。

「確かにこのルートのわたくしは、とても幸せそうでしたわね。けれど……」

「けれど？」

そこで彩家さんは周囲で眠るゲーム同好会の面々を眺《なが》め、そして最後に霧夜さんの寝顔を見つめてから、悪戯《いたずら》っぽく僕に微笑《ほほえ》みかけてきた。

「悲しいかな、わたくし、こっちのごちゃごちゃした世界の方が、ずっと好きですわ」

「それも同感です」

「あら、とても気が合いますわね。結婚《けっこん》しましょうか？」

「遠慮《えんりょ》しときます。残念ながらこの世界の僕も、穏やかじゃない人との生活が大好きみたいなので」

隣《となり》ですぅすぅと寝息を立てている金髪《きんぱつ》女性を見つめて呟く。彩家さんは「あらあら、ふられてしまいましたわね」と残念そうに告げると、更《さら》に次を促《うなが》してきた。

「さて、これで残すところはあと……」

「真音さんルートだけです」

「ああ、話には聞いていますが、あの……」

「はい……」

深いため息を吐《つ》きながら、選択《せんたく》ボタンを押す。遂《つい》に始まる真音さんルート。その覚悟を必要とする内容は……。………………。

「な、なんですか雨野君、このとてつもなく可愛《かわい》らしい方は！」

「え、ええ……な、なんなんでしょうね、これ」

なんかめっちゃ純愛だった。彩家さんがぐいぐい身を乗り出してくるぐらいには、キュンキュン来る純愛物語だった。なにせ真音さんがいじらしい。

「話に聞いていた人柄《ひとがら》と全然違《ちが》うじゃないですか！　確かに一見粗野《そや》ですが、貴方《あなた》と恋人《こいびと》関係になって以降、手が触《ふ》れるだけで赤面するわ、尽《つ》くすわ、他の女性に嫉妬《しっと》するようになるわ、実はぬいぐるみ好きだわ、もう可愛さしかないじゃないですか！」

「そ、そうですね……。い、いや、実際の本人はこんなこと……ない……はず……」

あ、あれ？　なんかぬいぐるみ好き云々《うんぬん》はあったような……。い、いや、でも、これはあくまでチアキの夢に出来た並行世界。この世界の真音さんと地続きとは……。

……………。……いやそれにしてもこの真音さん、可愛いな……。……え、なに、並行世界の僕のことを寒空の下で一時間も待ってたのに「た、たまたま通りかかっただけだ」とか鼻を赤くしながら言ってんの!?　そして待ち伏《ぶ》せの後に何をするかと思えば、早起きして一生懸命《いっしょうけんめい》作った不出来な手作り弁当を渡《わた》してくるとか……マジかよ、可愛すぎだろこの人！

だ、誰《だれ》か、ガチャを！　真音さんピックアップガチャを持って来てくれ！　今なら万単位で課金して十連回しまくるよ僕！　いや、課金させて下さい！　頼《たの》むから！

「はぁはぁ、真音さん、かわいいですわ、はぁはぁ」

「ちょ、画面見えないです、邪魔ですよ彩家さん。真音さんは僕の推《お》しです！」

彩家さんと二人、すっかり真音さんの虜《とりこ》になる僕ら。そうして、はぁはぁしながらゲームをすること三十分。真音さんルートを終え、ふと気付けば……。

『……へぇ』

『ハッ⁉』

画面にかぶりついていた僕と彩家さんの背後には、いつの間にかすっかり目を覚ましたメンバー達の姿があったのだった。

＊

「ふわぁ……」

「なんとか終わったわね……」

翌日早朝。霧夜さんの家を出た僕らは、それぞれに伸《の》びをしながら、涼《すず》やかな朝の空気を胸いっぱいに吸い込んだ。

朝靄《あさもや》の中を、大きなバス停のある近くのコンビニまで歩き始める。と、眠たそうに目を擦《こす》りながら、アグリさんが文句を垂れた。

「ふわぁ、眠いぃ……。しんどいぃ……まだ寝たいぃぃぃ……」

「だよなぁ」

上原君も欠伸《あくび》を噛《か》み殺して同意する中、天道さんが恐縮《きようしゆく》する。

「すいません、皆《みな》さんにまで私の予定に合わせて貰《もら》ってしまって。今日はどうしても外せない大会参加予定がありまして、どうしても午前中早めには一度帰宅せねばならず……」

その言葉に、アグリさんは苦笑する。

「あー、それは別にいいよ。実際霧夜さんちじゃ、まともに寝られないし。早々に帰宅して休むぐらいが、丁度いいんだよ」

「そう言ってくれると助かります」

「ま、なんにせよゲームが終わって良かったよ。一時はどうなることかと思ったぜ」

上原君が結論し、皆が苦笑いする。チアキだけは「失敬な」と頬を軽く膨《ふく》らませていた。

実際、上原君の言うとおり、例の分岐《ぶんき》地獄《じごく》を抜《ぬ》けた後のゲームはつつがなく進行した。

それまでの流れと同様、選択肢《せんたくし》もなく正史を順に僕視点で追っていくだけ。その内容ならばもう時間や精神力を削らせることもなく、早朝にはようやく最後……シュピール王国で二度目のデートを行うくだりまで、終わらせることが出来た。

「……いいゲームだったよ《ゲーマーズ！》」

霧夜さんがチアキにそう声をかける。チアキは少しだけ照れ臭《くさ》そうに「ありがとうございます」と彼女に微笑み返した。……僕らも同感だ。いいゲームだった。中盤《ちゆうばん》地獄みたいなくだりは確かにあったけれど、それでも……あれは確かに、僕らゲーム同好会にとっての、神ゲーだった。

そのまま七人で歩き、バス停に辿《たど》り着いたところで、まず霧夜さんと彩家さんの二人と別れる。二人は僕らに別れを告げた後、仲睦《なかむつ》まじそうに談笑しながら帰宅していった。

……その際、以前よりも少しだけ二人の物理的距離感が縮まっていたような気がしたのは、僕だけだろうか？

次に、上原君とアグリさんの自宅方面に向かうバスがやってくる。二人はバスに乗り込む直前、僕らを振《ふ》り返ると何気なく告げてきた。

「じゃあな、お前ら。また学校で」

「じゃねー。また月曜に！」

僕ら三人も笑顔でそれに応じ、手を振って二人を見送る。何気ないやりとりだったけれど、僕は密《ひそ》かに少しだけニヤけてしまっていた。

「（また、か）」

再会を自然に約束してくれる友達がいる。それが、僕にとってどれだけ幸せなことか。

そして……。

「ああ、私の方のバスも見えてきましたね」

今度は天道さんの家の方面に向かうバスがやってくる。彼女は僕らを振り向くと、それぞれ順番に声をかけてきた。まずは千秋へ。

「千秋さん、今日は本当にありがとうね。とても楽しかったわよ」

「え、えとえと……それはその、お世辞じゃなくて、ですか？」

自信なさげに返す千秋。天道さんは苦笑交じりに切り返す。

「大丈夫、ちゃんと楽しかったわよ。勿論《もちろん》、アレな場面は沢山《たくさん》あったけれど……でも霧夜さんも言ったように、本当にいいゲームだったわ」

「ありがとうございます」

「まぁ《ゲーマーズ！》に関しては完全に内輪向けだからさておき……あれをきちんと個人で作品として構築出来てしまう技術があるのだから、貴女《あなた》、ちゃんとすれば本当に凄《すご》いゲームクリエイターになれるんじゃないかしら」

「え『美味《おい》しいぽたもち、もぐもぐ食べるのすけ』が世界に羽ばたく日が来ると!?」

「うん、それは来ないと思うけれど。『ちゃんとすれば』って言ったわよね、私」

「あのあの、自分としては、全作品『ちゃんとしている』つもりなのですが……」

『………』

閉口する僕と天道さん。……チアキが将来的にどうなるか、未《いま》だに読めなかった。まかり間違って時の人になる可能性も孕《はら》んでいるような、結局ニッチな作風のまま一部好事家《こうずか》にだけ楽しまれて終わっていくような……うーん……。

天道さんは仕切り直すように咳払《せきばら》いして僕の方に笑顔を向けてくる。

「そ、それでは雨野君も、また学校で」

「はい。大会頑張《がんば》って来て下さいね。応援《おうえん》行けなくてすいません」

「いいのよそんなの。大会と言っても、応援席があるような大会でもないんだから」

「でも、天道さんの勇姿は見たかったなぁ」

「馬鹿《ばか》ね、私がゲームに取り組む姿なんて、いつでも見られるじゃない」

「馬鹿ですね、いつでも見られるけれど、全部見たいんですよ。僕は貴女が好きだから」

「………」

天道さんの頬《ほお》が赤く染まる。と、チアキが咳払いをすると同時に、天道さんのバスが到《とう》着《ちゃく》した。彼女は少し慌《あわ》てた様子でバスに乗り込むと、座席の窓から小さく手を振って去って行った。

「…………」

そうして彼女を見送ったところで、僕とチアキは二人きりになる。早朝が故《ゆえ》、人の往来も車の往来もまだ少なく、小鳥のさえずりだけが周囲に木霊《こだま》していた。

しばしの沈黙《ちんもく》の後。チアキが、踏《ふ》み込んできた。

「さてさて、ケータ。何か……自分に訊《き》きたいこと、ありそうな顔してますね？」

「……バレた？」

「バレバレです。似た者同士ですから」

「そっか。……じゃあ、思い切って、訊いちゃおうかな」

「どうぞどうぞ」

チアキに促された僕は……少しの躊躇《ためら》いを踏み越《こ》え、その質問を、口にした。

「どうして、あの《ホワイトデーの告白》における分岐は、作らなかったの？」

「…………」

無言で正面を見つめるチアキ。僕もまた、彼女に倣《なら》って視線を風景に向けたまま、続けた。

「天道さんへの僕の間違い告白からはあんなにも大量の、一部無理矢理とも思える分岐を作ったのに。もっと簡単に想像が出来る……あのホワイトデーのイベントからの分岐を作らなかったのは、どうして？」

「……そんなの、自分に訊くまでもないことじゃないですか」

「…………」

無言の僕に、チアキは胸を張って堂々と宣言してくる。

「あそこで自分を選んじゃうケータは、自分の大好きなケータじゃ、ないですから」

「チアキ……」

「例の《間違い告白》で別種のポカをやらかすケータは、それを機にたとえ違うルートに入ってもやっぱりケータです。でも……あのホワイトデーの日のケータの意志には、『選択肢』なんてないはずですから」

「……うん。……ごめん、野暮《やぼ》なこと聞いた」

「いえいえ、自分が促《うなが》しましたので。おあいこです」

実際、チアキがそういう答えを持っていることは、正直、聞くまでもなくなんとなく分かっていたことだった。それでもどうしても聞かずにいられなかったのは……チアキがそれで、本当に良かったのかが、気になって仕方なかったからだ。

だって良くも悪くも《ゲーマーズ！》はチアキのゲームだ。現実じゃあ、ない。そこでチアキが自分を救ったって、誰も文句は言わない。僕だって、天道さんだって。なぜなら、ゲームの醍醐味《だいごみ》の一つは、確実にそれだから。夢や理想を叶《かな》えられる場所だから。

なのにチアキはそれをしなかった。中盤にはあんなに馬鹿な分岐を作っておきながら、ホワイトデーのイベントは迷いなく「変えてはいけないこと」と規定した。

それが僕には……眩《まぶ》しく、気高く、そして少しだけ痛々しく見えて。どうしても……妙《みよう》な無理をしたのではないかと、彼女の本音を、確認《かくにん》せずにはいられなかった。

でも、そんな心配はやっぱり僕の自意識過剰《かじよう》だったようだ。チアキは強かったし、もう僕への恋心《こいごころ》なんてとっくに吹《ふ》っ切っている。それが今日、ハッキリと分かった。

「っと、僕の方のバス来たね」

「ですね」

気が付けば、うちの方面に向かうバスがバス停に滑《すべ》り込んできていた。乗車口が開く中、僕はチアキに別れを告げる。

「じゃあ、チアキ。またね」

「はい、ケータ。また」

小さく手を振るチアキ。僕はバスのステップに足をかけると――

「あ、ケータケータ、最後に一つだけ」

「ん？」

振り返る僕。と、そこには朝日に照らされ、手を後ろに組みながらも美しく微笑《ほほえ》むチアキの姿があった。

「自分、『分岐』はいらないですが、『未来』まで捨てたつもりはありませんからね？」

「……え？」

直後、閉まるドア。

「ちょ、え、え？　チアキ？」

僕はドアにすがりつき、チアキの真意を探《さぐ》ろうとするも、彼女は笑顔で手を振り続けるのみだった。

「……それは、どういう……」

呟《つぶや》きながら、手近な席に座り、呆然《ぼうぜん》と考え込む。未来を捨てない……それは、さっきの天道さんとの会話じゃないけれど、クリエイターとして思考する栄光の未来を想定しているみたいな話なのだろうか？　それとも、心春さんのように僕を……。

「いや、でも、チアキはコノハさんと違《ちが》って『友達』を受けいれてくれているし……」

思わず頭を抱《かか》える僕。

まさかここに来て、まだ平穏《へいおん》に落ち着かせて貰えないとは。でも……よくよく考えてみれば、それも当たり前のことで。

僕はすっかり、天道さんと交際を始めた時点で何かが「終わった」気でいたけれど。

人生に「エピローグ」なんてない。

何処を切り取っても、そこに続くのは「本編」ただ一つで。

――と、その時僕のスマホが震《ふる》えた。

見れば、チアキからメッセージが届いている。画面ロックを外して、内容を確認してみる。そこには――

〈次の動きを、こうご期待です。《のべ》

——シンプルに、たったそれだけ、記されていて。

僕は思わず笑ってしまう。

「……なんなんだよ、もう。相変わらず自由だなぁ、このクリエイターは」

ここでわざわざ本名ではなくクリエイター名を使ってきたあたりで、先程《さきほど》の発言がどういう意味なのか、更《さら》に分からなくなってしまった感がある。モヤモヤしてたまらない。どうして皆《みな》、僕と天道さんを素直《すなお》に落ち着かせてくれないのか。

だけど……まぁ、まるで霧夜さんルートの僕が吐《は》くくさい台詞《せりふ》みたいになってしまうけれど、これが、人生という名のゲームなのだろう。

全《すべ》てが完全に綺麗《きれい》に閉じる終わりなんかないし、未来の可能性も無限大にある。

僕に出来ることはせいぜい、その時その時を、全力で生きることだけで。

だから。

〈楽しみにしておきます。《ヤマさん》

僕は彼女に、そんなメッセージで応じると。

「さて……じゃ、とりあえず今日のログインボーナスでも貰《もら》っときますか」

今日も今日とて呆《あき》れるほどに平凡《へいぼん》な一日を、ゲームと共に開始したのであった。

あとがき

どうも、ソファでウトウトしたハズなのに、ベッドに入ると寝《ね》られずスマホをいじるタイプの人間、葵《あおい》せきなです。必要な時に傍《そば》にいてくれないもの第一位は、パートナーじゃなくて、眠気《ねむけ》だと思います。

さてさて、今回のあとがきは七ページです。普通《ふつう》ですね。いえライトノベル平均だと多いですが、葵せきなな平均だと普通という意味で。

ちなみにこのページ数であとがきを依頼《いらい》してきた担当さんからのメール文面に「最後に微妙《びみょう》なページ数で若干悩《じゃっかんなや》ましいですが」という箇所《かしょ》がありました。

いやなにその悩み。そんなことで悩んでいる他の編集さん、貴方《あなた》見た事ある？　自分の仕事内容のおかしさ、担当作家のアレさ、もう一度見直した方がいいと思います。

まあそれはさておき、内容語りでも。

今回のDLC3はぶっちゃけ「DLC2までに入らなかったもの」ですね。食べきれなかったおせちの枠《わく》です。……あれ、もしかして今私、売り上げ下がる表現してる？　間違《まちが》いました。とっておきの、秘蔵っ子たちです。面白《おもしろ》すぎた秘密兵器です。

冗談《じょうだん》はさておき、三巻までできて遂《つい》に「正しい意味での短編集」を出せた印象です。賢明《けんめい》な読者の皆《みな》さんならほんのり気付いていたかもしれませんが。ＤＬＣ２までの内容ね、あれ実は「短編集」じゃなくてほぼ「外伝」なんだ……。ちなみに私はこのあとがき書いている今、気付きました。「あれ外伝や」と。

……私は一体、何を書かされたのでしょうか（あとがき執筆《しっぴつ》後にも思うこと）。

そういう意味で正しく短編集の今巻。その甲斐《かい》あって、実にバラエティに富んだ内容になっているかと思います。悪い表現するとカオスですね。なぜ悪く言ったかは自分でも分かりませんが。

そんな中で当然「おら、書き下ろし書け」（意訳）と依頼が来るわけですが、ぶっちゃけこんなに「何を書いていいのか分からない」のは久々でした。

カオスな内容の短編集を受け、それでいて本編シリーズ最終巻の後日談にもあたり、外伝要素も入れつつ……と。おせち料理やお餅《もち》をたらふく食べた人に「シメ」を要求された気持ちです。あんた、料理もデザートも食ったやん……腹もパンパンやん……と。

そんな中で書き上げた短編が、最後のあれです。まだ読んでない人は、そんな作者の苦労も汲《く》んだ上で読んでやって下さい。創作物は作者の苦労なんか関係なく、結果が全《すべ》てという真理がありますが。関係ないです。母親が愛情込《こ》めてにぎったおにぎりが如《ごと》く、プラス補正かけまくって読んで下さい。ほおら、極上《ごくじょう》の味な気がしてきませんか？

もう読み終わった人は、葵せきなを労《ねぎら》ってください。言っていい言葉は「よくできました」のみです。それ以外聞きたくありません。子供が一生懸命《いっしょうけんめい》描いた絵に、技術的観点からイチャモンとかつけるのですか貴方は。鬼《おに》ですか。この鬼め！

…………。

……かつてこんなにも姑息《こそく》な理屈《りくつ》で読者に高評価を促《うなが》す作家がいたでしょうか。なんかもう、膝《ひざ》を抱《かか》えて布団《ふとん》に潜《もぐ》りたくなってきました。結局眠《ねむ》れませんが。

ま、なんにせよ楽しんで頂けたら幸いです。本編ラストとはまた違うテイストのラストには、なっているのかなと思っております。

……さて、まだあとがき消化率半分以下ですか。意外と長いな、七ページ。確かに担当さんの言うとおり微妙なページ数です。地味に辛《つら》い。私も、妄言《ぼうげん》読み続ける読者も。

では毎度毎度申し訳ないですが、ゲーム話でも。作品名的にも。

皆さんは位置情報ゲームってやりますでしょうか？　ＧＯ的なものとかウォーク的なも

のとか。私はといえば、それらのゲーム性自体は大好きなのですが、結局あまり深くはやらないです。

え、理由？　そんなの言わずもがなでしょう。分かるでしょう？

そうだね。引きこもりだからだね。

家の中で起動する位置情報ゲームの、することないこと、ないこと……！

外出ろよという話なのですが、こんなにゲーム好きと言っておいて「位置情報ゲームのためだけに外に出る」のは躊躇《ためら》ってしまうヤツなのです。もっと正確に言うと「位置情報ゲームのために外出るなら、その時間、家で別のゲームしたい」タイプというか。

なので私が毎日どこかに出勤する仕事なら、もう少し楽しく位置情報ゲーム出来ていた気がします。おのれ、作家業め（責任転嫁《てんか》）。

でも実際マジでゲーム性は好きなんですよね、位置情報ゲーム。なんだろ、課金要素も勿論《もちろん》あるのですが、メインのゲームが「自分が動いてこそ」であるのは、ゲームとしてとても健全な感じがするというか。いや、よく考えたら移動費とかで課金以上にお金使ったりもするのですが。

あと、そう、歩きスマホが出来ないタイプの人間なのもあるかもです。いやそもそも歩きスマホプレイ非推奨《ひすいしょう》ですが。そもそも私は「外でゲームする」こと自体が苦手なのでしょうね。好きが故《ゆえ》に、落ち着いてやりたいという。

そういう意味で、位置情報ゲームにたまにある「外歩く時は画面見ずに何かを集められ、帰宅後にそれを消費して遊べる」というタイプのゲームはいいですね。個人的には、今は終了《しゅうりょう》してしまった「テクテクテクテク」というゲームが凄《すご》く好きでした。いえ、あれは逆に「家で出来すぎた」感もあるのですが、私の性質とドンピシャだったというか……。

そういえば本作でも位置情報を使ったゲームで遊ぶ話がありましたが、ああいう風に友人知人とわいわい遊べるのも美点ですよね。

そういう意味で、一昔前だと「ゲームの物語」となるとどうしても対戦に重きをおいたものになってしまいましたが。こうして本作のようにゆるい繋《つな》がりの「ゲーム」を描《えが》けるようになったのは、ゲームが色んな遊び方を取り入れて進化してくれたおかげでもあるのだと思います。

逆にeスポーツのような方面もどんどん発展し、本当に「ゲーム」を描く上では多様性のあるいい世の中になったなと。これも偏《ひとえ》に「ゲーマーズ！」のおかげだなと。そう思う次第《しだい》でございます。………。……さらりと拙作《せっさく》を文化発展の立役者みたいに放《ほう》り込んでみましたが、気付かれましたか。駄目《だめ》ですか。そうですか。すいませんでした。

では謝辞を。

まずこうしてシリーズ完結まで一緒《いっしょ》に走りきって下さった仙人掌《サボテン》様。本当にありがとうございました。最初に頂いた天道《てんどう》さんのイラストから今作のイラストまで、その全イラストが余すところなく全て大好きです。またご一緒にお仕事出来たら幸いです。

次に担当さん。今回のあとがきでもいじりましたが、実に独特なご心労をおかけするシリーズのために奔走《ほんそう》頂き、ありがとうございました。おかげさまで、大変幸福に執筆をさせて頂けました！

そして最後に読者様。

本編シリーズのみならず、ＤＬＣ３までお付き合い頂き、本当にありがとうございました。今回のあとがき中でネタ的に「外伝」とは表現しましたが、私にとってはこのＤＬＣシリーズも本編と変わらない意気込みで取り組んだ作品達でしたので、ここまでお付き合い下さった皆様には本当に感謝しかございません。重ね重ね、ありがとうございました。

この「ゲーマーズ！」シリーズはこれにて一旦《いったん》完全完結となりますが、もし何かで復活する機会等ございましたら、その時はよろしくお願い致《いた》します。

また現状、新作シリーズ告知が出来なくて大変申し訳ないです。ただ、疲《つか》れたとか断筆するとかでは全然なく、実は裏で色々やっておりますので（なんか悪いことしているみたいですが）、どこかで見かけたらよろしくお願い致します。新作シリーズなんかも早いうちに出せるよう、頑張《がんば》ります！

それでは、また皆様とどこかでお逢《あ》い出来ることを祈《いの》りつつ。

葵せきな

お疲れ様です、仙人掌です。

途中、病気で半年近く
横になってたり、
全然かわいく描けなくて
落ち込むこともありましたが
何度か休載しつつも
作品を最後まで
描けて、ほっとしてます。

これもひとえに、
読者の方々の応援と
葵せきな先生の
すばらしい原作、
そして編集様の支え
あってのもの
だと思ってます。
本当にありがとうございます

最後に。
この作品に関わった
全ての方々に感謝を。

またどこかで会ったら、
宜しくお願いします。

【初出】

【雨野景太とチアキルート】
TVアニメ「ゲーマーズ！」第1巻〈初回限定版〉BD＆DVD特典

【雨野景太とアグリルート】
TVアニメ「ゲーマーズ！」第2巻〈初回限定版〉BD＆DVD特典

【雨野景太とコノハルート】
TVアニメ「ゲーマーズ！」第3巻〈初回限定版〉BD＆DVD特典

【雨野景太とニーナルート】
TVアニメ「ゲーマーズ！」第4巻〈初回限定版〉BD＆DVD特典

【ゲーマーズとラブラブ王子様ゲーム】
TVアニメ「ゲーマーズ！」第6巻〈初回限定版〉BD＆DVD特典

【生徒会と青春リプレイ】
ドラゴンマガジン2019年1月号

【星ノ守千秋と恋愛シミュレーション】
ドラゴンマガジン2019年5月号

【天道花憐と関係性ランクマッチ】ドラゴンマガジン2019年7月号

【ゲーマーズとゲーマーズ！】書き下ろし

富士見ファンタジア文庫

ゲーマーズ！ DLC3

令和２年３月20日　初版発行

著者――葵《あおい》せきな

発行者――三坂泰二

発　行――株式会社KADOKAWA
〒102-8177
東京都千代田区富士見2-13-3
0570-002-301（ナビダイヤル）

印刷所――株式会社暁印刷

製本所――株式会社ビルディング・ブックセンター

ISBN978-4-04-073142-1 C0193 ◇◇◇

Printed in Japan

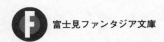